RAINHA
DO
SUMBMUNDO

LIVRO UM

AUTORAS BESTSELLERS DO USA TODAY
LEXI C. FOSS & J.R. THORN

Rainha do Submundo: livro 01

Lexi C. Foss e J. R. Thorn

Copyright de Hell Fae Captive © Lexi C. Foss e J. R. Thorn, 2022.

Tradução © 2024 por Andreia Barboza

Revisão: Luizyana Bueno

Texto revisado segundo o novo Acordo Ortográfico da Língua Portuguesa.

Cover Design: Covers by Juan

Cover Photography: Wander Aguiar

Cover Models: Sophie, Alex, Philippe, Forrest & Camden

Published by: Ninja Newt Publishing

eBook ISBN: 978-1-68530-439-3

Paperback ISBN: 978-1-68530-440-9

BEM-VINDO
AO
UNIVERSO FAE

BEM-VINDO AO UNIVERSO FAE

Para aqueles que torcem pelos rebeldes e não gostam de jogar pelas regras, este conto tortuoso é para vocês.
#porqueescolher

RAINHA
DO
SUBMUNDO
LIVRO UM

Bem-vindos ao Reino Fae do Submundo, um lugar onde apenas os fortes sobrevivem.

Meus pais fizeram um acordo com o diabo, e agora sou uma Fae do Submundo cativa.

Escravizada. Possuída. Fui jogada aos Cães do Inferno e esperam que eu sobreviva.
Porque, apenas sobreviventes ganham companheiros.

Não importa que eu não queira ser uma noiva.
Sou uma Halfling. Parte Fae do Submundo e parte garota-que-não-dá-a-mínima.
Mas por causa de uma barganha, ele me possui.

Lúcifer. O Rei Fae do Submundo, que criou este reino esquecido por Deus.
Também conhecido como o orquestrador dos jogos mortais de testes de noivas.

Tudo bem, Luci, eu vou jogar.
E vou queimar este reino inteiro.

Supondo que eu não seja pega na teia do sexy Diretor Fae do Submundo primeiro.

Ou enredada pelo taciturno Comandante Fae do Submundo que espreita do lado de fora dos portões.

E nem me faça começar a falar do príncipe favorito do Rei Fae do Submundo. Aquele lunático sexy não para de me enviar presentes.

Nenhuma quantidade de gostosura ou persuasão sensual me manterá aqui.

Eu não fui feita para ser noiva.

Sou uma ameaça.

Você fez um acordo com a garota errada, Lúcifer.

Prepare-se para a luta da sua vida.

Nota das autoras: Rainha do Submundo é um romance paranormal de sequestro sombrio com quatro companheiros atormentados e nenhuma escolha. Se você gosta de seus anti-heróis dominantes e sensuais, você veio ao reino certo, o Reino do Submundo, onde o romance é quente e nenhum perdão é necessário. Este livro termina em suspense.

Uma nota
de Lexi e Jen

Bem-vindos ao mundo Fae do Submundo. Ele é sombrio. É mortal. E repleto de pesadelos. Algumas cenas podem deixar o leitor desconfortável, mas tudo tem um propósito. Eles podem ou não ser revelados no primeiro livro.

Rainha do Submundo: livro um apresenta os infames testes de noivas. Portanto, há fortes conotações sexuais, cenas violentas e de consentimento duvidoso. Também há relacionamentos intensos entre homens nesse mundo, e esses homens gostam de transar uns com os outros. Mas convidarão Cami para se juntar a eles... assim que ela provar seu valor. ;)

No entanto, Cami não é o tipo de heroína que se curva e aceita. Ela lutará até o fim.

Seus companheiros têm muito trabalho pela frente.

Além de terem que se rebaixar ao longo do caminho.

A jornada deles não será fácil. Mas será deliciosamente pecaminosa.

Entre no mundo Fae do Submundo. Mas tenha cuidado em quem você confia. E cuidado com as infames miragens.

Nada é o que parece.
Assim como nosso Rei Fae do Submundo...

O amor é para os fracos, o ódio é o que me mantém viva e o destino é uma promessa que vale a pena ser quebrada.

Cami

CAMI

MAS O QUE É ISSO?

Apertei os olhos. Pisquei e os fechei. Olhei novamente.

Não. Não, isso *não* aconteceu. Aquele cachorro preto, grande e fofo não se transformou em um animal de três cabeças e depois em um homem com orelhas pontudas e afiadas.

Ele sorriu com os dentes brancos em meio à pele escura. Os olhos cor de obsidiana brilhavam com malícia, e sua expressão irradiava violência.

— Olá, Halfling. — Sua voz rouca me lembrava o ranger de pedras, seu rosnado baixo era uma promessa sinistra de morte.

Os Cães do Inferno adoravam intimidar suas presas.

Infelizmente, para esse idiota, eu não me assustava com facilidade.

— O que você quer? — Encontrei Faes de todos os tipos na Terra. Os mais comuns eram os Faes da Meia-Noite, os Faes Fortuna e os Faes do Paradoxo, mas, ultimamente, a maioria dos seres que apareciam em meu caminho eram infernais.

Esse vira-lata provavelmente pensou que eu seria seu jantar.

Como eu não estava muito inclinada a ser devorada, teria de fazê-lo mudar de ideia.

Ele rosnou, salivando.

Arqueei a sobrancelha.

— Precisa de um babador?

Ele soltou um rosnado que provavelmente faria um humano normal correr.

Mas eu bocejei.

Ter um Fae do Submundo como pai me deixou bastante acostumada com as besteiras dos sobrenaturais. É claro que meus amigos mortais não sabiam sobre eles. Se esse gênio tivesse me atacado na festa a alguns quarteirões dali, estaríamos tendo uma conversa muito diferente, uma que envolvia a violação do tratado inter-reinos... não que os Fae do Submundo parecessem respeitar as regras.

Mas ele esperou até que eu estivesse sozinha e voltasse para o dormitório, então talvez não quisesse lidar com a burocracia.

Ainda bem que minha colega de quarto, Allison, decidiu ficar com Benji na festa. Como uma mortal que não faz ideia da existência de Faes, ela estaria surtando.

— Sério, o que você quer? — perguntei, aborrecida com sua postura. Ele era o terceiro fae parecido com uma besta a me atacar nesta semana, e eu estava cansada de esfaqueá-los. Talvez pudesse convencer esse a desistir e salvar outra roupa de manchas de sangue. Sem mencionar que meu estoque de armas estava diminuindo.

— Tenho ordens para levá-la, Halfling.

Revirei os olhos.

— Sim, o último cara também disse isso. Minha resposta continua a mesma: não.

Eu não tinha ideia de para onde esses idiotas queriam

me levar. Tentei ligar para meus pais três vezes, mas eles não atenderam, nem retornaram minhas mensagens. Provavelmente mudaram o número de telefone e se esqueceram de me passar. *Mais uma vez.*

Minha mãe e meu pai não eram exatamente candidatos ao prêmio de pais do ano. Eles preferiam a abordagem *ela sobreviverá por conta própria* para a criação dos filhos. Funcionou durante toda a minha vida, na maior parte do tempo, então por que mudar alguma coisa agora?

— Você acha que tem escolha? — ele questionou, e sua voz provocou arrepios em meus braços. Porque, *caramba*, parecia que era doloroso para ele falar.

— Acho que a vida se resume a escolhas — eu o informei com seriedade. — Por exemplo, você tem a opção de ir embora agora e me deixar em paz. Ou pode tentar me atacar e ver o que acontece. Pessoalmente, sugiro a primeira opção. Será muito menos doloroso para você.

Os Cães do Inferno não gostavam de prata.

E eu tinha uma lâmina na bota para uma situação como essa.

Pelo menos, meus pais me ensinaram autodefesa básica quando eu era mais nova. Enquanto as crianças normais de sete anos recebiam palhaços e desenhos animados nos aniversários, meus pais me apresentaram a um jogo de granadas. Quando fiz dez anos, eles me deram facas. Aos treze, eu já tinha três armas em meu nome.

E assim, o treinamento continuou. Pelo que eu sabia, meu pai deveria estar enviando esses idiotas como algum tipo de teste.

Eles me diziam que eu não poderia estar preparada demais para os Faes de outros mundos.

Bem, eles não estavam errados.

Sr. Babão sorriu. Sua antecipação engrossou o ar da noite e provocou um suspiro em meu interior.

O que acontecia com esses caras? Eles nunca me viam como uma ameaça, sempre interpretando meu corpo esguio de um metro e sessenta e dois como uma fraqueza. Ser pequena me tornava ágil, não inapta. Isso servia como uma força contra um ser do tamanho dele, porque me permitia me esquivar de suas mãos e ir para as bolas.

A menos que ele se deslocasse novamente.

Então, talvez eu precisasse correr.

Mas, de maneira previsível, ele se lançou sobre mim.

Eu me abaixei, movendo meu corpo no piloto automático enquanto pegava a lâmina da minha bota e a enfiava na virilha do Cão do Inferno.

Ele ficou me olhando com um choque palpável. Esses idiotas sempre me subestimavam, achavam que eu era um alvo fácil e, como todos os outros, ele perdeu antes mesmo de começar a luta.

O Fae caiu de joelhos com um som agonizante que me fez balançar a cabeça.

— Está vendo? A vida é feita de escolhas — eu disse a ele. — E você acabou de fazer uma escolha ruim. — Ele também me custou a última lâmina de prata. Eu poderia cavar e tentar arrancá-la de seu saco, mas correria o risco de ser atingida por seu sangue ácido, e essa merda queimava.

Meus ombros caíram quando percebi que seria necessário voltar para casa, não apenas para reabastecer meu estoque de armas, mas também para perguntar se meus pais sabiam alguma coisa sobre essas visitas estranhas. Três em uma semana era muito.

O Cão do Inferno começou a soltar fumaça, e sua habilidade de teletransporte entrou em ação.

Dei um pulo para trás e o vi desaparecer em meio a uma nuvem de cinzas.

Provavelmente, era por isso que eles sempre tentavam

me pegar — eles queriam me levar embora naquele redemoinho de fuligem.

— Isso nunca vai acontecer — eu disse, girando para retomar meu caminho até o dormitório, mas, em vez disso, bati de cara em uma parede masculina dura. Franzi a testa, confusa. — O quê...

— Esse foi um truque legal. — Uma voz grave me informou, e suas mãos seguraram meus quadris para me manter no lugar. — É claro que Payan vai ficar bravo por eu ter preparado uma cilada para poder te ver trabalhar, mas depois dos últimos incidentes, fiquei intrigado. Eu não tinha ideia de que a prata poderia fazer tal coisa com um Fae do Submundo.

Olhei para um par de íris de obsidiana com chamas de um azul profundo, em um rosto que fez o ar parar em meus pulmões.

A maioria dos Faes era sedutora.

Este era impressionante, com um estilo robusto, masculino, que não se deixava levar. Ele também tinha um sorriso diabólico, que dizia que ele achava minhas travessuras mais divertidas do que aterrorizantes, e ele seria arrogante em uma luta.

O problema era que, ao contrário dos outros, eu suspeitava que essa parede de músculos poderia me vencer, porque ele ostentava uma energia que o definia claramente como *outro*.

Não um Fae do Submundo.

Mas um Fae da Meia-Noite.

De natureza vampírica. Mortal. Com uma aura de magia ao seu redor que tremeluzia, queimava e parecia me desafiar.

Engoli em seco e meu coração disparou.

— O que você quer? — A maioria deles só queria uma mordida, sugar um pouco de sangue e correr de volta para seu reino.

No entanto, nenhum deles jamais escolheu me morder. Eu não era totalmente humana. Se eles me mordessem, corriam o risco de se acasalar comigo.

E ninguém queria isso.

— Quero muitas coisas — ele falou baixinho, passando os dedos pelo cabelo escuro e espesso enquanto me observava. — Nenhuma delas você pode me dar. — Uma pontada sombria se escondia naquelas palavras, e sua expressão estava endurecida por um passado definido pela dor. Reconheci, pois minha mãe frequentemente exibia uma expressão semelhante, e sua história era algo que eu não desejaria a ninguém.

Órfã, abusada por duas décadas até que meu pai a salvou da morte.

Eu era o erro deles... a filha que nunca quiseram.

Portanto, eu entendia a perda, mas em outros aspectos, não, porque nunca tive uma família por perto para realmente perder.

Mas esse ser usava sua dor como um escudo, as linhas de seu passado estavam gravadas em suas feições duras e cristalizando as bordas safira de seus olhos.

— Bem — ele continuou, com a voz abafada. — Nenhuma lâmina para mim?

— Receio não ter mais — respondi, percebendo minha situação mais uma vez. — Mas posso te dar outra coisa? — falei como uma pergunta, uma oferta, curiosa para ver o que ele diria.

Seus lábios se curvaram, revelando uma cicatriz sutil na curva inferior esquerda de sua boca.

— Adoro presentes.

— Então você vai gostar deste — respondi, com a voz enganosamente doce.

No segundo seguinte, dei uma joelhada, mas senti a

coxa presa entre suas pernas quando ele arqueou uma sobrancelha.

— Você gosta das joias de um homem? — ele perguntou. — Ou essa é apenas sua reação natural aos machos Faes? Porque acho que isso pode ajudá-la nos testes. Os homens Faes do Submundo gostam das fêmeas mal-humoradas e prontas para serem acariciadas.

— Testes? — repeti, tentando inutilmente soltar meu joelho. Com exceção de um pequeno estremecimento, ele parecia me segurar com facilidade, sua força superava a minha e me forçava a permanecer equilibrada em um único pé.

— Humm, sim. Testes de noivas. — Seu olhar caiu para meus lábios, depois ele inclinou a cabeça. — Acho que eles vão gostar de te domar, Camillia.

Olhei boquiaberta para ele.

— *Testes de noivas?* — Ele só podia estar brincando. — Do que é que você está falando? E como sabe meu nome?

— Se você tivesse aceitado os convites anteriores, já saberia. Mas, em vez disso, preferiu apunhalar todos eles.

— Convites? — Aparentemente, eu me transformei em um papagaio que só conseguia repetir palavras. — Você está se referindo aos Cães do Inferno salivantes que queriam me comer no jantar?

— Ah, claro que eles queriam te comer, querida — ele concordou. — Mas não da maneira que você está insinuando.

Franzi o nariz.

— Que nojo. — Porque eu havia captado essa conotação e de jeito nenhum ficaria grata.

Desisti de tentar soltar minha perna e optei por dar um soco na garganta dele.

O resultado foi que ele pegou meu pulso com um estalar da língua, e me girou em seus braços até que minhas costas encontrassem seu peito. Isso tirou o ar de meus pulmões, mas também liberou meu joelho. Enfiei o calcanhar em sua bota robusta, ouvindo um sibilo do meu captor.

Ele murmurou um feitiço, mas as palavras eram estranhas para mim.

Cordas serpenteantes de magia sombria deslizaram ao nosso redor, sufocando e cegando minha visão do terreno do campus.

Droga!

Tentei lutar de verdade contra ele, forçá-lo a me soltar, mas paralisei quando um calor intenso envolveu meus sentidos.

Inferno.

Chamas irromperam ao nosso redor, as rochas de zibelina brilharam com listras de vermelho e laranja.

O Fae da Meia-Noite me soltou com um leve empurrão.

— Estarei lá dentro esperando para ver se você consegue atravessar. — Ele deu um passo à frente exibindo um sorrisinho arrogante. — Boa sorte, Camillia.

Ele jogou uma moeda aos meus pés e desapareceu em uma sombra, me deixando no meio do que parecia ser uma mina terrestre de lava.

Ajax

— Foi realmente tão difícil? — perguntei enquanto me escondia do outro lado das paredes do paradigma.

Payan rosnou, avançando em minha direção.

Eu o acertei com um feitiço de defesa que o fez cair de bunda no chão, gemendo e me fazendo revirar os olhos.

Seiscentos e sessenta e seis cativas e Camillia De la Croix foi a única que precisou da minha intervenção. Todas as outras foram entregues diretamente por seus parentes ou sequestradas com facilidade durante o sono.

Mas não essa pequena garota Halfling de cabelos loiros escuros.

Eu enviei três Cães do Inferno para buscá-la, e todos voltaram com a mesma aparência: com uma lâmina nas bolas. Dois deles também tinham adagas cravadas nos peitos.

Todas de prata.

Pelo que os Cães do Inferno disseram, o metal *queimava*.

Passei quase uma década nesse reino, aprendendo a lutar e a me misturar com os Faes do Submundo, e nunca vi nenhum deles sofrer da maneira que sofreram depois de serem esfaqueados por essa fêmea.

Payan continuou a choramingar no chão, provando meu ponto de vista. Eu queria chamá-lo de fraco, mas o enviei por um motivo: ele pegou mais da metade das outras garotas sem um único problema.

No entanto, durou apenas cinco minutos na presença de Camillia.

Fascinante.

Era como se ele tivesse dado uma olhada nos seios dela e esquecido a porra do próprio nome. Ele se lançou contra ela sem nenhuma delicadeza, e ela o derrubou com um único movimento nas *joias da família.*

Mesmo com a dor, isso não deveria tê-lo mantido no chão por tanto tempo. Exceto pela *queimadura.*

Desde quando prata queima os Cães do Inferno? me perguntei pela décima ou décima primeira vez esta semana.

Bem, pelo menos agora, estava feito. Eu a levei com sucesso até o ponto de entrada. Se ela se mostrasse digna, os portões permitiriam sua entrada. Caso contrário, um dos lacaios de Az teria o prazer de limpar seu cadáver.

Verifiquei meu relógio e me encostei em uma árvore em chamas dentro dos portões. Minha perna esquerda latejava, me lembrando da sessão de treinamento de ontem. O chute rápido da garota agravou um pouco, principalmente porque eu quase não consegui bloquear seu movimento impressionante.

Os galhos acima de mim se contorceram em irritação, o tronco se eriçou sob meu toque. Ela não gostou de eu ter me encostado na casca, algo que a árvore thwomp me mostrou ao provocar uma dança de brasas e fumaça pelos galhos sem folhas.

— Me queime — eu disse, sem me incomodar com a notória tendência do thwomp de atear fogo em si mesmo.

10

Os terrenos dos Faes da Meia-Noite estavam repletos deles, então parecia apropriado que Zen, a criadora e mentora desse paradigma, tivesse acrescentado alguns à paisagem. Ela também incluiu lâminas de carvão, gárgulas, arquitetura de pedra, e um céu sem sol que emoldurava uma lua solitária. Um verdadeiro reino gótico, pintado para sempre na escuridão da noite.

Lar, pensei, suspirando.

Mas ele foi invadido pelos Faes do Submundo.

Agora que os Quandary de Sangue tinham permissão para viver novamente no Reino Fae da Meia-Noite, o antigo esconderijo foi transformado em uma prisão ao meu redor.

E eu era o diretor.

Meu trabalho era manter os prisioneiros lá dentro, não sequestrá-los. No entanto, Camillia se mostrou um caso especial. Az e eu brigamos por ela – eu perdi, o que significava que fui enviado para recuperá-la depois que todos os meus tenentes falharam.

Pegando a varinha, invoquei um encantamento que criou uma espécie de janela para que pudesse olhar através das paredes do paradigma. Como estava em uma realidade alternativa, eu não podia ver exatamente o que acontecia do lado de fora sem um pequeno feitiço.

Da mesma forma, tudo o que Camillia poderia ver de seu ponto de vista atual eram rochas por quilômetros e quilômetros, com dois sóis escaldantes brilhando no céu.

Essa área do Reino Fae do Submundo era inabitável por um motivo.

Com exceção da área protegida pelo paradigma.

A vida prosperava aqui, graças à magia dos Faes da Meia-Noite, que mantinha tudo vivo.

Girei a janela encantada até o local onde deixei Camillia e a encontrei de pé, com as mãos na cintura.

Ela não parecia estar assustada, apenas irritada.

Só isso já provava que ela era uma candidata viável para esse teste não planejado. Eu não submeti nenhuma das outras a isso, porque tudo o que elas faziam era gritar e implorar para que as levássemos para casa. Essas candidatas provavelmente iriam desmoronar no terreno rochoso e esperar até que alguém viesse buscá-las.

Mas Camillia, não.

Por isso, eu não a levaria diretamente para seus novos aposentos como as outras. Ela causou uma grande dor de cabeça, e isso parecia ser uma punição adequada para seus esforços.

Colocando a varinha de volta no bolso interno, cruzei os braços e observei a garota pelo portal mágico enquanto ela se curvava para pegar minha moeda.

O ar ao redor dela tremia de calor, e uma gota de suor escorria pelo arco de seu pescoço. Ela não duraria muito se não conseguisse encontrar uma maneira de entrar, mas essa era a consequência por desperdiçar meu tempo.

Seus lábios contraíram, os olhos cinza tempestuosos estudaram o objeto de maneira minuciosa. Ela soltou um suspiro e jogou o objeto no ar antes de pegá-lo e olhou para o céu para admirar os dois sóis. Ou talvez estivesse tentando procurar um portal de teletransporte. De qualquer forma, parecia perdida em seus pensamentos.

Seus longos cabelos loiros escuros me lembravam cinzas queimadas sob a névoa laranja-avermelhada e sua pele exposta já estava rosada por causa dos elementos severos. Se ela notou, não demonstrou. Em vez disso, começou a olhar em volta, com uma expressão calculista.

Uma brisa sutil atraiu meu olhar para o céu do paradigma no momento em que uma impressionante Fênix de penas de obsidiana encobriu a lua. Os Cães do

Inferno ao meu redor deram vários passos para trás, sem querer lidar com o ser que se aproximava.

Eu não compartilhava da preocupação deles.

— Exibicionista — murmurei quando o majestoso animal pousou ao meu lado. — Você poderia usar duas pernas como um Fae normal.

A energia zumbia ao meu lado enquanto Az ativava sua habilidade de se transformar e sua pele pálida substituiu as penas. Mas seu cabelo permaneceu castanho-escuro, com mechas grossas um pouco mais curtas que as minhas. E a mandíbula esculpida era decorada com fibras escuras, sua perpétua sombra da barba por fazer sempre em pleno efeito, não importava quantas vezes ele se barbeasse.

— Sou tudo, menos normal — ele respondeu, com a voz grave ostentando sua seriedade habitual.

— A maioria dos Faes do Submundo poderia dizer o mesmo — observei.

— Eu não sou como a maioria dos Faes do Submundo — ele rebateu.

Dei de ombros. Ele não estava errado. Os Faes do Submundo eram abominações por direito próprio, vindos de alguma mistura de heranças Faes. Mas Az, cujo nome completo era Azazel, era metade Fae Metamorfo, sua ascendência era da rara linhagem da Fênix Negra. Seu pai era um Fae Paradoxo, o que lhe dava uma composição genética bastante singular. A segunda metade também era o motivo pelo qual Az geralmente carregava uma espada, motivo pelo qual Az geralmente carregava uma espada. Tendo acabado de voltar à sua forma humana, ele estava sem roupas e sem seu conduíte mágico.

Pegando minha varinha novamente, agitei-a sobre ele enquanto murmurava um feitiço, conjurando uma calça.

Ele olhou para baixo enquanto elas apareciam ao

redor de suas pernas grossas e musculosas, então arqueou uma sobrancelha para mim.

— Geralmente, você gosta de mim nu.

— Sim, mas estamos esperando companhia — eu disse a ele. — Não queremos assustá-la com esse monstro entre suas pernas.

Seus olhos ardentes encontraram os meus.

— Elogios fora do quarto? Estou lisonjeado.

— Você pode mostrar esse elogio quando terminarmos aqui.

— Talvez eu faça isso. — Ele flexionou a mão diante de si, invocando um encantamento único. Sua espada apareceu logo depois, o magnetismo púrpura ao redor da lâmina combinava com as brasas violetas de suas íris.

O momento passou, e seu foco mudou para os portões.

— Essa é a garota? — ele perguntou, estudando a mulher em minha janela mágica. — Ela está prestes a se queimar viva fazendo isso. E Lúcifer não vai gostar de perder uma potencial candidata.

Segui seu olhar e a encontrei ajoelhada ao lado de uma poça de líquido preto. Sua expressão curiosa me lembrava um gato.

— Ela derrubou vários Cães do Inferno, incluindo Payan. Dou boas chances de sobrevivência.

Payan grunhiu, ainda irritado pelo ataque dela.

— Ela trapaceou com a magia de prata.

— Não é trapaça se funcionar — Az respondeu, com a atenção ainda voltada para a garota.

Payan rosnou e saiu mancando. Ele provavelmente estava esperando algum tipo de recompensa por seus ferimentos... ele teve sorte de eu não tê-lo levado a Lúcifer por ser tão inapto.

Com apenas nós dois observando a garota, Az inclinou um pouco a cabeça, a postura de alguma forma rivalizando com a tatuagem da fênix negra espalhada em seu peito nu. Era tudo muito parecido com um pássaro, o que fazia sentido devido à sua herança.

— Bem, ela é esperta.

Ela virou a moeda que eu deixei antes de jogá-la no líquido negro. O poço sugou o metal encantado para suas profundezas sombrias e o cuspiu de volta para ela, detestando a maldade da magia.

Contraí os lábios.

— Muito esperta — concordei.

Camillia se curvou para pegar a moeda novamente e a girou entre os dedos enquanto avaliava a paisagem.

Ela não conseguia nos ver, nem ao portão, o paradigma ficava invisível a menos que se aproximasse adequadamente. Do ponto de vista dela, os arredores se assemelhariam a uma terra de lava, fogo e morte. Mas se ela passasse pelas rochas, veria o arco de obsidiana e então encontraria os portões.

Seu olhar passou por nós quando ela olhou para a nossa janela e voltou. Então, ela segurou a moeda e a girou mais uma vez.

— Será que ela gosta do brilho do metal? — Az se perguntou em voz alta. — Porque, se for esse o caso, ela vai se derreter de verdade pela minha espada.

Franzi os lábios com a insinuação no tom dele. Eu supunha que, como Fae do Submundo, ele poderia lutar por ela como uma noiva em potencial, se assim desejasse. Ele era antigo, poderoso e o braço direito de Lúcifer. Eles também já estavam vinculados, mas não sexualmente.

Felizmente, os Fae do Submundo podiam se vincular várias vezes. Daí todo o propósito desse teste. As mulheres que se mostrassem viáveis seriam leiloadas a grupos para serem compartilhadas – uma forma de Lúcifer pacificar os muitos machos de seu reino.

É claro que a chave era a *sobrevivência*.

E, consequentemente, era por isso que não havia muitas mulheres... a Fonte dos Faes do Submundo raramente aceitava mulheres em seu círculo interno.

Az se aquietou ao meu lado enquanto Camillia se concentrava nas pedras com uma expressão determinada.

Outro giro do metal e um canto de sua boca se ergueu.

— Você deixou um rastro mágico na moeda? — Az adivinhou.

— Apenas um leve zumbido para ajudá-la a seguir na direção certa. — Paradigmas eram realidades alternativas que não podiam ser vistas a menos que fossem abordadas do ângulo certo e com uma essência mágica apropriada. Daí a necessidade da moeda.

— Parece mais do que um *zumbido* — Az respondeu enquanto Camillia avançava com passos confiantes. — É como se você tivesse entregado um mapa a ela.

Não respondi, porque sim, foi exatamente o que eu fiz. Só não esperava que ela descobrisse isso tão rapidamente. A moeda estava magicamente ligada à entrada do paradigma, permitindo que o portador visse os portões quando encontrasse o arco certo para atravessar.

Que ela parecia já ter localizado em tempo recorde.

Interessante.

Seus arquivos diziam que ela tinha um pai Fae do Submundo de origem mista e uma mãe humana. Eles devem ter lhe ensinado a sentir a magia para que ela fosse capaz de navegar pelas terras tão rapidamente.

Todas as outras candidatas foram levadas diretamente para suas novas acomodações. Mas Camillia não chegou por vontade própria. Portanto, essa parecia ser uma forma adequada de castigo, exceto que ela percorreu o caminho rapidamente, arruinando minha diversão.

— Bem, isso foi chato — murmurei quando ela viu o arco.

— Mas também intrigante — Az respondeu. — Ela é única em comparação com a maioria das outras.

— Quer apostar na sobrevivência dela? — perguntei.

O olhar violeta de Az encontrou o meu.

— Essas apostas envolvem favores sexuais?

— Claro.

— Então, sim. — Seu tom sério deu a entender que ele falava a verdade. — Discutiremos isso mais tarde, no ringue.

Suspirei.

— De novo? — Tínhamos lutado na outra noite, e eu ainda estava me recuperando de sua crueldade com a lâmina. Minha perna esquerda ainda doía por causa de seu golpe implacável – um ferimento que pretendia me provocar enquanto se esticava e puxava dolorosamente minha carne, me lembrando do que aconteceu depois que terminamos nossa luta.

Falando sério, o Fae tinha mais do que merecido seu título de Comandante, um termo que se traduzia em ser o principal guerreiro e executor de Lúcifer. Todos se curvavam diante de Az, como se ele fosse o próprio Lúcifer.

Bem, todos, exceto eu.

Foi assim que Az e eu nos tornamos amigos e ele me obrigou a treinar com ele. Como ele dizia, eu era um dos únicos Faes com coragem suficiente para lhe dar uma luta adequada.

Embora eu quase sempre perdesse.

— Você gosta de treinar — Az respondeu em voz baixa. Seus lábios roçaram minha bochecha antes de chegar ao meu ouvido e acrescentar: — E também gosta quando eu o obrigo a se submeter.

Estremeci, e meu feitiço de janela desapareceu quando Camillia encontrou os portões.

— Se você está esperando que eu escale essas paredes cobertas de videiras, então vai ter que esperar um pouco — ela disse do lado de fora do exterior de pedra.

As videiras-serpentes sibilaram para ela em resposta, irritadas com sua presença, e várias gárgulas se armaram junto aos portões.

Suspirei.

— Suponho que eu deva fazer a visita guiada a ela agora.

— Eu me ofereceria para ajudar, mas não quero.

— É claro que não quer. — Az não era muito fã de socializar, preferindo se comunicar mais com os punhos em vez de palavras.

Ele beijou meu pescoço e me deixou para lidar com a furiosa beldade Halfling do lado de fora dos portões. Pensei em deixá-la lá para brincar com a versão desse paradigma da LethaForest. Sua punição não tinha sido tão satisfatória. No entanto, ela foi astuta, e esse tipo de comportamento merecia ser recompensado. Pelo menos um pouco.

Hesitei, pesando as opções.

Uma gárgula gritando uma ordem para que ela se afastasse tomou a decisão para mim.

Lúcifer ficaria profundamente chateado se uma mulher com o potencial dela fosse morta por uma das criações de Zen ou pelas gárgulas que ela permitiu que residissem nesse paradigma. Ele não poderia fazer nada contra Zen, pois o acordo deles a protegia de sua ira. Além disso, seu antigo título de Rainha dos Faes da Meia-Noite e seus laços com a realeza atual sentada nos tronos dos Faes da Meia-Noite.

Mas ele poderia me punir.

E eu preferia evitar isso.

— Você acha que tenho medo de uma criatura de pedra pequena com uma espada do tamanho da minha mão? — Ela parecia ao mesmo tempo divertida e irritada, com a voz carregada pelo vento. — Você é como um gnomo de jardim irritado.

A gárgula rosnou e correu para frente com a espada levantada.

— Já chega, sir Garmond — murmurei, lançando um feitiço para forçar a gárgula a ficar parada. — E não é sensato desafiá-los, srta. De la Croix — acrescentei ao me aproximar. — Apesar do tamanho, elas são extremamente poderosas.

— Eu também — ela respondeu.

— Sim, parece que sim — concordei, estalando os dedos para que os portões se abrissem. — Mas é poderosa o suficiente para sobreviver?

Ela me encarou, e sua energia agressiva fez meus lábios se curvarem em um sorriso. Fazia muito tempo que eu não encontrava uma mulher como ela.

A maioria das mulheres se submetia facilmente.

Essa, não.

Definitivamente, ela valia a aposta com Az, porque talvez ela conseguisse chegar ao final.

Ela passou pela entrada, sua expressão escurecendo ao ver os edifícios semelhantes a um castelo às minhas costas.

Eu sorri.

— Bem-vinda aos Testes das Noivas Faes do Submundo, querida. Sou o Diretor. Permita-me mostrar sua nova cela.

CAMI

TER um Fae do Submundo como pai me preparou para todo tipo de situações bizarras.

Esta, no entanto, não era uma delas.

— Testes de Noiva Fae do Submundo? — bufei. — Não, obrigada.

O *Diretor* me ignorou e, em vez disso, virou-se com um comando.

— Siga-me.

Como eu não era um cão, nem tinha interesse em obedecer, então permaneci junto aos portões. Ele ergueu a mão, apontando uma varinha para cima.

Franzi a testa, ofegando quando um raio de fogo púrpura saiu de sua varinha e laçou meu pescoço, me puxando para frente. *Como se fosse uma coleira.*

— Me solte — exigi enquanto meus dedos queimavam ao tentar afastar o fio de fogo do meu pescoço.

— Eu te ofereci a chance de andar por conta própria. Você recusou. Esta é a alternativa. — Ele se virou para admirar a magia que queimava em minha garganta. — E devo dizer, essa coleira fica muito bem em você, Camillia.

Rosnei em resposta.

Ele sorriu.

— Estes são os terrenos de entrada — ele disse, apontando para a paisagem sombria de árvores sem folhas, grama preta e vida selvagem errante. Embora fosse uma melhora em relação aos túneis, abismos e rochas derretidas, eu tinha a sensação de que não iria gostar muito mais daqui do que do último lugar. — Quase tudo neste pátio vai tentar te matar, por isso não sugiro visitá-lo com frequência.

Como se para confirmar, uma das árvores pegou fogo, lançando fumaça e brasas pelos ares.

Isso explica os galhos sem folhas, pensei, olhando para o gigantesco tronco preto.

— Thwomp que queima — o Diretor murmurou. — Caso esteja procurando um nome. — Ele puxou a coleira, me arrastando por um caminho de paralelepípedos margeado pela paisagem sombria. — Todo este paradigma foi criado por um Fae da Meia-Noite para outro Fae da Meia-Noite, daí as influências óbvias.

Ele deu um leve puxão na coleira improvisada quando comecei a me inclinar e examinar as lâminas reflexivas da grama. Pareciam feitas de metal e se moviam conforme andávamos.

— Você perdeu a parte em que eu disse que o pátio foi projetado para te matar? — ele questionou, me puxando para o seu lado e envolvendo outra corda mágica em meu corpo. — Não. Toque.

Meu queixo tremeu.

— Diz o homem que me prende com cordas ardentes de magia dos Fae da Meia-Noite.

— Para mantê-la viva.

Eu o encarei.

— Ah, então foi por isso que me deixou do lado de fora

dos portões? Para que eu pegasse um bronzeado enquanto tentava sobreviver?

Ele sorriu.

— Você parecia um pouco pálida.

— Diz o aspirante a vampiro — retruquei.

Ele arqueou as sobrancelhas.

— Quer uma prova da minha mordida, querida? Isso me faria parecer mais vampiro aos seus olhos?

Dei uma risada sarcástica.

— Não estou procurando um companheiro, mas obrigada mesmo assim.

— Ah — ele murmurou, sua expressão irradiava aprovação. — Alguém estudou a espécie Fae.

— Alguém não teve escolha — respondi, pensando em toda a literatura aleatória que meu pai me deu ao longo dos anos. Ele pode ter sido ausente na maior parte da minha criação, mas quando aparecia, sempre estava relacionado a algum tipo de treinamento sobrenatural.

— E o que você sabe sobre os Fae da Meia-Noite?

— Que os machos ditam o vínculo de acasalamento por meio de mordidas. Um pouco sexista, se quer minha opinião — acrescentei enquanto tentava soltar a coleira em minha garganta. As brasas chiavam nos meus dedos, me fazendo sibilar. — O que explica sua tendência a me amarrar. Provavelmente, sou apenas um animal de estimação glorificado para você, não é? Uma Halfling com mãe humana. Apenas mais uma exibição para seus *testes de noiva*.

Suas íris azul-escuras me examinaram, a diversão parecendo se transformar em uma expressão contemplativa.

— Definitivamente, não é um animal de estimação que eu queira ter — ele disse depois de um minuto. A coleira se transformou em cinzas. — Siga-me como uma boa menina, e eu deixarei seu pescoço em paz. Se me desobedecer, vou ensinar o significado de animal de estimação, fazendo-a rastejar.

Cerrei os dentes enquanto sentia o alívio percorrer minha pele ao me livrar do feitiço.

Droga de mago, pensei, olhando para a varinha que ele mantinha na mão. Ela servia como um aviso e uma provocação, tudo embrulhado em um único bastão preto. Eu poderia tentar pegá-la, mas, pelo que eu sabia sobre os Faes da Meia-Noite, eles não precisavam do conduíte mágico para acessar sua fonte sombria, aquilo apenas os ajudava a controlar o poder.

E sim, isso provavelmente pioraria as coisas. Além disso, eu já o subestimei em nosso primeiro encontro. Eu esperaria meu tempo e descobriria seu ponto fraco, então atacaria.

Porque eu também conhecia alguns feitiços.

Feitiços que meu pai, Fae do Submundo, me ensinou e que eram destinados a situações como essa.

E eu não precisava de varinha para usá-los. Apenas muita energia, que estava me faltando no momento.

No entanto, esse Fae da Meia-Noite me subestimaria se eu jogasse junto... outro benefício que me daria uma chance de reavaliar a situação e reabastecer minha energia.

Portanto, eu o segui e examinei meus arredores, sendo uma *boa menina* por enquanto.

Tudo o que preciso é de um portal.

Meu pai me ensinou a usá-los quando eu era criança e me fez memorizar cerca de cinquenta códigos diferentes. Um deles funcionaria. Ele só não me ensinou a criar um, o que teria sido muito útil neste momento.

Mas se eu pudesse localizar...

Um enxame de corvos saiu pelo campo, fazendo com

que o Diretor me agarrasse e me puxasse para trás enquanto criava um escudo de magia de fumaça roxa.

— Pare de pensar em fugir — ele me repreendeu. — Essas coisas estão programadas para mantê-la aqui por qualquer meio necessário, e já mataram três garotas esta semana.

Arregalei os olhos.

— Como? — perguntei, olhando para os bicos.

Foi então que percebi que as penas não eram macias, mas feitas de bordas afiadas e rochosas.

— Oh — sussurrei, engolindo em seco. — Certo.

— O terreno está cheio de armadilhas que te matarão só por conspirar. — Ele parecia exausto enquanto jogava poder ao nosso redor, criando uma camada protetora de eletricidade roxa que provocou uma rodada de gritos furiosos dos corvos que se aglomeravam.

— Então você capturou um bando de Faes só para matá-los sem cerimônia? — Não pude evitar a incredulidade em meu tom. — Parece que você teve muito trabalho para reunir seu gado só para matá-lo. Talvez você devesse me devolver e poupar o trabalho de ambos.

Seus lábios se curvaram em um sorriso cruel.

— E qual seria a graça disso?

Olhei para o bando de corvos furiosos.

— Diversão, de fato — murmurei. — Parece um desperdício.

— Não é desperdício. É apenas um fator do jogo. E temos uma superabundância de candidatas. Seiscentos e sessenta e seis, para ser exato. — Ele deu de ombros, mas o suor em sua testa sugeria que essa demonstração de poder estava lhe cobrando caro.

Isso me fez pensar no que aqueles corvos estariam fazendo comigo agora sem a interferência dele.

Será que eu sobreviveria a eles?

Será que eu sobreviveria a *isso*?

— Lúcifer se certificou de que haveria o suficiente para todos. As mortes são uma expectativa — ele continuou. — A Fonte dos Faes do Submundo normalmente não aceita mulheres, então não finja acreditar que você é especial. — A maneira como ele me protegia agora dos corvos furiosos parecia contrária às suas palavras.

Ou talvez ele fizesse isso para todas as recrutadas.

— Seiscentos e sessenta e seis, hein? — comentei, cruzando os braços. — Bem, acho que está prestes a ser seiscentos e sessenta e cinco. — Porque eu deixaria este lugar. — Desculpe-me por estragar seu número tão pouco original.

Ele semicerrou os olhos.

— Você não quer me testar, Camillia. E certamente não vai querer testá-los. — Ele permitiu que um corvo passasse por sua teia de magia, com o bico feito de rocha sólida.

Ele foi direto para o meu olho.

Eu o golpeei e xinguei quando a ponta da lâmina cortou minha mão.

Enfrentar um enxame desses seria uma maneira terrível de morrer.

Seu poder envolveu o pássaro como um laço, puxando-o de volta para o enxame.

— Você tem dois minutos para controlar sua vontade de fugir, Camillia — ele disse entre dentes. — Caso contrário, vou deixá-la se defender sozinha.

Suspirei.

— É natural querer fugir.

— Nada neste mundo é natural — ele respondeu.

— Que merda — murmurei, tentando descobrir como desligar meu cérebro. Fui criada para analisar cada ponto de fuga em potencial e procurar falhas de segurança. Desligar isso seria... difícil.

Os corvos aumentaram a velocidade antes de emitir um alarme estridente.

Estremeci, erguendo as mãos para tampar os ouvidos, mas vi que meus pulsos estavam presos nas mãos do Diretor quando ele se virou para me encarar. Ele soltou minhas mãos, em seguida prendeu meu queixo e me forçou a encarar suas íris ardentes.

As bordas azuis ardiam com promessas, e certamente não eram do tipo bom.

— Quanto mais cedo você aceitar que não há como mudar o acordo, mais chances terá de sobreviver.

Pisquei para ele.

— Acordo?

— Sim — ele sibilou. — Aquele que seu pai fez em nome de sua vida. É por isso que você está aqui, assim como todas as outras. Porque todos esses pais fizeram acordos às custas das almas das filhas. Quer falar sobre sexismo? Reflita sobre isso por um minuto, querida. — Ele me soltou e seu escudo de fumaça se derreteu no ar e permitindo a entrada dos corvos.

No entanto, eles só bateram as asas furiosamente ao meu redor antes de voltarem para o céu e apagarem a lua.

Meu coração parou de bater, não pelo susto de quase ser cortada até a morte pelas asas deles, mas pelas palavras do Diretor.

— Estou aqui por causa de um acordo? — Todos os meus pensamentos de fuga desapareceram. — Puta merda.

Ele ergueu as duas sobrancelhas e soltou uma risada.

— Merda mesmo — concordou, gesticulando. — Vamos continuar nosso passeio?

— Por todas as coisas que querem me matar? — questionei em resposta. — Claro, por que não?

Pelo menos, ele deu à minha mente outra coisa em que se concentrar.

Porque agora eu não queria apenas fugir... queria matar meus pais também.

Os edifícios semelhantes a castelos se erguiam no alto, com suas pedras de obsidiana contorcidas por cobras e corvos que brilhavam à luz da lua. Pequenas gárgulas cobriam as torres superiores, parecendo estátuas. Sendo que uma delas se moveu, confirmando que eram muito reais.

E assustadoras pra caramba.

Embora eu soubesse que havíamos nos mudado para uma área magicamente protegida de uma terra inóspita, o Reino dos Faes do Submundo em toda a sua glória, uma brisa quente ainda encontrava seu caminho pelas calçadas de paralelepípedos e pátios cor de carvão, chamuscando minha pele de uma forma que estava começando a parecer uma queimadura de sol, apesar do céu da meia-noite.

Ninguém mais parecia incomodado com isso.

Os habitantes do reino estavam mais concentrados no Diretor do que no ambiente, seus olhares se abaixaram em respeito quando começamos a passar por eles. Alguns dos seres até se curvaram.

Claramente, fui forçada a me submeter por um dos membros mais poderosos desse reino.

Não era a melhor pessoa para começar a planejar uma fuga.

Como se concordassem com meu pensamento, as cobras se contorciam e sibilavam ao longo das paredes, o som era um aviso aos meus sentidos.

Certo. Não tinha permissão para pensar em fugir.

No entanto, isso não significava que eu não pudesse encontrar outra maneira de sair, uma maneira que eu pudesse fazer *legalmente*.

Por exemplo, encontrar uma maneira de quebrar o acordo que meu pai fez com o proverbial demônio.

— Você tem uma cópia desse acordo em algum lugar? — perguntei-a ele.

O Diretor olhou para mim, me avaliando.

— Acredito que haja um esperando por você em seu quarto. Mas posso garantir que não há brechas. O próprio Lúcifer redigiu os documentos.

Lúcifer.

Eu nunca tive o desprazer de conhecê-lo, mas meu pai me contou histórias sobre o infame Rei dos Fae do Submundo. O submundo era um lugar muito real, não um lugar para as almas viverem após a morte, mas uma prisão para Faes... a pior das piores. Exceto que Lúcifer o transformou em seu próprio reino, um reino infame por seus acordos distorcidos em que somente ele saía ganhando.

— E esse acordo me dá em troca...?

O diretor deu de ombros.

— Não li seu acordo específico. Pode ser qualquer coisa, na verdade. Riqueza. Poder. Liberdade.

— E você também está aqui como parte de um acordo?

Ele fez uma pausa em frente a uma escada de mármore, com sua capa balançando em uma brisa sombria que parecia tocar apenas a ele e não a mim.

— É preciso ter uma alma ingênua para lidar com o proverbial diabo. — Seu olhar passou por mim antes de acrescentar: — E eu não sou ingênuo.

— Não fui eu quem aceitou um acordo.

— Não — ele concordou. — Foi seu pai.

— Então, por que você está aqui? — perguntei a ele, curiosa. — Você não é um Fae do Submundo.

Seus lábios se curvaram, mas seu sorriso não era gentil.

— E você é observadora.

— Você está evitando a pergunta.

— Porque você não mereceu uma resposta. — Ele deu um passo à frente até que meus seios roçaram seu torso. — Eu a ajudei com os corvos, porque Lúcifer ficaria desapontado em perder mais uma candidata para seu sistema de alarme. Não confunda isso com bondade, porque eu não sou bondoso.

— Não, você é apenas o Diretor.

— Sou. — Ele sustentou meu olhar por um longo momento, depois deu um passo para trás. — Por aqui.

Ele começou a subir as escadas com um floreio, sua capa se balançando atrás dele naquela brisa sombria. Era como uma nuvem negra perpétua que acompanhava cada passo dele, até o topo.

Eu o segui, com o coração na garganta.

O que meus pais poderiam ter pedido pelo preço de minha alma?

O Diretor abriu a porta para mim no topo da escada.

— Esta é uma área comum para alimentação — explicou, me conduzindo por um corredor até um espaço amplo e cheio de mesas. Uma fileira de cozinhas ficava perto do fundo, cada uma delas ocupada por vários Faes.

Os guardas também estavam posicionados por toda a sala, com seus olhares voltados para o Diretor quando entramos.

O silêncio tomou conta do espaço, e todas as mulheres sentadas olhavam para o Diretor com uma mistura de medo e admiração. Franzi a testa diante da clara reverência. Até os guardas pareciam respeitosos.

— Temos todos os tipos de culinária, inclusive uma variedade humana, já que você não é a única Halfling presente — o Diretor disse, ignorando todas elas. Ele se virou com um estalar de dedos. — Venha comigo.

Quase rosnei com a forma desdenhosa como ele disse isso, mas decidi obedecer porque queria uma cópia do acordo a que ele se referiu... aquele que ele disse estar em meu quarto.

Passando pelas cozinhas, saímos novamente para as ruas.

Em seguida, ele me mostrou uma biblioteca, mencionando algo sobre vultos e sugerindo que eu as evitasse. Algumas risadas seguiram a esse anúncio, me assustando, mas quando me virei, não havia ninguém e o Diretor já estava na metade do caminho para fora da sala.

Praticamente corri atrás dele e fiquei ouvindo enquanto ele apontava os diferentes dormitórios e, por fim, os anéis de desafio que, segundo ele, eu conheceria melhor mais tarde.

— Eles costumavam ser prédios acadêmicos. Nós reaproveitamos o espaço.

— Isso era algum tipo de universidade?

— Uma Academia Fae da Meia-Noite para os Quandary de Sangue — ele respondeu. — Um lugar para escondê-los durante as recentes lutas pelo poder. — Ele olhou para mim. — Você não leu sobre isso enquanto pesquisava sobre os Faes da Meia-Noite?

— Não, não li.

— Humm. — Ele se virou novamente, me conduzindo de volta ao terreno da antiga academia, apontando para a vida selvagem mais perigosa e para a vida vegetal ao longo do caminho. Outro daqueles *thwomps em chamas* estava ao lado de outro prédio, com um enxame de mosquitos ardentes tocando os galhos mortos. — E fique longe. Eles mordem.

Um deles voou em meu rosto como se quisesse me tentar a provar que ele estava errado.

Não o fiz, preferindo segui-lo por mais um lance de

escadas de mármore. A arquitetura gótica desse lugar parecia ser muito favorável à pedra e aos arcos escuros. Havia até um pináculo nesse edifício, o que me lembrava um pouco a torre de uma princesa de um livro de histórias. Tirando as sombras escuras e a aura negra, pelo menos.

Portanto, talvez um castelo para um romance de terror em que a princesa morresse fosse mais apropriado.

— Seus aposentos ficam neste prédio. O toque de recolher é às mil e quinhentas horas. O que, suponho, como americana, é sua versão de três da tarde, certo?

— Três da tarde é meu toque de recolher?

— Sim, e o café da manhã é à meia-noite.

— Meia-noite — repeti.

— Será que gaguejei? — ele respondeu.

— Não, apenas, *como americana*, estou acostumada a tomar o café da manhã às oito ou nove da manhã.

Ele sorriu.

— Bem, seus americanismos não se aplicam aqui.

— Claro que não — eu disse. — Duvido que alguma de minhas preferências se aplique.

— Agora você está aprendendo — ele respondeu, parecendo satisfeito. — No entanto, serviremos comida de seu reino. Não porque você a tenha merecido, é claro, mas porque alguns de nós realmente a preferem. Qualquer favor terá de ser merecido.

Arqueei uma sobrancelha. Isso soou... ameaçador.

E sexual.

Infelizmente, ele não entrou em detalhes.

— Então, você tomará o café da manhã à meia-noite, ou não comerá nada. O almoço é às três em ponto, e o jantar é servido às sete. — Ele olhou para a lua. — É noite constante neste paradigma, mas deve haver um relógio em seu quarto. Sugiro que você o guarde e cuide de seu tempo adequadamente.

Ele abriu a porta para me levar para dentro.

Parei na soleira, assustada com a variedade de gárgulas à espreita no saguão pouco iluminado. A maioria não chegava nem ao meio das minhas canelas, suas estruturas minúsculas me lembravam gnomos de pedra de jardim. Mas suas expressões eram decididamente hostis.

— Diretor — um deles deu as boas-vindas em um tom grave.

— Sir Davis — o Diretor respondeu com um aceno. — A srta. De la Croix está aqui para ser levada ao seu quarto.

Alguns resmungaram em resposta.

— Vejo que a notícia de suas inclinações se espalhou — o diretor falou com um suspiro. — Eu a acompanharei.

Arqueei as sobrancelhas.

— Minhas inclinações?

— De ofender guardas — ele respondeu.

— Você se refere ao Fae que tentou me sequestrar?

— Sim, os *guardas* — ele reiterou.

— Para ser justa, nenhum deles mencionou um acordo ou teste de noivas.

— Para ser justo, você nunca deu uma chance a eles — ele respondeu, enquanto uma das gárgulas decolava em um turbilhão de asas de pedra, abrindo caminho para um lance interminável de escadas.

Comecei a subir, imaginando se conseguiria ver o topo depois de mais alguns degraus, mas a escada não parava de subir... e subir... e...

— Tem fim?

— Sim. Quando chegarmos ao seu quarto — o Diretor me informou.

Franzi a testa.

— Mas o lado de fora tinha apenas três ou quatro andares.

— E você deixa que seus olhos digam no que

acreditar? — ele perguntou, arqueando uma sobrancelha.

— Muito humano de sua parte.

— Sou uma Halfling do mundo mortal — lembrei-o.

— De fato — ele concordou ele, continuando a subir.

Depois de pelo menos uma centena de degraus, o cenário começou a mudar e revelou uma plataforma que levava a uma única porta.

— Vale a pena observar que todos esses quartos são encantados para serem fechadas ao toque de recolher, e esse fechamento ocorrerá com ou sem você dentro do cômodo.

Bem, essa foi uma declaração sinistra.

— O que acontece se eu estiver fora da sala quando ela for fechada?

Ele me olhou de relance, com os olhos azul-escuros se iluminando.

— Você não vai querer saber, srta. De la Croix. Sugiro que esteja sempre em seu quarto às mil e quinhentas horas.

O gárgula *atravessou* a porta meia hora depois, fazendo com que meus olhos se arregalassem.

— Ele...

— E lá vai você deixar seus olhos lhe contarem mentiras novamente — o Diretor falou antes de seguir a gárgula pela porta de madeira.

— Ah... — Eu já havia testemunhado muita coisa em meus vinte e um anos, mas aquilo era certamente muito novo. — Tanto faz. — Eu queria uma cópia do acordo e, se tivesse que atravessar madeira para obtê-la, que assim fosse.

A energia pulsava ao meu redor quando entrei, e uma espécie de portão pareceu se fechar às minhas costas. Me virei para estudá-lo, mas era a mesma porta do corredor. Franzi a testa.

— Ela trancou?

— Sim. Mas basta tocá-la para destrancá-la novamente. — O Diretor se aproximou para demonstrar, passando os dedos pela madeira. — Ela está programada para reconhecer você ou alguém com autoridade para abrir a porta. É uma forma de mantê-la segura quando os testes começarem. — Ele olhou para o teto acima e depois de volta para mim. — Prevemos que haverá traição durante todo o processo. Esse é o outro motivo do toque de recolher. Isso nos ajudará a saber quem sobreviveu ao dia.

Ele deu um passo para trás e deu uma olhada na sala de estar antes de ir até a cozinha, onde a gárgula estava esperando por algo.

— O que você quer, Sir Davis?

— Hidromel do Espírito.

— Esteve conversando com a Rainha Aflora? — O Diretor sacou sua varinha para dar uma caneca gigante de uma substância parecida com cerveja à gárgula. — Satisfeito?

— Sim — a pequena coisa grunhiu antes de dar um gole. — Muito satisfeito, Mestre Ajax.

— Diretor — ele corrigiu.

— Sim, sim. — Ele acenou com uma mão de pedra enquanto caminhava de volta para a sala de estar. Ele fez uma pausa quando chegou à porta. — Desforra às dezesseis horas?

— Já prometi minha tarde para Az. Mas ficarei feliz em ganhar suas pedras amanhã.

A gárgula grunhiu.

— Amanhã às dezesseis horas então.

— Jogar é ruim para você — o Diretor advertiu.

— Só quando eu perco — Sir Davis respondeu.

Então ele desapareceu em uma nuvem de poeira.

Entreabri os lábios.

— Ele acabou de... morrer?

O Diretor – *Ajax* – bufou.

— Não. As gárgulas costumam deixar um rastro de escombros de pedra. — Ele abriu a geladeira e seus lábios se apertaram ao encontrá-la vazia. — Humm.

Ele passou os dedos sobre as prateleiras, movendo os lábios com palavras sem som para criar uma variedade de alimentos. Havia frutas frescas, legumes, carnes e uma variedade de outros itens que me deixaram com água na boca de fome.

— Considere isso como um prêmio de consolação por ser a prisioneira mais difícil de capturar — ele disse, fechando a porta mais uma vez. — Provavelmente, você será o alvo número um de todos. Pode comer em seus aposentos em vez de se arriscar na cafeteria.

— O quê? Por quê?

— Bem, o objetivo dos testes de noivas é sobreviver, e você provou ser melhor nisso do que todas as outras. Metade das candidatas também acabou de me ver fazendo um tour particular com você. Algo que não fiz para nenhuma delas. — Ele passou os dedos sobre a mesa da cozinha, fazendo com que uma série de livros e documentos aparecessem. — Leia. Aprenda. Estude. Os testes começam em três dias. Depois, é cada mulher por si.

Ele se dirigiu à porta sem dizer mais nada.

— Espere, espere um pouco — eu o chamei. — E quanto ao acordo? Quero ver com o que meus pais concordaram.

Ele fez uma pausa e olhou em volta. Depois, desapareceu em um corredor curto que levava a um quarto no final. Parei na soleira da porta e o encontrei fazendo algo com meus cobertores.

— O que você está...

— Aqui — ele disse, virando-se para me entregar um bilhete enquanto um edredom roxo e sedoso se desenrolava sobre o colchão. Dois travesseiros apareceram em seu rastro, seguidos por um floreio de magia de sua varinha em direção ao banheiro adjacente. — Não compartilhe seu conforto. As outras já estão com bastante inveja.

— O que você...

— Adeus, srta. De la Croix — ele interveio. — Eu diria para aproveitar sua estadia, mas sei que não vai. Nem mesmo com minhas *melhorias*.

A fumaça violeta encheu o ar no instante seguinte, seu corpo desaparecendo na nuvem e deixando um cheiro persistente de pinheiro para trás.

Pisquei ao ver seu desaparecimento e, em seguida, o peso do objeto em minha mão chamou minha atenção.

Assim como o nome gravado no papel.

Meu nome.

Na caligrafia bagunçada do meu pai.

CAMI

Filho da mãe.

Meus pais me venderam ao demônio para absolver meu pai de todas as dívidas com o Rei Fae do Submundo. Não dívidas financeiras, mas dívidas de alma. Do tipo adquirida como resultado de ele ser um Fae conectado à Fonte dos Fae do Submundo.

Lúcifer forneceu poder e proteção por um preço.

Pelo que entendi, meu pai não queria mais pagar esse preço.

Então, ele me entregou.

— Que se dane — gritei, apertando o contrato em minha mão.

O papel foi alisado instante seguinte, algum tipo de magia sombria o restaurou. Devia ser uma proteção contra falhas para impedir que os Faes destruíssem seus contratos.

Olhei para a assinatura de meu pai, depois notei a data.

Meu aniversário.

— Uau, bem, isso certamente é melhor que o bolo de granadas, pai — eu disse, jogando o papel na cama. — E todos os outros presentes com armas que você me deu ao longo dos anos.

Eu não estava falando com ele, porque meu pai não podia me ouvir aqui. *No submundo.* Onde ele submeteu minha alma por causa de um acordo.

E agora, esperava-se que eu concorresse em uma série de testes nupciais?

Voltei para a área da cozinha para examinar os livros que o Diretor deixou sobre a mesa, sentindo minha ira aumentar a cada segundo. Ao folhear os primeiros, notei que eram todos sobre morte e como matar. *Material de estudo para o meu destino.*

— Mas que merda é essa? — questionei, folheando todos os livros e documentos, procurando alguma explicação para o propósito de tudo isso.

Testes de noivas eram um conceito bastante simples, mas uma noiva para quem? Lúcifer? Outro Fae do Submundo? O Diretor?

Fiz uma pausa, considerando Ajax.

Depois, balancei a cabeça. *Não.* Só porque ele era bonito, não significava que eu queria me *casar* com ele. Além do mais, ele era idiota. Bem, tirando a questão da comida e o que quer que ele tenha feito com minha cama. E o passeio não foi horrível.

No entanto, ele era a razão de minha situação atual.

Então era não para *o Diretor.* Ele nem era um Fae do Submundo, era um Fae da Meia-Noite. E, embora morder durante o sexo pudesse ser excitante, eu não estava interessada na parte do acasalamento dessa equação.

— Tem que haver uma saída para isso — murmurei enquanto espalhava os documentos sobre a mesa da cozinha. — Pense, pense, pense.

Eu gostava de questões jurídicas, daí meu diploma de

graduação em ciências políticas e meus estudos prévios ao curso de Direito na Universidade da Flórida.

Não que eu fosse voltar para lá tão cedo.

A menos que eu encontrasse uma brecha.

Ajax afirmou que os acordos de Lúcifer eram rígidos, sem possíveis desvios. Mas a lei poderia ser facilmente interpretada e manipulada pela mente lógica correta.

Fui até a geladeira para me servir de um suco, cortesia do *Diretor* e de sua varinha mágica, e me acomodei à mesa para começar a ler.

Os livros me mantiveram ocupada por várias horas, cada um deles detalhando vários aspectos da vida dos Fae do Submundo.

Havia criaturas – todas mortais.

Plantas diferentes de tudo o que existia no mundo humano.

E muitas regras.

Me concentrei mais no último, procurando informações sobre como Lúcifer conduzia seus negócios, e não encontrei nada de útil. Era tudo sobre a sociedade local e como os Fae do Submundo operavam em geral. Nada sobre acordos ou recrutamento de participantes relutantes em testes nupciais. Apenas algumas notas sobre a aceitação de todas as formas de criaturas – seja lá o que *isso* significasse – e a importância do respeito mútuo.

As regras listadas eram bastante monótonas por natureza. Mas, aparentemente, havia um código de vestimenta para sair de casa. Os toques de recolher que eu já conhecia também estavam detalhados.

Passei os olhos pelo resto, sem encontrar nada realmente útil.

Batendo os dedos na mesa, decidi que precisaria seguir outro caminho.

Não havia uma biblioteca?

Ajax só me mostrou a parte de fora antes de continuarmos nossa visita... o que não era comum ele fazer com uma candidata.

O que me fez pensar no motivo de ele ter feito para mim.

Por que eu fui a mais difícil de pegar? Outro prêmio de *consolação*, como ele disse que era a comida e outros confortos?

Com certeza, não era porque ele gostava de mim ou desejava me fazer algum favor.

Um sentimento que era mútuo.

Os *porquês* da situação também não importavam, apenas minha sobrevivência era relevante.

Regra número um dos Faes do Submundo: não morra.

Meu pai me ensinou essa e outras regras quando eu era criança.

Elas eram simples, mas eficazes.

E eu suspeitava que precisaria me lembrar de várias delas para sobreviver à minha situação atual.

Olhei para o relógio na parede e notei que já era quase meio-dia. Os documentos não estavam me fornecendo nenhum detalhe útil. Então, talvez eu pudesse usar o tempo para bisbilhotar ou encontrar a biblioteca.

Talvez as duas coisas.

Me levantei e fui em direção ao quarto, murmurando:

— Código de vestimenta — em voz baixa.

Regras. Regras. E mais regras.

Talvez *esse* tenha sido o resultado da obsessão de meu pai quando eu era criança.

Tirei a blusa de alça que usei na festa em que estava antes de ser rudemente levada para o Submundo. A camiseta fina era ótima para mostrar o decote, mas não tanto para andar por aí.

Embora eu achasse ridícula a ideia de um código de

vestimenta, não queria correr o risco de ser parada e repreendida antes mesmo de chegar à biblioteca.

Abri o guarda-roupa.

Havia fileiras de roupas penduradas lá dentro, junto com uma pequena cômoda cheia de camisas.

— Será que eu quero saber como eles sabem o tamanho das minhas roupas? — Perguntei em voz alta. — E onde estão as roupas íntimas e os sutiãs?

Verifiquei todas as gavetas e depois fui até as mesinhas de cabeceira que emolduravam a cama.

Nada.

— Só podem estar brincando comigo. — Voltei para o outro cômodo para examinar novamente a seção do código de vestimenta.

E encontrei uma linha em letras pequenas sobre roupas íntimas não serem permitidas.

— Que se dane — falei, decidindo manter o sutiã.

Mas a calça jeans e a calcinha realmente precisavam ser trocadas, então voltei para o quarto e as troquei pela calça preta.

— É claro que as camisas são todas brancas e finas. — Sinceramente, fiquei surpresa por não nos obrigarem a andar por aí de lingerie.

Revirando os olhos, troquei a regata por uma camiseta.

Pelo menos, era um uniforme sem graça. Talvez o proverbial alvo em minhas costas não fosse tão grande se eu me parecesse com todo mundo.

Regra número dois dos Faes do Submundo: Não chame a atenção.

Um formigamento de magia subiu por minhas costas, fazendo com que eu franzisse a testa.

Olhei para o espelho de corpo inteiro ao lado do guarda-roupa, me virando para ver que o encantamento tinha acabado de se espalhar pela minha pele.

Um bordado mágico brilhava em minhas omoplatas, que não estava lá quando escolhi a camiseta.

Porque eu teria notado meu nome escrito no tecido.

Camillia De la Croix.

Não era de admirar que o Diretor tivesse dito que eu teria um alvo em minhas costas. A porra da camiseta tinha meu *nome*.

O que significava que todos saberiam quem eu era. O outdoor ambulante que gritava que eu era uma ameaça que deveria ser tratada de acordo: *no meio de um teste mortal de noivas.*

— *Droga.*

Abaixo do meu nome havia três estrelas pretas, que também brilhavam por causa de um feitiço desconhecido. *Para que elas servem?* Não havia nenhuma menção a estrelas no livro de regras.

Vestindo a camiseta, examinei o tecido e grunhi quando o bordado preto desapareceu, deixando-a imaculadamente branca. Peguei outra e senti o mesmo formigamento de magia. Suspirei de frustração quando meu nome e as três estrelas apareceram novamente.

Ótimo, minhas escolhas eram sair vestida como um alvo ou quebrar as regras.

Regra número três dos Faes do Submundo: Conheça seu inimigo antes de se envolver.

Certo, então, se eu quisesse sobreviver, precisava entender melhor esse lugar.

— Uniforme de prática de tiro ao alvo — resmunguei, pegando as botas que havia usado no caminho para cá e calçando-as. Se eu conseguisse encontrar algum tipo de arma, poderia usar as botas para guardá-las.

Além disso, elas eram confortáveis.

Ao contrário dos tênis esquisitos que estavam no

armário. *Eles não podiam nem nos dar meias?* Balancei a cabeça. *Não importa.*

Quanto ao alvo em minhas costas, eu me preocuparia com isso mais tarde.

No momento, tinha problemas maiores em mãos.

Como encontrar uma brecha no contrato de Lúcifer que me permitisse sair legalmente deste lugar sem ser retalhada por um monte de lâminas em forma de corvo.

Me aventurei no banheiro, encontrei uma gama completa de produtos que provavelmente foram conjurados pelo Diretor.

Troquei o elástico de cabelo que usei na festa por um preto simples, prendendo-o e acenando para mim mesma no espelho antes de sair.

Ao chegar à minha porta, passei os dedos sobre a madeira e senti um clique suave no ar. Respirei fundo, fechei os olhos e me aventurei pela madeira.

Ao sair inteira do outro lado, abri os olhos apenas para ver a longa escada em espiral.

Que droga.

Teria que incluir cem degraus em meus cálculos de horário para o toque de recolher.

Mentalmente, contei os segundos e desci os degraus, dois de cada vez, chegando ao final da escada depois do que pareciam dez andares. Não conseguia me lembrar de quantos eram quando subi, apenas que havia muitos.

Esperava que eu não tivesse nenhum problema que me deixasse exausta, pois seria difícil fazer esse caminho novamente mais tarde.

Refazendo meus passos, caminhei pelo campus que, de acordo com Ajax, era inspirado na Academia Fae da Meia-Noite. A biblioteca não foi difícil de encontrar, ficava bem no centro da academia transformada em prisão.

Algumas candidatas me lançaram olhares curiosos e eu

tentei me manter nas sombras para esconder meu nome. No entanto, tomei nota dos poucos nomes que vi em meu caminho para a biblioteca.

Sarah Williams.

Veronica Scottsdale.

Feyre da Casa de Ferro.

Levantei a sobrancelha para o último. As duas primeiras pareciam ser Halflings do meu reino e não eram ameaças imediatas, mas a garota com cabelo prateado preso em um rabo de cavalo bem arrumado exalava perigo.

Ela era algum tipo de fae, devido à ponta de suas orelhas, e eu lhe dei um aceno sutil enquanto diminuía o passo. Suas íris de obsidiana flamejante a marcavam como *algo* diferente.

Ela me avaliou por um momento e, em seguida, deu o mesmo aceno.

Eu não queria fazer inimigas aqui. Mesmo que estivéssemos todas umas contra as outras, ainda éramos prisioneiras trazidas para cá contra nossa vontade. Nossos pais nos venderam e nos abandonaram à própria sorte.

Talvez eu pudesse encontrar algumas candidatas dispostas a trabalhar juntas...

Eu me sobressaltei quando uma lâmina cortou o ar a centímetros do meu rosto. Meus instintos dispararam, fazendo com que eu girasse em um ângulo estranho para evitar que fosse espetada viva.

Tudo aconteceu em menos de um segundo, e meu treinamento mal me manteve viva. Foi o assobio do metal contra o vento que fez cócegas em meus ouvidos, impulsionando minhas reações. Tudo instintivo. E o resultado da insistência de meu pai para que eu aprendesse a me proteger.

Por que ele sempre soube que eu acabaria aqui? eu me

perguntava. Só o fato de pensar nisso já me azedava todas as lembranças.

Não que eu tivesse muitas lembranças boas de meus pais.

Eles não eram exatamente carinhosos, mas frequentemente ausentes, com exceção de certas atividades – como a prática de combate.

Feyre sorriu.

— Boa esquiva, De la Croix. Talvez você seja uma das sobreviventes. — Ela empurrou o rabo de cavalo por cima do ombro. — Eu recomendaria que você não julgasse as outras com base apenas na aparência — ela acrescentou, depois se virou e voltou para os dormitórios com suas longas pernas levando-a rapidamente através da névoa iluminada pela lua.

Que droga. Lá se foram as aliadas.

No entanto, suas palavras não me saíram da cabeça. Teria sido um tipo estranho de oferta de paz? Ou será que todo mundo nesse reino era completamente louco?

Recuperando o fôlego, acalmei meu coração que batia rapidamente e vi algo brilhar contra a parede.

Passando o dedo sobre o entalhe na pedra, procurei a lâmina que ela jogou e franzi a testa quando encontrei apenas um indício de magia persistente.

Certo, provavelmente não nos eram permitidas armas, mas independentemente do tipo de Fae que Feyre fosse, ela claramente tinha uma vantagem se podia conjurar lâminas do nada.

Fae da meia-noite?

Fae do ar?

Uma mistura dos dois?

Isso a tornaria absurdamente poderosa... *uma abominação.* O que significava que eu precisava tomar cuidado.

CAMI

FIQUEI ATENTA a toda e qualquer ameaça em potencial em meu caminho até a biblioteca.

Felizmente, apenas *Feyre, da Casa de Ferro*, parecia ser capaz de conjurar facas do nada.

Pelo menos, na curta viagem pelo campus.

Parei do lado de fora da biblioteca, observando as magníficas paredes de pedra e as janelas escurecidas. As espirais góticas que decoravam os cantos eram semelhantes às que adornavam os outros edifícios semelhantes a castelos, mas cada estrutura parecia possuir uma aura distinta.

Algo que eu não conseguia definir com exatidão.

Também não conseguia vê-la.

Mas...

É como se a magia formasse as próprias paredes, pensei, murmurando para mim mesma. Bem. É melhor descobrir que magia se esconde ali dentro.

Abrindo as portas duplas, entrei e estiquei o pescoço, impressionada com o teto em estilo catedral que parecia se estender até a eternidade.

O local era enorme – muito maior do que parecia ser do lado de fora.

Também estava completamente vazio. Me dirigi ao balcão da recepção desocupado, pigarreei para anunciar minha presença a qualquer pessoa que pudesse estar à espreita atrás das prateleiras.

Silêncio.

— Olá? — chamei, dando uma olhada no grande espaço aberto. Os livros se estendiam pelas paredes com escadas flutuantes, e o teto estava pelo menos dez andares acima da minha cabeça. — Tem alguém aqui?

— Estamos sempre aqui — uma voz pairou de volta para mim com uma risada. — Sempre, sempre!

— Sim, sempre aqui — outra ecoou. — Ninguém mais nos visita. Os Quandary de Sangue se foram, como você pode ver.

— Mas será que ela está vendo? — uma terceira mulher murmurou.

— Talvez, não — a original murmurou. — Ela é única, não é?

— Muito.

— Original?

— Como ele.

— De fato.

Franzi a testa, tentando encontrar a origem das vozes e percebendo que deviam ser as figuras que Ajax havia mencionado.

— Vocês são invisíveis. Fantasmas?

Um movimento de vibração chamou minha atenção. Girei em círculo, tentando localizar os fantasmas, mas só encontrei o saguão vazio.

— Fantasmas? — um deles repetiu, horrorizado. — Que falta de educação.

— Muito rude.

— Ela é nova.

— Virtuosa também.

— Sim! É isso mesmo, não é? — A voz cantada rodopiava no ar, acompanhada pelo voar das páginas dos livros próximos. — O que você quer conosco, querida virtuosa?

Virtuosa certamente não era um termo que eu usaria para me descrever, mas talvez eu fosse um pouco mais inocente em comparação com os Fae do Submundo.

— Eu... eu só quero saber onde estão os livros de leis Faes do Submundo.

— Livros de leis? — a voz original repetiu. — Regulamentos e legislação. Que engraçado.

— Engraçado, sim — uma voz mais profunda disse. Ainda era feminina, mas mais gutural do que as outras.

— Mas ela provavelmente quer o livro. — Uma sutil rajada de vento fez cócegas em meu rabo de cavalo com as palavras.

— Aquele...? —uma voz tilintante perguntou, sem elaborar.

— Sim, *aquele*.

— Ah, sim, sim. Vamos lá! — a voz original entoou, um redemoinho de ar fez com que mais páginas se espalhassem e alguns livros caíssem das prateleiras. Observei com espanto como eles eram pegos antes de caírem no chão e se acomodavam de volta nas prateleiras, o que me dizia que havia vários seres invisíveis flutuando nesse enorme salão da biblioteca.

Um puxão no meu rabo de cavalo me fez dar dois passos para trás e, em seguida, um empurrão para o lado me levou a uma mesa no meio da sala, a cerca de vinte passos da recepção principal.

— Sente-se aqui — a voz mais grave disse. — E espere. Seguiu-se o silêncio.

Eu engoli em seco.

— Ah...

— Paciência, virtuosa — um deles sussurrou, espalhando arrepios pelo meu pescoço.

Então, um livro caiu na minha frente, com a encadernação de couro desgastada e claramente bem usada.

Olhei para o grande volume, traçando os dedos na encadernação de couro. Estava desgastada, mas era linda. Macia. Havia algo... antigo nele que exigia reverência. Quase tive medo de abri-lo. Parecia muito poderoso, muito antigo.

Os fantasmas ficaram em silêncio, como se estivessem prendendo a respiração.

Então, percebi que era eu quem estava prendendo a respiração, com os dedos ansiosos para abrir o livro, mas um medo irracional me dizia que, com a minha sorte, era uma armadilha.

O Diretor me alertou para não interagir com criaturas. Se ele realmente valorizava minha sobrevivência, independentemente de seus motivos, o que aconteceria se eu o abrisse? Por que as criaturas estavam tão concentradas nesse livro?

— O que ela está esperando? — um deles reclamou.

— Sim. Muito tempo.

— Odeio suspense — outro concordou.

Uma cutucada no meu cotovelo me avisou que as criaturas estavam ficando impacientes, mas algo nesse livro me chamou a atenção. Eu sempre ouvia meus instintos, e eles me diziam que aprender mais sobre esse mundo era o que me ajudaria a sobreviver.

E, às vezes, adquirir conhecimento significava correr riscos.

Mordendo o lábio, passei o dedo indicador por baixo da capa desgastada e o abri com cuidado.

A primeira página estava em branco.

— O que está escrito? — alguém perguntou com entusiasmo.

— Ah, por favor, leia para nós! — outro exclamou.

Humm, talvez os seres estivessem apenas entediados e esperassem que eu lesse uma história para eles, mas esse era o livro errado para isso.

Uma página em branco me encarava e eu a considerava enquanto passava os dedos sobre o papel macio, estremecendo quando a energia deslizou por minhas veias.

As palavras apareceram, rolando pela página como se tivessem sido escritas com tinta úmida.

— *Leges de Virtuouso Attingas Parvulorum* — sussurrei, reconhecendo o contexto latino para Leis dos Antigos. Mas... *Virtuouso*. Essa não era uma palavra que eu reconhecia – certamente não em latim.

As criaturas sussurraram com entusiasmo em um idioma que eu não entendia. Mas percebi a admiração em seus tons. Olhei em volta, desejando poder vê-los.

— O quê? O que é isso?

Eles se aquietaram. Um deles falou com um empurrão que, desta vez, foi mais suave.

— Leia, querida. *Leia*.

— Deixe-a fazer isso — sugeriu um deles.

— Sim, ela precisa aprender — outro disse.

O ar se agitou ao meu redor e, no momento seguinte, o peso no ar se dissipou, sugerindo que eu estava realmente sozinha agora.

Franzi a testa. Se as criaturas não queriam que eu lesse para elas, o que as deixou tão empolgadas?

Balançando a cabeça, voltei ao livro e me perdi nas

páginas. Enquanto eu as folheava, palavras em latim apareciam no papel e se transformavam em inglês à medida que eu lia. Ao contrário do título, o livro parecia ser capaz de se adaptar ao meu idioma nativo.

Isso não facilitou em nada a leitura. As páginas estavam repletas de leis e regras, costumes e declarações que me fascinaram. Ao absorver o conteúdo complexo, quase me esqueci das informações que estava procurando.

No início, as páginas falavam sobre respeito e divisão de poder. Eu não entendia muito, mas a *Fonte de Tudo* era a mais mencionada, com frases sobre divisão de acesso rabiscadas abaixo.

Depois, havia leis sobre compartilhamento, leis sobre anciãos, leis sobre a formação de magia e as várias combinações delas. Era um material intrigante, mas não particularmente útil para minha situação.

Nada sobre *acordos*.

Mas, novamente, eu tinha passado apenas vinte páginas de um total de trezentas. Comecei a folhear mais rápido, tentando dar uma olhada. Mas quanto mais páginas eu virava, mais eu percebia que o lado direito do livro não estava ficando mais fino.

Na verdade... o livro estava criando mais páginas.

Certo, livro *mágico*.

Assim como tudo neste reino, nada era o que parecia. Meu dormitório se estendia por mais de cem degraus, mas, do lado de fora, parecia ter apenas três ou quatro andares.

Finalmente, parei, maravilhada com a espessura do livro. Olhando para o canto superior direito, vi que estava na página dois mil quatrocentos e setenta.

Meus lábios se curvaram para baixo.

— Isso não é possível — sussurrei para mim mesma.

— Eu tenderia a concordar. — A voz grave veio de trás

de mim, uma presença calorosa que me envolveu em um manto de realidade.

Pisquei, percebendo que ele devia estar ali há algum tempo para que seu calor se infiltrasse tão profundamente em minha pele.

— Ah... — Olhei por cima do ombro, meio que esperando que ele fosse uma invenção invisível, e ofeguei ao ver um homem deslumbrante.

Santo Fae...

Seus cabelos castanho-claros caíam em ondas até as orelhas não pontudas. E ele ostentava uma aparência de alta moda que os modelos matariam para ter... o tipo de homem que se ajustava perfeitamente a um terno e o usava com um toque real que fazia os outros se curvarem aos seus pés.

No entanto, foram seus olhos que me cativaram.

Porque ele tinha olhos multicoloridos hipnóticos, emoldurados por cílios longos e escuros.

Lindos. Lindos demais. Quase me distraíam.

— Olá — ele me cumprimentou, essa única palavra contendo uma quantidade incrível de sensualidade. Esse era o tipo de homem que matava as mulheres com sua beleza, suas feições quase surreais e nitidamente inumanas. Ele era bonito demais para ser real. Suas maçãs do rosto eram perfeitas, sua mandíbula quadrada e seu olhar penetrante me faziam querer chorar aos seus pés e implorar para que ele me fizesse sua.

Que merda. Engoli em seco.

— Eu, ah...

— Você estava ocupada lendo — ele completou para mim. — Sim. Eu estava observando.

Quase pedi que ele me dissesse há quanto tempo estava me observando, mas não tinha certeza se queria saber.

— É um material cativante.

— Não tenho dúvidas de que isso seja verdade — ele concordou, inclinando a cabeça para o lado. — Pode levá-lo para o seu quarto, Camillia. Na verdade, eu a encorajo fortemente, já que o toque de recolher passou há mais de uma hora.

Entreabri os lábios.

— Ah... — *Droga.* Eu li a regra sobre isso em meus aposentos, assim como ouvi quando Ajax a mencionou. — Merda.

Sua boca se curvou em um sorriso, revelando covinhas impossivelmente perfeitas em cada bochecha.

— Quer que eu a leve de volta? — ele ofereceu. — Prometo que sou muito habilidoso nisso.

— Eu... — *Droga.* Minha primeira noite, ou melhor, *dia*, neste lugar e eu já tinha quebrado o toque de recolher. — O Diretor disse que todas as portas se trancam magicamente... — Não completei. Ele também avisou que eu não queria saber o que aconteceria se eu ficasse fora depois do toque de recolher.

Será que ele estava sendo enviado para punir os infratores? Ele parecia estar se divertindo demais com minha situação para ser necessariamente gentil.

— Como eu disse, posso levá-la de volta.

— Por que você faria isso?

Ele ergueu um ombro musculoso, fazendo com que a camisa branca de botões se deslocasse em seu peito largo.

— Importa?

— Se quer que eu confie em você, então sim, importa.

— Ah, você não deveria confiar em mim, anjinho — ele murmurou. — Nem um pouco.

— Certo. — Estiquei a palavra e franzi os lábios. — Talvez eu deva ficar aqui até a meia-noite, então.

— Você poderia — ele concordou. — Mas eu não recomendaria isso.

— O Diretor também não recomendou ficar fora depois do toque de recolher.

Ele assentiu, fazendo com que seus fios claros fizessem cócegas nas bordas de seu rosto perfeitamente esculpido.

— Por um bom motivo. Suponho que isso seja motivo para você permitir que eu a leve de volta ao seu quarto. Não é necessário confiar, apenas puro bom senso. — Seus olhos multicoloridos olharam por cima do meu ombro para o livro sobre a mesa. — Algo que presumo que lhe agrade, dada a sua escolha de material de leitura.

Mordi o lábio novamente enquanto debatia minhas opções.

Regra número quatro dos Fae do Submundo: Não confie em ninguém.

Se eu ouvisse o treinamento de meu pai, não iria a lugar algum com esse gostosão, por mais lindo que ele fosse.

Nada neste lugar é o que parece, lembrei a mim mesma.

O que significava que eu não deveria ir com ele.

Um rosnado feroz estremeceu as prateleiras, fazendo com que eu me levantasse e um calafrio percorresse minha espinha.

Isso não pode ser um bom sinal.

O Fae incrivelmente belo deu uma risada, o som vindo do fundo de sua garganta.

— Tique-taque, anjinho. O que vai ser?

AJAX

— Que merda foi essa? — Az questionou enquanto se endireitava para ficar em pé. — Você nunca cai com tanta facilidade.

— Tive um dia longo — murmurei, voltando a ficar de pé no tapete.

— É mesmo? — Az perguntou, cruzando os braços. — Ou você quer que eu o coloque de costas e acabe logo com isso?

Semicerrei os olhos.

— Não.

— Então, me faça trabalhar para isso — ele esbravejou.

— Vá se foder.

— Pretendo fazer isso — ele respondeu, com as mãos caindo para os lados. — Estamos nisso há apenas uma hora, e tudo o que você fez foi me irritar. Você precisa me dar *mais*.

Olhei para o mostrador de sombra na parede, que indicava que já passava uma hora do toque de recolher.

— Merda — resmunguei, flexionando os dedos. —

Parece muito mais do que uma hora. — O que dizia tudo sobre meu fraco desempenho. Normalmente, eu gostava de lutar com Az.

Mas não essa noite.

Az mexeu os ombros, fazendo com que a tatuagem da fênix se estendesse sobre seu peito. Uma leve camada de suor brilhava em seu abdômen, chamando minha atenção para baixo.

— Seja o que for, ignore, Ajax. Quero um desafio, não uma transa patética.

— Idiota — murmurei.

— Florzinha — ele respondeu, fazendo com que eu desejasse estar com minha varinha. Assim, ele não estaria me chamando de *maricas*.

Mas não era assim que jogávamos esse jogo.

Az começou a andar de um lado para o outro, com sua calça preta de cintura baixa, assim como a minha. Ele estava pronto, com os músculos flexionados, querendo lutar. Com força. Rápido. *Ferozmente*.

Porque, se eu merecesse, transaríamos depois. E isso era exatamente o que nós dois queríamos.

Mas eu não conseguia me concentrar. Ah, eu queria me perder na violência de Az, mas estava distraído.

Por ela.

Toda vez que eu tentava bloquear um dos movimentos dele ou me enroscava em seus membros, ela aparecia em minha mente, exigindo minha atenção.

A mulher de rosto angelical e peitos empinados se apoderou de meus pensamentos, afastando minha vontade de enfrentar Az.

Tornando-me *fraco*.

O que aconteceu comigo? Eu tinha melhorado a roupa de cama dela. Abasteci sua geladeira. Até mesmo garanti que suas roupas fossem um pouco mais resistentes do que deveriam ser.

Eu a mimei, tratei de forma diferente das outras. Também lhe dei um tour pelo campus.

Isso foi além de uma aposta boba com Az. Isso implicava que eu realmente queria que ela *sobrevivesse*.

E não fazia ideia do motivo.

Ela não significava nada para mim. Não era nada para mim.

Então, por que eu não conseguia tirar essa garota dos meus pensamentos? Por que demorei tanto tempo para capturá-la? Será que era a perseguição que estava me deixando fora de forma?

— Você ainda está distraído — Az acusou.

Eu grunhi, ignorando-o, e tentei acertar outro golpe em suas costelas, mas acabei caindo de costas pela terceira vez em cinco minutos.

Az aterrissou em cima de mim, com os cotovelos encurralando minha cabeça.

— Vou te pegar por trás se não começar a lutar comigo.

Mãe de todos os mosquitos de fogo. Eu já podia senti-lo endurecer contra minha coxa.

— Como vai ser? — ele provocou. — Mais preliminares ou uma ação rápida?

— Saia de cima de mim — rosnei.

— Me obrigue.

Que droga! Eu estava indeciso entre deixá-lo me possuir e chamuscar sua bunda com magia. A primeira opção proporcionaria uma diversão razoável e talvez me desse uma saída para essa energia reprimida que Camillia provocou.

E a segunda deixaria Az seriamente irritado, algo que eu gostava muito de fazer.

Eu o tirei de cima de mim com um soco rápido na lateral do seu corpo e uma flexão de quadris. Ele deu uma gargalhada, o som era faminto para os meus ouvidos, e ficou de pé ao mesmo tempo que eu.

Tirando a bela Halfling da cabeça, fui atrás de Az com toda a força da minha frustração, acertando-o na mandíbula com o punho antes de enfiar o joelho em seu abdômen. Ele praguejou, e o sorriso desapareceu de suas feições enquanto se concentrava na tarefa de me dar uma surra.

Ou tentar, pelo menos.

Era por isso que lutávamos... eu era o único que o desafiava de verdade, e o lembrava disso enquanto dançávamos na arena de treinamento.

Az deu um soco e eu o bloqueei. Os ossos de meus antebraços vibraram com a força de seu golpe. Coloquei um pé atrás de seu tornozelo, mas ele se esquivou de mim antes que eu pudesse derrubá-lo.

— Você pode fazer melhor que isso — Az disse, me agarrando pelo pescoço e me puxando para perto o suficiente para que seus dentes roçassem meu lábio inferior.

Que provocação.

Agarrei seu antebraço, mas ele me segurou e me puxou para cima do seu corpo com facilidade.

Porque, sim, uma Fênix Negra rara era mais forte do que um Cão do Inferno e um Minotauro juntos, mas muito mais atraente.

Eu me virei para encarar Az, mas recebi um soco na mandíbula. Em seguida, um golpe atingiu meu peito e eu voei para trás. Suas íris violetas se tornaram pretas com flashes de poder negro bruto.

— Você ainda está se segurando — ele rosnou, a voz

ecoando com o poder de sua Fênix. Se eu não me recuperasse logo, ele faria algo que raramente costumava fazer: derramaria poder bruto em minhas veias. Não em uma tentativa de me ferir, mas de me fortalecer com sua energia.

O talento único vinha de seu lado Fênix.

E o processo *doía* pra caramba.

Assobiei quando ele deu um passo à frente, com gavinhas de magia sombria queimando no chão, cujas bordas ameaçavam meus pés descalços.

— Az — avisei. Se ele continuasse nesse caminho, eu teria que recorrer à minha própria fonte de poder, algo que demonstrei ao permitir que uma pequena chama roxa dançasse em meu antebraço.

Ele inclinou a cabeça em um movimento parecido com o de um pássaro, o que revelava sua essência. Seu poder pareceu se acalmar.

— Há algo estranho esta noite. — Ele piscou algumas vezes. — É mais do que uma distração. Isso me faz lembrar de...

— Estou bem — eu disse.

— Você já disse isso antes — ele murmurou. — Era mentira.

— É sério que você vai falar desse assunto agora? — Ele só fazia isso quando realmente queria me provocar. O que significava que ou ele gostava de dançar com meu lado cruel, ou eu realmente estava lutando muito mal.

Ele deu de ombros.

— Você foi fraco naquela época. Agora também está sendo.

Arqueei as sobrancelhas.

— Está brincando comigo? — Como ele poderia comparar uma pequena distração com *aquele dia*?

Que droga.

A magia subiu por meus braços, e minha agitação aumentava a cada segundo.

— Minha Fênix sente a escuridão dentro de você, aquele desejo persistente que leva a pensamentos letais. — Ele estreitou o olhar. — Algo o provocou, pois não estava aí hoje cedo. O que aconteceu para estimular essa mudança?

Az nunca economizava palavras. Também não gostava de sutilezas. Ele dizia o que pensava com frequência, geralmente sem levar em conta o impacto emocional.

Algo que geralmente não me incomodava.

Mas ele não falava com frequência sobre *aquele* evento... o dia em que eu implorei para que ele me matasse.

Por causa dos pesadelos.

Por causa de *Emelyn*.

A Elite de Sangue que deveria ter sido minha.

No entanto, nunca tivemos uma chance.

Porque a morte acasalou com ela primeiro.

Estremeci, relembrando o momento horrível como se ele estivesse acontecendo bem na minha frente. Agora mesmo. Bem aqui.

Emelyn. Fria e sozinha. Marmorizada em um palco para todos verem. Ela não podia se mover. Mas seus olhos brilhavam furiosamente. Tudo em um show para demonstrar que apoiar abominações não seria tolerado.

Eu fui mantido sob o poder de um antigo Fae da Meia-Noite, *Constantine Nacht*, forçado a assistir à execução de Emelyn enquanto gritava por dentro.

Logo depois de ver meus pais sofrerem um destino semelhante.

Eu deveria ter sido forte o suficiente. Deveria ter impedido.

Mas não conseguia me mover. Não consegui nem mesmo chorar.

Fiquei ali parado e vi seu corpo se partir em mil pedaços diante de uma multidão enlouquecida de Faes da Meia-Noite lunáticos, para se juntar aos cadáveres de meus pais lá embaixo.

Mortos. Desaparecidos.

Meus pais não se despedaçaram. Os corpos deles ainda estavam lá, servindo como um troféu macabro para o louco que conduzia a cerimônia.

Um louco que detestava abominações.

Abominações como Az. Ele era o produto de dois tipos diferentes de Faes: Fae Paradoxo e Fae Metamorfo Fênix.

Constantine o teria caçado e exigido sua execução.

Foi por isso que achei apropriado pedir a ele que acabasse com minha vida.

Mas em vez disso, ele me queimou, me enchendo de energia renovada enquanto me dizia que eu ainda não estava pronto para o outro lado.

Eu fiquei furioso.

Nós realmente brigamos naquele dia.

Depois, ele me trouxe de volta à sua maneira. Não com ternura, não com gentileza, mas com violência.

E somos amigos desde então.

Ele me encarou, sua Fênix escureceu as íris de violeta para preto mais uma vez.

— O que o deixou assim? — ele perguntou. — O que o preocupa?

— Você não é meu terapeuta, Az.

— Não, apenas um amigo que quer treinar. Mas você está perdido em pensamentos. Por quê?

Porque eu não posso salvá-la, eu quase disse, pensando em Emelyn.

Mas...

O pensamento não estava no passado. *Não posso salvá-la*, ao invés de *não poderia salvá-la*.

Franzi a testa. *Não posso salvar quem? Camillia?*

Az desenhou um círculo ao meu redor com seu fogo negro perigoso, as chamas quentes contra meus sentidos.

Eu as dissipei com uma onda de magia púrpura, matando a vida de seu encantamento ao contaminá-la com a morte.

Ele sorriu.

— Então será esse tipo de batalha, não é?

A fênix em seu peito se moveu, atraindo meu olhar.

Seu punho atingiu minha mandíbula, me fazendo recuar dois passos.

— *Chamas* — sibilei, furioso com seu movimento de distração.

Eu me lancei para a frente bem no momento em que Az brandia outro punho envolto em chamas negras. Eu o segurei com a palma da mão, empurrando-o para trás tão depressa que ele não teve tempo de reagir e caiu de bunda no chão, comigo por cima e o dominando.

A raiva fez meus punhos voarem, socando-o na mandíbula, na boca e no peito duro como pedra. Suas palavras mexeram em uma ferida aberta, deixando meu humor consideravelmente sombrio.

E descontei nele.

Descarreguei *tudo* nele.

Minha impotência. Meu fracasso. Minha irritação com esse novo acontecimento com Camillia e a estranha sensação de proteção que senti em relação a ela.

Eu não a conhecia.

Não devia nada a ela.

E certamente não iria *salvá-la*.

O que há de errado comigo? eu me perguntava, perdendo a cabeça enquanto descarregava minha fúria em Az.

Mas ele só me deu alguns segundos.

Então, flexionou os quadris, segurou meu pulso e me jogou de costas enquanto me afogava em sua magia.

A dor percorreu todo o meu corpo quando o processo começou.

Mas toda a luta se esvaiu de mim no instante seguinte, e minha mente se desvendou com uma verdade que eu não queria aceitar.

Ela me faz lembrar de Emelyn.

Era por *isso* que eu não conseguia parar de pensar nela.

Aquela atitude majestosa e respostas sarcásticas me levaram de volta a um momento perigoso no tempo.

Um tempo no qual eu não queria pensar.

Um tempo em que eu me recusava a refletir.

Um tempo ao qual eu não me permitiria sucumbir nunca mais.

Agora eu vivia no presente, não no passado.

Isso não vai me consumir. Agora sou o Diretor. Não um Fae da Meia-Noite fraco paralisado sob o poder de outro, mas um ser poderoso, conhecido por aprisionar feras Faes do Pesadelo.

Az deu um soco em minha mandíbula com tanta força que meus dentes estalaram.

— *Assim* é melhor — ele rosnou, retraindo a magia sombria para permitir que eu me movesse. — Agora lute comigo, porra.

Com um rugido, corri através da névoa de chamas sombrias e o derrubei. Ele rolou rapidamente para trás e caímos juntos, ambos lutando para ficar por cima. Sua risada provocante só me deixou mais selvagem, pois ele cutucava de propósito minha fúria, como sempre fazia.

Por mim, tudo bem. Eu aproveitava a oportunidade de usá-lo, de liberar toda a minha agressividade, toda a minha fúria reprimida.

Emelyn está morta. E eu não podia fazer nada para trazê-la de volta. Era por isso que eu precisava viver no presente, não no passado.

Camillia De la Croix não era Emelyn Jyn.

Camillia podia se cuidar sozinha ou morrer tentando.

Eu não precisava assumir o ônus de ajudá-la. *Porque não posso ajudar ninguém. Nem a mim.*

Uma sensação de desesperança me atingiu, e Az se aproveitou de minha fraqueza. Ele me prendeu ao tapete, seus lábios perto dos meus enquanto nós dois ofegávamos de cansaço.

Ele lambeu uma gota de suor do meu lábio, pressionando os quadris contra os meus. Sua excitação endurecida provocou a minha enquanto ele roçava os dentes na minha orelha.

— Eu ganhei. Vamos transar do meu jeito.

Rosnei, segurando sua cabeça entre as mãos e forçando seus lábios aos meus. Nosso beijo era faminto e feroz.

Machucava.

Sua língua lutava contra a minha enquanto nós dois duelávamos pelo domínio, mas ele venceria.

Ele sempre vencia.

Mas eu não cairia sem lutar.

Sentia o gosto do meu sangue em sua língua, o sabor inebriante evocando o Fae da Meia-Noite dentro de mim. *Morda*, minha alma sombria sussurrou. *Morda-o.* Mal contive o impulso, suprimindo-o com a lembrança do que isso causaria.

Fae da Meia-Noite *reivindicado*.

Uma mordida e ele ficaria preso a mim por toda a eternidade.

Bem, tecnicamente, eram necessárias *três* mordidas para fazer isso, mas mesmo o primeiro estágio era irreversível. Ele não teria escolha a não ser aceitar. Era assim que os Faes da Meia-Noite funcionavam. Pelo menos, para os machos. As fêmeas não podiam reivindicar. Somente os machos. Não fazia ideia do motivo. E não queria pensar nisso agora, não com o pênis de Az roçando no meu.

— Puta merda — rosnei, passando os dedos pelo cabelo dele para apertar o couro cabeludo.

— Sim — ele concordou, baixando as mãos até a barra da minha calça de corrida para puxá-la para baixo.

Isso seria rápido.

Rude.

Violento.

E exatamente o que eu precisava para esquecer tudo...

Um alarme estridente cortou meus pensamentos e estremeceu minha coluna.

Az se levantou, seu olhar ficou instantaneamente alerta enquanto eu olhava para a chama rodopiante a alguns metros de distância.

Meus olhos se estreitaram ao perceber o que aquele fogo encantado significava: *uma prisioneira fora de casa depois do toque de recolher.*

Eu criei esse feitiço pouco antes do início do recrutamento, pois o alerta visual facilitava o rastreamento das fugitivas. As chamas me levariam diretamente à culpada.

Infelizmente, as três últimas que tentaram escapar foram despedaçadas no pátio das lâminas de carvão. As criaturas infernais do dia fizeram seu trabalho antes que eu pudesse alcançá-las.

De fato, as chamas se dissiparam quase assim que apareceram.

Mas não essa.

Isso significava que alguém contornou a primeira rodada de feras, fazendo com que todas as criaturas saíssem para brincar e rastrear suas presas.

Havia apenas uma cativa que eu acreditava ter a capacidade de testar seus limites.

Camillia De la Croix.

Aquela fêmea ia ser a minha morte. Ela não só interrompeu minhas tarefas do dia, como também puxou uma corda escondida em meu peito.

E agora estava atrapalhando uma transa muito necessária.

— Eu mesmo vou acabar com ela — declarei, me levantando e ajeitando a calça.

— Quem? — Az exigiu.

— Camillia — rosnei.

Ele arqueou a sobrancelha.

— A loirinha?

— Sim. — Caminhei até a bola em chamas e a transformei em um mapa com as mãos. — Mostre-me onde aquela pirralha delinquente está agora.

A esfera se transformou em um playground tangível de edifícios e caminhos, com vários pontos representando todas as minhas cativas. Quando cheguei ao quarto de Camillia, o encontrei vazio. Balancei a cabeça e comecei minha busca.

Quando a encontrasse, eu lhe daria uma lição que ela não se esqueceria tão cedo.

E todas as comodidades que dei se transformariam em cinzas.

— Apareça, apareça, onde quer que você esteja — murmurei enquanto procurava sua essência no terreno. — Está na hora da sua primeira lição real como cativa Fae do Submundo.

CAMI

Isso não pode ser bom, refleti, estremecendo quando os rugidos ecoaram nas estantes. Não conseguia identificar o causador daquele som, e tinha dúvidas se realmente desejava conhecê-lo.

— Hum...

— Pronta para receber minha ajuda? — o belo Fae questionou, com sua postura descontraída e completamente alheio aos ruídos de feras rugindo que ressoavam pela biblioteca. — Ou devo deixá-la à vontade?

Droga. Eu já tinha enfrentado muitos Cães do Inferno e, com certeza, poderia me cuidar, mas não fazia ideia de que tipo de ser estava produzindo aquele ruído terrível.

Também não tinha ideia do que me esperava do lado de fora da biblioteca. Provavelmente, mais criaturas.

Ou pior: asas de corvo com ponta de navalha.

Observei o Fae, que levantava uma sobrancelha para mim.

— Bem, se preciso de sua ajuda, ao menos me informe seu nome para que eu saiba quem amaldiçoar depois.

Seus lábios se abriram em um sorriso sedutor.

— Melek.

— Bem, *Melek*. Tire-nos daqui. De preferência, inteiros.

Um braço com músculos perfeitamente tonificados envolveu minha cintura, me colocando ao seu lado como se fôssemos melhores amigos.

— Por aqui, anjinho.

Eu me afastei dele e peguei o livro encadernado em couro da mesa, segurando-o contra o peito.

Ele disse que eu poderia levá-lo, e todos as fantasmas desapareceram misteriosamente, então não estavam por perto para dizerem que não.

Também não terminei de ler.

Melek apenas arqueou uma sobrancelha para mim e depois sorriu como se soubesse de algo que eu não sabia.

— O que foi? — perguntei. — Existe algum tipo de multa infernal por atraso na biblioteca que eu deva saber? — Eu só conseguia imaginar como isso poderia ser feito.

Pagamento em sangue.

Ou talvez com sofrimento.

— Não há multas por atraso — Melek me assegurou. — Não para este — ele complementou com uma piscada.

Seja lá o que isso significasse.

Saímos da grande biblioteca, caminhando *sem nos tocarmos*, no momento em que um rugido rompeu a barreira do som. Eu me abaixei, agarrando o livro com mais firmeza e olhei para o céu noturno.

— O que foi isso?

Melek curvou os lábios em um sorriso pecaminoso.

— Talvez uma Banshee. Ou uma Sereia. Sinceramente, não tenho a menor ideia. Os Faes Pesadelos de Almas Sombrias podem brincar depois do expediente. Daí o propósito do toque de recolher. Este acordo foi negociado pelo nosso querido Diretor. Claro, com a assistência do nosso implacável Comandante.

Pisquei quando o chão começou a vibrar. Entre isso e os efeitos colaterais do rugido agudo, eu desejava me refugiar. *Agora*. E a biblioteca claramente não era o lugar certo para fazer isso.

Portanto, eu precisava fugir para os dormitórios.

Saí em direção às residências, meus pés esbarrando nas calçadas que circundavam os pátios de aspecto letal. O livro pesado me deixou mais lenta. E o chão trêmulo não ajudava.

Quando o barulho se intensificou, me joguei para a frente, rolando de costas para proteger o livro antes de me levantar.

— O que *é* isso? — questionei sem ar enquanto Melek caminhava tranquilo ao meu lado, completamente desinteressado do terremoto que se desenrolava ao nosso redor. — O que está acontecendo?

Ele deu de ombros.

Deu de ombros. Esse idiota se ofereceu para me ajudar. *Realizando um ótimo trabalho*, pensei quando quase caí de novo.

Parecia que eu teria que encontrar meu próprio caminho.

Seguindo a lembrança, recomecei a caminhar, analisando a academia coberta pela noite, à procura de algo que pudesse se esconder para me atacar

O chão reduziu o tremor, mas um silêncio assustador se abateu em seu rastro. Assim como uma floresta se calava quando um predador se ocultava perto dela.

À procura de sua presa.

Acelerei o passo, olhando ocasionalmente para Melek, que mantinha uma caminhada descontraída, com suas pernas longas me seguindo com facilidade. Um sorriso irritante parecia estar sempre à mostra, como se ele se divertisse com minha corrida incessante em busca de segurança

Definitivamente, ele não está aqui para ajudar, decidi.

Talvez ele só quisesse me ver morrer.

Que merda doentia.

Apertei o livro contra o peito e prometi que não deixaria nenhum desses idiotas se beneficiarem do meu sofrimento. Se alguém ia morrer aqui, não seria eu.

Tudo que eu precisava fazer era chegar no meu quarto. Possivelmente, o idiota com aparência de anjo me concederia o prêmio de consolação ao abrir a minha porta.

O edifício do alojamento deveria estar situado em algum lugar desta região. A biblioteca não ficava tão longe, e eu me recordava da direção de onde vim.

Mas nada parecia estar em seu devido lugar.

As residências ficam nesta direção, pensei. *Então, onde estão?*

Um prédio familiar surgiu à minha direita, com as torres girando com magia, provocando uma estranha sensação de *déjà vu*.

É a biblioteca.

Estou andando em círculos?

Que se dane essa merda. Não podia me dar ao luxo de perder o senso de direção quando sabia que *algo* estava me perseguindo.

— Onde fica meu dormitório? — perguntei quando Melek parou ao meu lado e encostou o braço no meu. Minha pele ficou vermelha, seu calor era como um farol que me instigava a me aconchegar nele.

Mas sua expressão despertou em mim um desejo de socá-lo.

Em vez de responder, parecia que ele estava reprimindo o riso.

Certo. Definitivamente, não está ajudando, pensei com irritação. *Vou ter que usar o livro.*

Pisquei.

Essa foi uma dedução estranha.

Mas parecia certa.

Surpreendente. Mas então uma ideia me atingiu em cheio. *Migalhas de pão.*

Abri o livro, encontrei uma página em branco e a arranquei.

Melek enrijeceu ao meu lado. Depois, soltou um suspiro como se estivesse aliviado ao perceber que uma nova página em branco apareceu.

Ignorando a ele e ao livro mágico, comecei a rasgar pequenas tiras de papel, jogando-as no chão enquanto caminhávamos. Não demorou muito para que eu encontrasse os pedaços de papel no chão à minha frente, confirmando minhas suspeitas: eu estava mesmo andando em círculos.

Parei e olhei para Melek.

— Por que você está aqui? — questionei. — Você me viu andar em círculos e nem se deu ao trabalho de me corrigir.

— Você descobriu.

— Idiota — murmurei e alterei a rota, seguindo na direção que agora eu tinha certeza ser a *correta*.

Algo se moveu. A minha nuca ficou arrepiada. Por instinto, pulei e caí de joelhos, exatamente no instante em que uma criatura monstruosa despencou do alto de um edifício e aterrissou com um estrondo. Depois, uma cauda enorme de escorpião pousou onde eu estava.

Fiquei horrorizada com a criatura. Olhos negros de uma cabeça humana me encaravam enquanto ela exibia suas presas, as orelhas peludas se enrolavam enquanto ela rosnava.

O ruído ressoou nos meus ossos.

Seu corpo de leão dourado era apenas uma espessa camada de músculos, com garras letais saindo de suas patas enormes.

E as asas.

Caramba, elas a marcavam como uma entidade do submundo com a qualidade de couro preto. Uma colisão quase me derrubou novamente.

Eu não tinha conhecimento sobre essa entidade, mas tinha consciência de que não deveria desafiá-la para uma luta.

O som do ácido ressoava na fenda onde a fera atacou. A cauda de escorpião voltou a se enroscar, com o ferrão jorrando veneno.

Antes que eu pudesse formular uma estratégia, a criatura veio em minha direção, estalando as mandíbulas. Ela poderia ter arrancado o meu braço com facilidade, mas consegui me afastar a tempo, pois o cheiro forte me fez tossir.

Ele urrou, fazendo meu coração bater mais rápido.

Uma pata atravessou meu caminho e só pude me inclinar para trás.

Não fui atingida por uma fração de segundo.

Melek permaneceu ali, observando.

Ele ia deixar essa coisa me devorar.

As declarações de Ajax retornaram para mim, gelando meu sangue. Ninguém consegue sobreviver se ficar na rua após o toque de recolher.

Agora eu compreendia a razão.

A cauda do escorpião me atingiu novamente, mas só consegui segurar o livro em uma tentativa patética de me defender. Quando ele fez contato, voei para trás e minha bunda escorregou na grama escura e espinhosa.

Não, não era grama.

Lâminas de carvão.

O submundo realmente redefiniu o conceito de *parque.*

Fiquei de pé novamente. Não fui ferida. Nem o livro. Aparentemente, ele possuía uma força muito maior do que aparentava.

Não consegui refletir sobre o motivo.

— O mínimo que você poderia fazer é me dar a porcaria de uma arma! — gritei para Melek, desviando de outro golpe de pata.

A cabeça do monstro girou em minha direção, revelando suas presas. Identifiquei o interior podre e fedido de sua boca antes de atingi-lo no nariz com o livro mágico. A criatura rosnou.

Peguei o livro como se ele fosse a solução para esse enigma. Uma ideia ridícula, mas que até agora serviu como um escudo.

— Vamos lá — eu disse com os dentes cerrados, meu olhar novamente direcionado para Melek, meu salvador falso. — Me dê alguma coisa!

Em resposta ao meu toque, o livro esquentou e a magia subiu pelos meus braços, alcançando diretamente meu peito.

Mas o que...?

Nada de extraordinário ocorreu, mas senti o encantamento. Então, o ar evidenciou um tipo peculiar de aura obscura em torno da fera.

Se a intenção era indicar que a criatura era ruim, então não ajudava em nada.

— Melek! — gritei.

Seus lábios se contraíram novamente.

— Acho que isso é o suficiente por hoje. A lição foi aprendida.

Que porra de lição? Como ser atacado por uma fera?

Como se defender de uma fera?

Melek ergueu a mão para realizar um gesto descuidado enquanto murmurava:

— *Dimittee.*

A fera desapareceu.

A palavra pareceu flutuar entre nós no silêncio repentino que se seguiu.

Uma página rasgada do livro começou a cair, flutuando pelo ar com uma palavra escrita. Franzi a testa e observei com atenção. *Dimittee.*

Pisquei. *Não. Isso não pode ser real. Só estou vendo isso depois de ouvir em voz alta. Porque Melek...*

Quando me virei para encará-lo, contraí o maxilar.

— Você conseguia fazer isso o tempo todo e ficou aí parado?

— Sim.

Grunhi.

— E não *pensou* em ajudar?

— Faça isso de novo.

— O quê? — eu gritei.

— Aquele rosnadinho. Foi adorável. Parecia um gatinho.

Eu queria cortar sua garganta. Esganá-lo. Esmagar sua cabeça com esse livro enorme.

Em vez disso, respondi:

— E você me lembra um burro.

Ao se aproximar de mim, ele arqueou as sobrancelhas.

— Mesmo? Porque não me lembro de burros serem bonitos em seu reino.

Esse Fae realmente se achava engraçado. Revirei os olhos e me afastei para começar a andar, sem me preocupar com ele. Eu só queria voltar para o meu dormitório.

Ele me alcançou, seu hálito fazendo cócegas em minha orelha.

— Talvez eu deva assumir a liderança desta vez?

Eu o encarei, fazendo uma careta.

— O quê? De jeito nenhum.

Ele deu de ombros.

— Faça como quiser. Mas sua caminhada ainda não a levou para casa, anjinho.

Com a testa franzida, observei o trajeto que havia percorrido.

E vi mais pedaços de papel picado rolando pelo chão.

Que droga.

— Tudo bem — rosnei, provocando um sorriso arrogante em seus lábios.

Ele apontou o caminho que eu deveria seguir com um gesto delicado, atraindo minha atenção para a tatuagem que se destacava em seu pulso. Ela estava lá e sumiu rápido demais para que eu pudesse descrevê-la, mas me fez supor o que ele ocultava por debaixo de suas roupas.

Algo em que eu não precisava ou queria pensar agora.

Então, mudei para um assunto mais importante.

— O que *era* aquela coisa? — questionei ao passarmos pela imensa cratera que ainda expelia ácido.

— Uma Manticore.

— E os Faes do Submundo não se incomodam com feras Infernais gigantes vagando pelo local?

— Claro que não. Quem você acha que as colocou lá?

Meu queixo tremeu.

— Então, elas são criações dos Faes do Submundo?

Ele me observou por um momento enquanto prosseguíamos em seu ritmo tranquilo.

— Humm, bem, os rumores afirmam que os Manticores, entre outros, são Faes que romperam o pacto com Lúcifer. Algo que eu não aconselharia se você deseja preservar sua bela aparência. — Seus olhos percorreram meu corpo.

Fiquei ruborizada com a atenção, mas suas palavras me fizeram deixar de admirá-lo de volta.

— Essa coisa já foi um Fae?

— Sim. A maioria dos Fae transformados não são capazes de preservar grande parte de suas formas originais.

Paramos em uma encruzilhada, e eu o encarei, esperando que ele indicasse o caminho a seguir.

Ele se inclinou, me fazendo prender a respiração.

Por que todos os Fae deste lugar eram tão belos?

Lembrei-me das palavras do Diretor.

— *E você deixa seus olhos lhe dizerem em que acreditar? Muito humano de sua parte.*

Fechei os olhos e tentei descobrir que tipo de Fae Melek era.

Perigoso.

Nada confiável.

Quando senti seu calor em contato com a minha pele, abri os olhos. Seus lábios tocavam minha orelha, provocando arrepios em minha coluna.

— Você seria uma bela Sereia, desde que não se importasse com escamas e comesse carne humana.

Estremeci.

Ele se afastou, o divertimento era evidente enquanto eu tentava descobrir como restabelecer o ritmo do meu coração.

Chegamos aos dormitórios sem que nada mais nos atacasse. Eu ainda tinha o livro pressionado ao peito.

Lá dentro, não havia escadaria, nem gárgulas, apenas uma porta onde antes havia uma escada. Franzi a testa.

— Como vamos...

Melek se aproximou da porta e acenou em direção a ela. Um ruído ressoou e sua superfície tornou-se opaca.

— Primeiro as damas — ele disse com um sorriso.

Talvez fosse uma armadilha, mas não havia outro lugar

para ir e o que quer que me aguardasse não poderia ser pior do que as criaturas, então decidi entrar.

Meus ombros relaxaram ao observar a sala de estar e a cozinha, a pilha de livros e documentos exatamente onde eu os deixei.

Quando Melek entrou, o zumbido mágico atravessou a porta.

— Como você fez isso? — perguntei, atônita e desconfiada.

Ele me examinou com um discreto brilho de interesse no olhar.

— Sinceramente, estou muito mais interessado em saber como você leu este livro. — Ele se concentrou no livro que quase perdi quando lutei contra o Manticore.

— Ah, sim, isso foi complicado — falei baixinho, apreciando o lampejo de curiosidade em sua expressão. — Usei meus olhos.

O homem encantador riu alto, e seu semblante se converteu no símbolo da beleza e da graça, me fazendo lembrar mais de um anjo caído do que de um Fae diabólico. Este indivíduo jamais se misturaria aos humanos. Ele era incrivelmente *distinto*.

— Ah, eu gosto de você — ele declarou, com aqueles olhos multicoloridos impressionantes que se fixaram nos meus. — E, da mesma forma, utilizei minha mão para abrir a sua porta. Que interessante!

Quase rosnei de irritação, mas também reconheci que merecia aquela resposta.

— Agradeço por me ajudar a voltar em segurança. — Eu não poderia dizer *ilesa*, pois ele permitiu que aquela coisa me atacasse.

— Eu te asseguro que o prazer foi todo meu — ele murmurou com uma piscada.

— Tenha um bom descanso, Camillia. Talvez eu a encontre novamente em breve.

— Cami — eu disse, sem pensar.

Ele tinha se virado para a porta, mas parou ao ouvir minha palavra.

— Cami?

— É... uh... meu nome.

— Cami — ele repetiu, como se estivesse saboreando o nome. — Você prefere esse nome em vez de Camillia?

— Sim. — Camillia era o nome predileto dos meus pais para mim, e eu não queria me lembrar deles agora, considerando que firmaram um pacto com o demônio em troca da minha existência.

— Tudo bem — Melek concordou. — Recomendo que você se acomode, Cami. Ajax pode retornar em breve para confirmar seu paradeiro. — Seus olhos se iluminaram com as palavras, depois ele passou pela porta em vez de abri-la. Da mesma forma que eu entrei com o Diretor.

Com a testa franzida, tentei segui-lo, mas percebi que a madeira era firme.

Deve ser a mágica que me mantém dentro de casa depois do toque de recolher, pensei, estudando a moldura e descobrindo que ela parecia uma porta normal. Só que sem maçaneta.

Assim, a abertura dela estava relacionada a qualquer encantamento que ele tivesse criado, o que me possibilitou contornar o feitiço do toque de recolher e voltar.

— Humm — murmurei, voltando para a sala de estar e ponderando minhas opções. Até que o peso do comentário de Melek recaiu sobre mim.

— *Recomendo que você se acomode, Cami. Ajax pode retornar em breve para confirmar seu paradeiro.*

Porque eu saí depois do toque de recolher e acionei as criaturas.

Que merda.

Corri para o meu quarto e escondi o livro embaixo da cama. Definitivamente, havia algo de especial nele. Tanto as criaturas quanto Melek reagiram de forma estranha demais para que isso fosse considerado um texto comum.

Apesar de Melek parecer se divertir, eu não tinha certeza se o diretor se sentiria da mesma maneira se eu tivesse infringido alguma regra.

De novo.

Fiz uma pausa para pensar no que deveria vestir para dormir. Porém, os passos no outro quarto não me deram tempo para pensar.

Me deitei na cama para fingir que estava dormindo.

Mas e se não for o Ajax? eu me perguntei. *Que merda, e se for o Ajax?*

Eu não tinha certeza de qual alternativa preferia.

Tudo isso poderia ser um truque da minha imaginação, uma punição para me castigar por ter saído depois do toque de recolher.

Como essa pode ser a minha vida? pensei, exausta, frustrada e sobrecarregada. *O que eu fiz para merecer esse destino?*

— Você pode fingir que está dormindo o quanto quiser, mas posso ouvir seu coração batendo loucamente no peito. — A voz grave percorreu o quarto, deslizando ao meu redor em uma carícia escura. — Sei que você saiu depois do toque de recolher, pequena rebelde.

— A questão é: o que você vai fazer a respeito disso? — outra voz perguntou, essa ainda mais grave e com um tom letal que provocou arrepios em meus braços e pernas.

Me recusei a abrir os olhos.

Me recusei a me mover.

Mal conseguia respirar.

— Vou ficar de olho nela — Ajax respondeu baixinho, seu aroma de menta provocando minhas narinas enquanto dava um passo à frente para passar os dedos pelo meu rabo de cavalo. — Não abuse da minha hospitalidade, Camillia. Você vai se arrepender.

— Hospitalidade? — repeti, sem conseguir me conter.

Mas quando abri os olhos, ele havia desaparecido.

Assim como seu amigo de voz grave.

Pisquei. *Será que imaginei tudo isso?*

Não. Impossível. Eu ainda podia sentir o cheiro da loção pós-barba mentolada de Ajax no quarto, junto com um cheiro mais forte e masculino que vinha de seu amigo.

Uma garrafa de água apareceu na minha mesa de cabeceira, com um cupcake ao lado. Palavras ardentes apareceram acima dela em um segundo. *Parabéns por ser a primeira cativa a sobreviver após o toque de recolher. Não recomendo tentar o destino novamente. Ass.: Diretor*

Li as palavras duas vezes antes de elas se transformarem em confete, semelhante a cinzas que se derreteu no cupcake.

— Merda — murmurei, piscando para a exibição de magia. — Merda. Merda. *Merda.*

CAMI

Não DORMI BEM, minha mente girou o tempo todo com os acontecimentos do primeiro dia... ou noite, ou seja lá o que fosse, neste paradigma infernal.

Felizmente, minha programação para esta noite incluía apenas refeições, todas as quais eu poderia acessar na geladeira bem abastecida.

Não abuse da minha hospitalidade, Camillia. Você vai se arrepender.

Subitamente, compreendi o que Ajax queria dizer, ou melhor, o que ele *insinuou*.

A comida e a cama eram sua forma de hospitalidade. Assim como o cupcake, que agora eu observava com interesse.

Eu já perdi o *café da manhã à meia-noite*. Principalmente, porque não queria sair do quarto e correr o risco de encontrar novamente algum daqueles monstros lá fora.

Estava cansada demais para enfrentá-los nesse estado.

Talvez eu devesse comer o cupcake, pensei, com a boca salivando em concordância. Tinha um cheiro bom.

Claro, também poderia estar envenenado.

Mas se esse fosse o caso, então toda a comida deste lugar provavelmente estava contaminada com alguma coisa.

E eu não podia deixar de comer.

Além disso, parecia delicioso.

Dando de ombros, dei uma mordida.

Os sabores frutados foram inesperados. Foi impressionante o efeito de saciedade no meu estômago após apenas uma mordida.

Esperei alguns minutos.

Nada aconteceu, o que me fez franzir a testa.

Talvez seja um presente incomum? pensei, perplexa. Mas isso parecia estranho, considerando que ele quase me ameaçou para que eu não saísse depois do toque de recolher, e depois me recompensou por isso.

Dando de ombros mais uma vez, pegue o livro que coloquei debaixo do colchão e comecei a revisá-lo enquanto comia o cupcake.

Mais sabores surgiram.

Todos eles doces e me atingindo na medida certa.

Mas a privação de sono estava tornando muito difícil ler e comer ao mesmo tempo. Continuei balançando a cabeça, na tentativa de clarear a mente, mas meus olhos persistiam em escurecer enquanto eu revisava o texto. As palavras pareciam não estar se traduzindo automaticamente agora, as vogais e os substantivos se misturando.

Preciso dormir mais, percebi, bocejando. *Vou tirar um cochilo rápido e me reorientar em algumas horas.*

Eu precisava da minha força para o que quer que estivesse por vir.

Regra número cinco do Fae do Submundo: Esteja preparado para qualquer coisa.

Não conseguiria fazer isso dormindo pouco.

Fechando os olhos, me aconcheguei com o livro mágico contra o peito. *Só alguns minutos... é tudo que eu preciso.*

————

ESCURIDÃO.

Gelo.

Desolação.

Tudo isso me dominou, me paralisando sob um manto de nada. Eu não conseguia me mover. Mal conseguia sentir. Mas consegui abrir os olhos.

Só que não vi nada.

Apenas um senso vazio de inexistência.

O que está acontecendo? pensei, grogue pela falta de sono. Ou talvez fosse um sonho. Uma espécie de redemoinho intenso de insipidez gelada.

O cupcake, percebi tardiamente. *Está me fazendo ter sonhos estranhos?*

Isso se qualifica como um sonho? Talvez seja mais como um pesadelo.

Claro.

Essa seria a minha punição.

Droga.

Xingando minha burrice, tentei me concentrar nos meus membros.

Ainda assim, não conseguia vê-los.

Não neste mar de...

Um brilho de luz irrompeu, chamando minha atenção, apenas para que meus olhos se fechassem rapidamente. *Que merda é essa?* pensei, a luz aumentando.

Tentei espiar naquele nada perpétuo, mas o feixe cintilante se movia a uma velocidade insana, superando a escuridão e ofuscando tudo com sua luz.

Meu mundo quebrado logo foi consumido pela intensidade.

Estendendo a mão, tentei desesperadamente tocá-lo, uma parte estranha de mim o reconheceu como uma fonte que eu desejava. Uma saída que eu precisava.

Não... sussurrei quando começou a se afastar, liberando a escuridão e me deixando sozinha novamente.

Uma intensa sensação de inadequação tocou minha alma, me dizendo que eu não era digna daquela luz, que eu precisava lutar mais para alcançá-la. Para conquistá-la.

O que isso significa? pensei. *O que é este lugar?*

Um zumbido piscou na minha cabeça, me fazendo sentir vontade de agarrá-lo. O som ficou mais alto, ecoando ao meu redor, me sacudindo para outra realidade.

O Reino dos Faes do Submundo.

Meus olhos se abriram de repente, o quarto ao meu redor me deixou tonta e me fez cair no chão.

— *Droga!* — resmunguei quando minha cabeça bateu em algo duro.

Um riso baixo se seguiu, fazendo meu olhar se elevar para o homem que estava acima de mim.

Melek.

Ele se inclinou para pegar o livro que amorteceu minha queda e o colocou em uma cadeira antes de me ajudar a levantar do chão.

Eu queria dizer que não precisava de sua ajuda. Mas estava tão sem palavras por causa do sonho e de sua aparição repentina que não conseguia falar nada.

Essa energia residual continuou a percorrer minha pele, deixando arrepios em seu rastro.

Tão frio.

No entanto, eu ansiava pela luz. O calor. A fonte ofuscante de brilho.

Melek me colocou na cama, seu rosto angelical

lembrava um tipo diferente de sonho. Mas ele me liberou para se acomodar na cadeira, com o livro apoiado no colo.

— Pesadelo? — Seu tom suave fez cócegas em meus ouvidos e me fez piscar. — Suponho que isso seja apropriado, considerando a sua situação. — Seus olhos se dirigiram ao livro enquanto falava, mas uma bandeja de comida se materializou na mesa de cabeceira ao meu lado. — Talvez uma refeição ajude, humm?

Eu o encarei.

— O que está fazendo aqui?

— Lendo — ele disse com uma expressão séria, olhando para mim enquanto abria o livro. — *Com meus olhos.*

Meus lábios ameaçaram se contorcer com o comentário, e sua boca se curvou em um sorriso radiante.

— Aí está meu pequeno anjo — ele comentou e piscou para mim antes de voltar sua atenção para a página que havia se revelado. — Coma e eu vou ler.

Uma parte de mim queria dizer: *o quê?* A outra parte rosnou em tentação para a pizza que me aguardava no prato.

Gordura.

Queijo.

Molho de tomate.

Delícia.

Sim. Por favor.

Ele até completou a refeição com uma cerveja.

— Se está tentando me seduzir, está conseguindo — eu o informei, mudando para uma posição mais confortável na cama para me deliciar com a refeição ao meu lado.

Ele arqueou uma sobrancelha, mas não me olhou enquanto eu puxava o prato para o meu colo.

— Não haveria necessidade de tentar, anjo.

Ri com sarcasmo, principalmente para evitar reagir de

qualquer outra maneira à afirmação dele. Porque eu não tinha a intenção de dizer o que disse nem queria encorajar a resposta dele à minha declaração ingênua. Em vez de complicar mais, coloquei um pedaço da pizza na boca e gemi diante da abundância de sabores. *Tãoooo bom.*

Melek sorriu de lado, como se pudesse me ouvir, então virou mais uma página.

— Ah, sim, aqui estamos.

Lambi a gordura dos dedos, observando-o enquanto seus olhos dançavam pelas palavras.

— *Quomodo tame a bestia*, cuja tradução é mais ou menos *domando a besta*. Uma frase engraçada. Falando por experiência, é impossível domá-lo. Mas não acho que esse seja o ponto desta passagem... o que acha?

Eu o encarei.

— Não? — perguntei, sem ter a menor ideia de como começar a responder ou decifrar sua frase. Além disso, ele não estava realmente me ouvindo. Ele já tinha começado a folhear o livro novamente.

— Mesmo assim, talvez eu tenha que tentar mais tarde.

— Ou não. Mas você poderia, com certeza. Basta uma frase, segundo este encantador material de leitura. *Somnum Dameonis.* Duas palavras. — Tente para mim.

Terminei de engolir um pedaço da pizza, que estava deliciosa, e murmurei as duas palavras para ele.

Ele estalou a língua.

— Com mais força, Cami.

— Somnum Dameonis — repeti.

— Excelente. — Ele me lançou um daqueles sorrisos alarmantemente bonitos, então voltou o olhar para o livro.

— Ah, mas você está deixando algo bastante importante passar. — Humm... Ele foi perdendo a fala enquanto apalpava os bolsos. — Ah, sim, isso vai servir muito bem.

— Ele estendeu a mão. — Não perca tempo, Cami. Pegue isso, por favor.

Eu não tinha certeza do que ele queria dizer, mas estendi a mão para pegar a corrente de sua mão e me sobressaltei quando sua pele tocou a minha. O contato não durou nem meio segundo, mas eu o senti até os dedos dos pés.

Esse ser é poderoso, percebi com um tremor. *Muito poderoso.*

Eu não tinha certeza de como sabia ou por que isso me provocou um arrepio, mas meus instintos se acenderam com um aviso.

Enquanto meu estômago aquecia com a ideia de ele me tocar novamente.

Um enigma intoxicante que me deixou tremendo em uma confusão profunda. Engolindo em seco, busquei uma distração, a pizza já não despertava mais meu interesse. Então, dirigi minha atenção para o colar em minha mão e para o item pendurado no centro.

— O que acha? — Melek perguntou baixinho, sua voz me lembrando mel quente em um dia de outono: *suculento, viciante, natural.*

Foco, Cami, disse a mim mesma. *Ignore o Fae divino e sua presença sensual, e se concentre.*

A pedra, semelhante a um diamante, brilhava na luz suave do meu quarto enquanto eu movia o pingente para avaliar. Era em forma de estrela, mas com uma borda extra que se projetava do centro.

— O que é? — perguntei a ele.

— Uma espécie de conduíte — ele respondeu de maneira vaga. — No seu lugar, teria cuidado com o que se fala enquanto estiver usando isso.

Pisquei para ele.

— O quê? Por que eu usaria isso?

— Porque é um presente e presentes são feitos para

serem usados. Você vai achar que combina muito bem com o seu guarda-roupa de iniciação.

— Guarda-roupa de iniciação? — repeti.

— Para a cerimônia de abertura — ele respondeu. — Será amanhã, caso esteja se perguntando.

— Amanhã? — Procurei um relógio para ver as horas e percebi que já era tarde, indicando que eu estava perto do toque de recolher novamente. — Eu dormi talvez por seis horas. — Se minhas contas estivessem certas.

Eu me sentia bastante descansada, então aquele número de horas parecia adequado, mesmo que fosse um pouco indulgente. Dado que eu estava acordada há mais de dois dias, não me surpreendeu. Entre ir às aulas, festejar com meus amigos e depois lutar para sobreviver no Submundo, fazia sentido que eu estivesse exausta.

— Foi mais próximo de trinta e seis horas — ele corrigiu. — Você deve ter experimentado uma das infames sobremesas do Ajax.

Franzi a testa.

— Um *cupcake*.

— Ah. — Ele sorriu. — Depois do seu erro com o toque de recolher? Sim, isso soa como uma punição típica do Ajax... perder tempo para se preparar. Ainda bem que você me tem ao seu lado, não é?

Tensionei o maxilar, sentindo um desejo de estrangular Ajax se instalar em meu estômago. Mas supus que poderia ter sido pior... ele poderia ter me devolvido àquela criatura no pátio.

Estremeci ao pensar nisso, fazendo com que o olhar de Melek percorresse meu corpo mais uma vez antes de virar a página novamente.

— Ah, agora aqui está uma informação divertida. Um poderoso talismã, como o que está em sua mão, pode ser usado para proteger à distância. Não é fascinante?

— Você está dizendo que isso é um amuleto de proteção?

Sua expressão se tornou inocente.

— Ah, anjinho, não. Não estou dizendo nada. Estou apenas lendo o livro. Você deveria estudar esses capítulos. — Eles são *iluminadores*.

A pedra na minha mão piscou com a palavra, capturando a luz em um ângulo estranho. Franzi a testa, tentando replicar o brilho, mas falhei.

— Bem, preciso ir. — Há preparativos a fazer, mas passarei por aqui novamente amanhã com mais mantimentos, caso você deseje? — A frase saiu como uma pergunta, mas sua expressão era conhecedora.

— Mais pizza e cerveja?

— Se esse é o seu desejo.

— Meu desejo é ir embora — retruquei.

Seus lábios se curvaram em um sorriso encantador enquanto ele deixava o livro de lado e se levantava.

— É mesmo? — ele perguntou baixinho, dando um passo em minha direção e se inclinando até que seu rosto estivesse diretamente na frente do meu. — Acho que veremos em alguns dias, não é?

Respirei fundo, sua proximidade quase me deixou tonta, e seu perfume invadiu meus sentidos. *Pecaminosamente decadente. Sombrio. Masculino. Ar fresco. Um sonho.* Todas aquelas palavras passaram pela minha cabeça enquanto eu tentava descrever a colônia dele. Mas era... indefinível e completamente viciante.

— Até amanhã, anjo — ele sussurrou, seus lábios perto o suficiente para beijar.

Mas ele se levantou no segundo seguinte, levando consigo aquele ar intoxicante de malícia.

— O-obrigada — gaguejei, sentindo a necessidade de dizer algo.

— Ah, não me agradeça, Cami. Eu te asseguro, minhas intenções não são o que parecem. — Com essa declaração misteriosa, ele piscou e saiu do quarto exatamente quando o relógio soou três horas.

Toque de recolher.

Droga.

Peguei o livro que ele deixou aberto e passei os olhos pelas páginas, tentando encontrar as informações que ele descreveu.

Mas não havia nada lá que mencionasse talismãs ou feitiços. Apenas informações sobre criação, luz e poder. O que, embora fosse interessante, não era de forma alguma o que eu estava procurando.

E assim se vai a tentativa de esclarecer sobre o que Melek estava falando.

Balançando a cabeça e refletindo sobre o livro, fechei a capa pesada e, em seguida, enfiei o último pedaço de pizza na boca.

Ao entrar na sala de estar, me sentei e peguei os documentos que Ajax deixou, folheando-os em busca de qualquer informação que pudesse encontrar sobre a cerimônia de abertura.

Depois de revisar o que eu deveria esperar na cerimônia de amanhã, minha mente divagou, incapaz de se concentrar.

Meu olhar pousou no talismã que Melek me deu. Era uma coisinha bem bonita. Segurando-o na palma da mão, acariciei a borda áspera com um dedo.

Havia algo nisso... algo que me chamava.

Mais magia, pensei com exasperação.

Mas, com o que eu teria que lidar amanhã, eu precisaria disso.

Após mais um momento de hesitação, coloquei a

corrente em volta do meu pescoço. O talismã repousava contra meu esterno. Confortante.

Eu ouviria meus instintos, mesmo que devesse ter aprendido a lição de não aceitar presentes.

Usaria isso, apostando que a Melek gostasse de mim mais do que o Diretor.

Porque, neste caso, mais um erro poderia custar minha vida.

CAMI

No dia seguinte, um vestido apareceu em minha cama, de um tecido preto e macio. Havia um bilhete junto a ele que me orientava a usá-lo na cerimônia de abertura.

Parte de mim desejava se rebelar e destruir aquela coisa. Mas, após ler diversos outros capítulos do interminável livro de leis, decidi que era melhor seguir as regras. *Por enquanto, pelo menos.*

Ainda não encontrei as partes que Melek leu para mim. No entanto, descobri alguns aspectos interessantes sobre viagens no Reino Fae do Submundo. Os portais estavam ocultos da vista de todos e eram ativados com algumas palavras selecionadas. Eu as memorizei para o caso de notar indícios de uma saída.

É claro que ainda não sabia o que fazer quando entrasse em um deles.

Ao chegar nessa parte, as páginas ficaram borradas, dando origem a um novo capítulo sobre itens comestíveis. Ao tentar voltar, as palavras me seguiram, me forçando a ler sobre diversas espécies de plantas e animais conhecidos no Reino dos Faes do Submundo.

Era o livro de regras mais estranho que eu já encontrei.

E em nenhum lugar ele me ajudou a entender o acordo que Lúcifer firmou com meus pais.

Cerrando os dentes, prendi o cabelo e o colar com o talismã em meu pescoço. Ele se tornou parte de mim nas últimas vinte e quatro horas, a energia que girava em torno da pedra encantada proporcionava uma sensação viciante em minha pele.

Coloquei o vestido preto e fiz careta ao ver meu reflexo no espelho de corpo inteiro. *Uau, essa coisa não deixa muito para a imaginação...*

A magia reverberava através dele, envolvendo o tecido ao redor do meu corpo e resultando em duas faixas que mal cobriam os mamilos. Essas faixas arredondavam o decote em todas as direções, me deixando em plena exibição.

Duas fendas subiam pelas coxas, alcançando o alto dos meus quadris, e mal cobriam minha bunda.

E um detalhe de metal mantinha o vestido preso em volta do meu pescoço, resultando em um V profundo nas costas que revelava pele demais. O toque final era uma extensa corrente de prata que percorria minha coluna e que se parecia demais com uma coleira.

Uma batida soou na porta.

A imagem de Ajax encheu minha visão, depois passou para Melek. Quem seria?

Quem eu *queria* que fosse?

Alisando o vestido, ignorei o impulso de colocar um suéter gigante e calcei os sapatos de salto preto. Em seguida, fui até a porta para passar por ela, era minha única opção sem uma maçaneta adequada.

Não havia ninguém do outro lado.

Pelo menos, não ao nível dos olhos.

Baixei o olhar para a gárgula. Sua cabeça mal alcançava meus joelhos.

— Ah. — Odiei o tom de decepção em minha voz. Aparentemente, eu queria ver Melek ou Ajax, afinal de contas.

Cami estúpida, me repreendi.

A mandíbula de pedra da gárgula rangeu quando ele disse:

— Está na hora. — Suas asas se moveram enquanto examinava minha aparência, acompanhadas de um som grave que fez minha pele se arrepiar. — Humm, você está pronta. Vamos então?

Arqueei as sobrancelhas.

— Eles enviaram uma criatura tão alta quanto um gato para me acompanhar à cerimônia?

A gárgula não pareceu incomodada ao me encarar com olhos negros ilegíveis. Talvez eu tenha sido um pouco rude ao compará-lo a um gato.

— Um gato grande, talvez. — Ele bateu as asas novamente. — Se você preferir ir sozinha...

— Não — murmurei, puxando as laterais do vestido. A última vez que tentei andar pelo campus, fiquei vagando em círculos e enfrentei uma Manticore. — Qualquer companhia que não tente me matar seria boa.

— Fique do meu lado bom então.

Deixando meu quarto para trás, caminhei ao lado da gárgula, que, apesar das ameaças, não parecia tão intimidadora. No entanto, cada passo me fazia lembrar de um elefante. *Tum. Tum. Tum.*

— Qual é o seu nome? — perguntei quando saímos do prédio. O último que eu havia encontrado era Sir Davis, se não me falhava a memória. Eu estava começando a conseguir distingui-los com base em suas pequenas diferenças.

Ele olhou para mim.

— Sir Bachen.

— Eu sou a Cami.

— Eu sei. — Era difícil identificar algo além da rouquidão como cascalho em sua voz, mas achei que tinha detectado uma pontada de humor em seu tom.

Atravessamos a quadra e fomos para um anfiteatro do outro lado do campus. Dezenas de mulheres se aglomeravam ali com os próprios acompanhantes de pedra. Era quase como um baile de formatura do ensino médio, sendo que os vestidos deixavam pouco para a imaginação.

Totalmente não apropriados para o ensino médio e mais adequados para um bordel.

— Devo deixá-la — Sir Bachen disse com uma pequena reverência.

—Já? — Examinei o grupo de mulheres e vi a figura sedutora de Ajax alinhando-as. Vê-lo me fez ficar um pouco mais ereta. — Tem certeza de que não quer usar um vestido e tomar meu lugar?

Sir Bachen ficou olhando para mim como se eu tivesse criado mais um par de braços, o que, conhecendo o Submundo, não deveria ser nada surpreendente.

— Eu estava brincando. Esqueça. Te vejo por aí. — Dando de ombros, eu segui em frente.

O ar zumbia com a conversa de milhares de Faes do Submundo e suas cativas. O público masculino ocupava todos os assentos do anfiteatro, aparentemente ansioso para a exibição desta noite.

Franzi o nariz com repulsa. Eu sabia que não deveria acreditar que aquilo era uma *cerimônia*.

Era um desfile.

Uma mão quente se curvou sobre meu ombro nu e me

virei para ver Ajax me guiando em direção à fila de mulheres.

— Não me toque — eu disse com a voz baixa enquanto me afastava.

Sua mão se moveu para a curva das minhas costas, encaixando-se perfeitamente contra mim e fazendo minha pele formigar.

Eu não deveria reagir ao seu toque dessa forma. Ele me trouxe aqui. Me testou. Me deu tratamento especial, apenas para me ferrar com aquele cupcake.

Ele não respondeu à minha exigência. Em vez disso, me empurrou para o meu lugar na fila.

Fiz careta para ele.

— Você tem problemas de audição?

Ele tensionou a mandíbula.

— Espere aqui até ser anunciada. — Ele deu as costas para mim e começou a se afastar.

Saí da fila. Porque, claramente, eu tinha algum tipo de desejo de morte.

No entanto, suas travessuras me custaram trinta e seis horas de um tempo precioso.

O mínimo que ele poderia fazer era reconhecer que me enganou.

— A propósito, obrigado pelo cupcake. Gostei muito do meu cochilo — falei para ele.

Ajax parou no meio do caminho e olhou para trás.

— De que é que você está falando?

— Seu presente.

— Não deixei nenhum presente para você — ele retrucou. — Volte para a fila antes que eu coloque uma coleira em você como fiz com o Item Vinte e Dois lá em cima. — Ele fez um gesto para uma mulher conhecida, com rabo de cavalo prateado e íris de obsidiana flamejante. Ela parecia pronta para matar o Diretor, mas as faíscas em sua garganta a impediam de fazer o que pretendia.

— Então, agora sou um *item*? — perguntei, arqueando uma sobrancelha.

— Você sempre foi — ele respondeu, se afastando de mim. — Sessenta e seis, caso esteja se perguntando.

Franzi a testa e notei o número aparecendo sobre minha cabeça em forma de fumaça. Ele estava lá e desapareceu em um instante, seu feitiço parecia ter marcado meu espírito mais do que minha forma corpórea.

Uma voz masculina grave soou no anfiteatro, dando as boas-vindas aos espectadores para a cerimônia. Ele falou por alguns minutos sobre como todos nós éramos candidatas selecionadas para os testes de noivas e que somente as mais adequadas entre nós sobreviveriam. Em seguida, ele chamou o Item Número Um, e a fila se moveu um pouco quando a primeira candidata entrou no centro das atenções.

Aplausos e gritos irromperam, fazendo meu estômago revirar.

A fila foi seguindo à medida que mais números eram chamados.

À minha frente, as moças se remexiam ou ficavam orgulhosas. Se esses testes realmente fossem até a morte, eu deveria começar a avaliar minha concorrência.

Mas não conseguia alimentar a ideia de acabar com a vida de nenhuma delas. Quanto mais pensava nisso, mais ácido se acumulava no fundo da minha garganta.

Fui ensinada a matar, a sobreviver, mas não às custas de outras vítimas.

Além disso, não me sentia muito capaz de ser durona quando cambaleava em um par de saltos altos.

Avistei Ajax parado e observando, com os braços cruzados.

Seus olhos pousaram em mim.

E então o cretino sorriu.

Era típico do idiota se divertir com meu desconforto. Eu era durona, e ele sabia disso, mas se me colocasse em um vestido e saltos altos, eu ficava uma pilha de nervos.

Atingir meu punho contra aquela mandíbula robusta seria uma sensação *muito* boa. Ou usar seu corpo como escudo enquanto eu me escondia da visão da multidão. Talvez eu fizesse as duas coisas.

Mas, na verdade, esperei minha vez como uma boa cativa, pois sabia que ainda não era o meu momento. A chave para minha sobrevivência estava em desvendar o acordo que meus pais fizeram.

Algo que eu esperava que o interminável livro de direito me ajudasse a fazer.

Ainda não ajudou. Mas eu ainda tinha muito a ler.

A multidão vibrou novamente quando a garota à minha frente foi chamada, deixando-me sozinha.

E então eu fui a próxima.

Meu coração disparou enquanto minha mente corria para encontrar uma saída.

Talvez eu pudesse negociar um novo acordo. Ou...

— Item Número Sessenta e Seis! — a voz grave retumbou.

Meu olhar se voltou para cima enquanto eu respirava fundo.

Tudo dentro de mim gritava para correr, mas o pensamento de Ajax sorrindo para mim endureceu minha determinação de não deixar nada me perturbar. Levantei o queixo, endireitei a coluna e caminhei em direção à luz brilhante da lua. Ela iluminou todas as meninas que já estavam em posição no campo.

Um ser rosnou ao meu lado enquanto me conduzia ao meu lugar, com os dentes rangendo em evidente irritação. Dei uma olhada de relance e reconheci o Cão do Inferno que esfaqueei com prata depois que ele tentou me sequestrar.

Ops.

— Fico feliz que tenha se recuperado — eu disse a ele, mas não era verdade.

Seu lábio se curvou em um rosnado.

— Não se preocupe, escrava. Retribuirei esse favor muito em breve.

Meu estômago se revirou ao pensar nisso, mas minha boca desobediente se ergueu em um sorriso.

— Mal posso esperar.

Sim, Cami. Provocar a fera já irritada. Isso é inteligente.

Antes que ele ou eu pudéssemos reagir, um estrondo soou das arquibancadas, atraindo nosso foco para uma plataforma no meio do estádio.

Suponho que a área poderia ser considerada o camarote da arena, pois tinha uma localização privilegiada no centro e se projetava para a frente. Mas, em vez de estar envolta em vidro, como em uma típica arena esportiva, essa área era revestida por uma luz cintilante que se abria lentamente para revelar um conjunto de tronos.

Os suspiros soaram nas filas de mulheres quando um homem sem camisa e com traços esculpidos deu um passo à frente. As placas blindadas em suas panturrilhas e ombros brilhavam de maneira ameaçadora à luz da lua. No entanto, seu rosto era um dos mais belos que já vi.

Quase tão atraente quanto as feições de Melek. Mas a estrutura óssea e a mandíbula desse homem eram mais duras por natureza. Letais, até.

Melek possuía qualidades mais suaves. Bastante semelhante a...

Espera aí... Esse é...?

Puta merda. Meus lábios se entreabriram. *Melek.*

Ele estava bem ao lado do homem de armadura.

Seus cabelos castanho-claros estavam bagunçados de uma forma artística, os fios dançando na brisa enquanto ele observava a multidão com a boca levemente curvada. *Um sorriso.* Porque ele estava se divertindo.

E quando o silêncio das respostas dos gracejos chegou aos meus ouvidos, entendi o motivo.

As mulheres ao meu redor estavam perdendo o juízo por causa dos dois belos homens na plataforma, sussurros de *Rei Lúcifer* e *Príncipe Melek* aqueceram o ar ao meu redor.

Vocês só podem estar brincando comigo, pensei, semicerrei os olhos para o homem piedoso que se sentiu em casa no meu quarto ontem.

Suas impressionantes íris multicoloridas se encontraram com as minhas, e suas covinhas brilharam enquanto seu sorriso se aprofundava.

Sim, aposto que você acha isso divertido, eu queria dizer a ele.

Acho mesmo, ele pareceu responder, com uma piscada idiota.

Cerrei os dentes e minha ira aumentou. Ele estava jogando um jogo comigo. Claro que estava... ele era a porcaria de um Fae do Submundo!

A voz de comando de Lúcifer desviou minha atenção do príncipe enganador e a direcionou para ele, o motivo de minha presença aqui.

Minha ira não estava menos potente quando o desfile de mulheres terminou, o que era impressionante, considerando que havia mais seiscentas delas depois de mim na fila.

Na verdade, eu estava ainda mais irritada.

Não necessariamente com Melek, mas comigo mesma.

Porque eu sabia muito bem como eram as coisas. No entanto, permiti que ele me levasse para seu jogo perverso.

Que merda.

— Bem-vindos — Lúcifer cumprimentou, sua voz profunda se espalhou pelo enorme espaço em uma brisa encantada. — Digam-me, o que acharam do desfile de apresentação das candidatas?

Desfile de apresentação das candidatas? Está falando a verdade agora?

Rugidos de aprovação percorreram as arquibancadas, os faes machos batendo os pés em um desfile próprio que me lembrou uma manada de elefantes.

Animais, pensei. *Vocês são todos animais.*

Na verdade, não. Isso era um insulto a toda a espécie animal. Esses homens eram monstros. E todos estavam salivando para provar a carne feminina que estava sendo exibida.

Merda.

Eu me arrependi de ter usado esse vestido. Não que houvesse muita escolha.

Lúcifer deu uma risada e, mais uma vez, o som quente me envolveu como uma carícia. Sua magia era hipnoticamente encantadora e combinava com sua expressão, os lábios cheios se curvando em um sorriso sedutor que rivalizava com os olhos azuis como a meia-noite. Eu não deveria ser capaz de discernir essa característica de tão longe – ele estava a cerca de cem metros de distância de mim – no entanto, algo em seu olhar irradiava através do tempo e do espaço, me permitindo vislumbrar o próprio homem.

Balancei a cabeça, tentando afastar o atordoamento de meus pensamentos. Porque isso não era possível. Mas senti como se ele estivesse olhando diretamente para mim a pouquíssimos metros de distância, com suas maçãs do rosto afiadas e barba bem aparada tão perto que eu quase podia sentir o *gosto* dele.

Que magia é essa? pensei, me sentindo atraída, apesar do meu ódio óbvio por esse homem.

Ou talvez não fosse tanto ele que eu odiasse, mas sim meus pais.

Sim, eles eram a razão dessa confusão, os culpados que assinaram o acordo.

Eu não o odiava nem um pouco. Eu mal o conhecia. Ele era apenas o deus entre esses faes que finalizou o acordo.

Seus pais me prometeram sua alma, eu o ouvi sussurrar. *Em troca da liberdade deles. Eu apenas trabalho em termos de acordos, não de destino. Não me culpe pelos pecados de seus pais. Isso é só com eles.*

Sim, concordei, engolindo em seco. *Sim, é... espere um pouco...*

Pisquei e balancei a cabeça novamente. *Pare com isso.* Eu podia sentir sua presença inebriante dentro de mim, transformando meus pensamentos, forçando-me a *ouvi-lo,* assim como eu o sentia bem diante de mim, falando e me afogando em sensações que não eram minhas.

Não, respondi de maneira abrupta, me afastando de sua presença avassaladora. *Não!*

Mas ele se agarrou a mim com uma facilidade que eu podia sentir mais do que ver, e isso me puxou ainda mais para dentro de um perigoso vórtice de manipulação e palavras falsas.

Eu o ouvi dar as boas-vindas a todas as noivas, elogiando-nos por participarmos de seus testes, como se estivéssemos aqui por vontade própria, e descrever as festividades que estavam por vir.

Palavras como *bem alimentadas* e *mimadas* entraram em

minha mente, não por meus ouvidos, mas por meio de um encantamento do qual lutei para me libertar.

Isso não é real.

Isso não está acontecendo.

Isso está errado!

Mas ele se esgueirou ao meu redor, aquecendo minhas veias, acalmando meu espírito e me fazendo sentir como se eu pertencesse a este lugar.

Seus pais assinaram os documentos selando seu destino. É um simples acordo comercial, com sua alma como dano colateral. Eu os avisei do que aconteceria. Eles escolheram seu destino mesmo assim. Odeie-os, não a mim.

Essas palavras se entrelaçaram com as outras que descreviam meu destino, dizendo algo sobre um teste de sobrevivência. Ele nos disse para estarmos preparadas, para aproveitarmos os mimos dos próximos dias para nos prepararmos para a eventual batalha.

Somente as dignas irão resistir, concluiu. *Então, os verdadeiros testes começarão.*

Grunhidos e cânticos se juntaram a essas palavras, o macho Fae do Submundo ansioso para levar isso adiante. Para nos despedaçar. Para nos *possuir.*

Havia pouquíssimas fêmeas Faes do Submundo, um fato que, de alguma forma, eu sabia, mas não conseguia determinar de onde vinha. Talvez o encantamento que girava ao meu redor tivesse algo a ver com isso. Aquele feitiço me mantinha presa como um animal de estimação obediente amarrado a uma coleira calmante.

Pare com isso, exigi, tentando lutar para sair da teia viciante.

Relaxe, ele respondeu com um gemido. *Este é seu estado de ser agora. Aceite-me. Aceite-nos. Aceite este mundo.*

Vá se foder! gritei para ele, ciente de que estava parcialmente perdendo a cabeça. Porque eu estava discutindo com uma invenção, algum tipo de ser invisível e intangível que se parecia muito com o Rei Fae do Submundo sentado no trono diante de mim.

Sentado, pensei. *Quando ele se sentou?*

Oh, quem se importa?

Minhas sobrancelhas ficaram encharcadas de suor enquanto eu continuava a lutar mentalmente contra essa coisa dentro de mim, sua fala se infiltrando em meu cérebro para repintar minha realidade.

Eu podia vê-lo ali, falando, transmitindo a cerimônia de abertura e dizendo a todas nós para nos darmos ao luxo e aproveitarmos. Seus lábios se moviam. Seus olhos sorriam. Ele parecia quase angelical, lindo, o epítome do belo.

E, no entanto, eu também o vi sentado com uma expressão entediada, com a mão tecendo um feitiço enquanto Melek sussurrava algo em seu ouvido.

Era uma realidade dupla que me deixou imaginando o que eu estava realmente vivenciando.

Ele está de pé ou sentado?

E como ele está falando tão alto em minha cabeça?

Gritei, mas minha boca não se moveu.

Os aplausos ecoaram ao meu redor, os machos famintos estavam animados para a próxima fase da noite. *Um* meet and greet *para que votem em quem querem que sobreviva*, o Rei Fae do Submundo estava dizendo. *Talvez elas deem itens para ajudar ao longo do caminho, humm? Sugiro que vocês os seduzam bem, senhoritas. Vocês vão precisar de toda a ajuda que puderem conseguir.*

O olhar de Melek se encontrou com o meu, com um lampejo de conhecimento nas profundezas de seu olhar. Ele ainda estava sentado ao lado de Lúcifer, mas tinha a mesma expressão de onde estava há minutos... segundos... sempre.

Então, ele acariciou suavemente sua garganta.

Sendo que senti aquele toque em minha pele... e depois o talismã em meu pescoço.

Duas palavras, ele disse.

Somnum Dameonis, pensei, percebendo o que ele queria que eu dissesse.

A magia estalou ao meu redor, uma parte de mim, de maneira inata, acionou a restrição em torno de minha mente e reduziu o feitiço a cinzas.

Oh! Eu não tinha a intenção de colocá-lo em prática, mas era tarde demais.

Em um momento, permaneci atordoada, permitindo que o Rei Fae do Submundo fizesse ginástica mental com minha mente.

E no momento seguinte, eu estava de bunda no chão na areia preta do auditório, olhando para o Rei Fae do Submundo.

O silêncio caiu ao meu redor. Até mesmo os homens nas arquibancadas estavam quietos. Mas ninguém me notou, exceto *ele*. O próprio demônio.

Porque os outros ainda estavam todos *encantados*.

Que. merda. É. Essa?

Meu corpo tremeu com o esforço, como se eu tivesse acabado de correr uma maratona. Mas quando olhei para um par de olhos cor da meia-noite, percebi que não era uma maratona. Eu tinha acabado de sair de algum tipo de teia majestosa.

E o brilho irado em suas íris brilhantes me disse que essa foi a coisa mais errada a fazer.

Porque eu acabei de chamar a atenção do próprio demônio.

Enquanto todos os outros permaneciam quietos e hipnotizados ao meu redor no campo.

— Diretor — ele disse com uma voz suave. — Inspecione o número Sessenta e Seis.

— Como quiser, meu lorde — Ajax respondeu, segurando meu bíceps e me puxando para ficar de pé. — Bom trabalho, *cupcake*. Você acabou de ganhar uma noite em uma das minhas celas.

Ajax

— Não foi uma decisão sábia — afirmei para Camillia enquanto a conduzia para fora do estádio.

— O que aconteceu? — ela questionou, sem demonstrar remorso ou inquietação.

— Ele nos envolveu em algum tipo de encantamento. Como se estivéssemos assistindo a um filme.

Az deu uma risada ao se juntar a nós.

— A magia de Lúcifer foi comparada a um filme?

— Sim.

— Espero que ele não tenha escutado isso — Az disse.

— Espero que tenha — respondi. — Ela precisa de uma lição de respeito.

Az concordou, e seus longos cabelos balançaram em uma brisa que parecia segui-lo em todos os lugares. Pensei que estivesse relacionado à sua energia de Fênix.

— É verdade, ela precisa... — ele concordou. — Quem sabe não podemos oferecer o curso básico?

— Ou, quem sabe, vocês possam conversar comigo em vez de falar de mim quando estou bem perto de vocês — ela interveio.

Sua irritação despertou meus sentidos.

Az a encarou, e a surpresa apareceu em suas feições normalmente severas.

— Você realmente tem um desejo de morrer, não é? Resmunguei.

— Ela certamente possui algo.

— Ainda estou aqui — ela nos lembrou, como se eu não pudesse sentir sua pele ardendo em minha mão.

Enrolei os dedos na longa corrente de prata que descia pelas costas de Camillia e a empurrei para fora do anfiteatro.

Ela queria se comportar como um animal? Então, era dessa maneira que eu a trataria.

O rosnado encantador sugeriu que ela compreendia a razão da corrente. Isso era excelente. Ela precisava compreender sua posição neste mundo. Da mesma forma que necessitava de uma apresentação clara do meu papel nesses jogos.

Atravessei a parte de trás da arena até o local onde costumava encurralar os monstros no portão. Contudo, o campo aberto foi utilizado parcialmente para os testes. Eu não esperava percorrer esse trajeto tão cedo, mas deveria saber que Camillia De la Croix seria minha primeira prisioneira.

Murmurei um encantamento para destrancar a porta mágica, fazendo o ar vibrar quando ela se abriu para nós. O extenso e sombrio trajeto de escadas me parecia intimidador e frio, o que me levou a interromper temporariamente, pois desejava que Camillia percebesse seu destino insistente.

Ela não cedeu ao meu puxão.

— Você não vai me levar até lá.

— Você não está em posição de fazer exigências — lembrei a ela enquanto a conduzia pela entrada. Az a seguiu, se posicionando na retaguarda para o caso de ela conseguir se libertar e escapar de mim.

Ou talvez ele desejasse apenas observar.

Az sempre apreciou uma boa dose de voyeurismo, não somente em jogos no quarto, mas também na tortura.

A escada, em termos técnicos, se limitava à borda do paradigma, permitindo que a magia flutuasse entre as paredes de pedra. Ela modificava o cenário e a regularidade dos degraus, tornando-os curtos, longos e intermináveis antes de os fundir em um novo conjunto.

O olhar meticuloso de Camillia não deixou passar nada, observando as alterações sutis enquanto subia as escadas de salto alto.

— Às vezes é uma viagem curta, de apenas alguns degraus até o final, e às vezes pode se estender por um quilômetro — comentei —, o que torna a fuga arriscada.

Ela não disse nada, concentrada em não perder o equilíbrio. Eu ainda segurava a corrente. Se ela começasse a cair, eu a puxaria de volta.

No entanto, ela poderia se ferir durante o processo.

Eu sentia que isso não a impactaria por um longo período. Ela tinha um espírito de combatente, fazendo dela uma parceira Fae do Submundo ideal. *Será que ela tem consciência de quanta controvérsia vai provocar por ser uma rebelde?*

Ela me fez recordar novamente do meu passado, de outra mulher que gostava de se rebelar contra os poderes constituídos.

Ela foi assassinada por essa insurgência.

Isso marcou uma diferença distinta em suas situações. Camillia não seria assassinada. Provavelmente, receberia uma *recompensa* por sua insubordinação.

A luz das tochas tremeluzia nas paredes enquanto prosseguíamos nossa descida, entrando em espiral no abismo profundo, com o humor do paradigma nos guiando pelo trajeto mais extenso hoje.

Percebi que havíamos alcançado o fundo do poço quando as ondas de calor sufocaram o ar. Camillia agarrou meu braço como uma tábua de salvação enquanto encarava a escuridão diretamente. Uma parte de mim cogitou entrar no escuro apenas para brincar com ela, mas isso ficaria para mais tarde.

Acendendo as tochas com minha varinha, sussurrei um encantamento e soltei uma rajada de fogo pelo corredor.

Camillia deu um suspiro, apesar de eu não ter certeza se ela estava fascinada pela magia ou se percebeu o local onde estávamos.

Porque a claridade iluminou as barras de ferro fundido das fileiras de gaiolas sem ocupação.

— Diretor — ela murmurou o título como se tivesse algum significado naquele momento. Os seus olhos luminosos me observaram como se fosse a primeira vez.

Eu esperava observar medo.

Ao invés disso, percebi pena.

Não me importo com o que essa garota pensa.

Ela não significa nada para mim.

Para provar isso, lancei um encantamento sobre mim e Az para nos proteger do calor escaldante e deixei que Camillia sentisse exatamente o que significava estar no ventre do Inferno.

Az me encarou, sabendo exatamente o que eu fiz. Ele achou divertido. Também aparentava estar um pouco grato, já que usava terno preto para a cerimônia desta noite. Assim como eu.

Continuamos andando em silêncio, o único ruído era o crepitar das tochas e os nossos passos.

Finalmente, Camillia falou, sua voz reverberando pelo corredor.

— Como vocês suportam o calor aqui embaixo? — ela perguntou, reduzindo a velocidade à medida que o suor se acumulava em sua pele exposta.

Eu a empurrei para seguir.

— Minha magia nos protege — respondi de forma sucinta. — Você, não.

— Muito cavalheiresco — ela falou. — Assim como você foi com o cupcake.

Cerrei os dentes. *O que há com essa garota e essa bobagem sobre cupcake?*

— Você tem obsessão por doces?

— Apenas os que possuem magia.

Az e eu trocamos um olhar. Ele refletiu minha confusão. *Do que ela está falando?*

Provavelmente, alguma bobagem que ela pretendia usar como distração.

Não importa.

Deixei isso de lado, me concentrando no véu cintilante que nos aguardava no final do corredor. Ele se assemelhava a uma cachoeira resplandecente, mas possuía uma grande quantidade de fumaça.

Passamos por ele e chegamos aos Dormitórios de Detenção.

Também conhecidas como minhas celas de prisão.

Meu playground.

Camillia estremeceu ao ver as celas que nos cercavam. Originalmente, eram usadas para manter as almas torturadas que infringiam os pactos com Lúcifer. Elas costumavam tentar escapar dos reinos do Submundo após se transformarem em suas novas formas monstruosas, o tipo de punição favorita de Lúcifer para feéricos desobedientes.

Essas barras de ferro os mantinham presos com facilidade.

Pelo menos, até Az e eu encontrarmos uma maneira melhor de mantê-los dentro do paradigma. Agora, eles possuíam liberdade todos os dias durante o período do toque de recolher, o que era como um benefício para manter as cativas na linha e nos possibilitava subjugar os monstros.

É claro que sempre havia os desordeiros, aqueles que preferiam a desobediência e a morte às suas formas atuais. A primeira metade da masmorra ainda estava reservada para eles.

A segunda metade agora era destinada às candidatas indisciplinadas.

Parecia apropriado que Camillia fosse a primeira a visitá-la.

Um rosnado profundo ecoou quando um Minotauro nos encarou de dentro de sua cela. Camillia deu meio passo para trás.

— Onde está aquele espírito desafiador agora? — questionei, puxando-a para frente. — Você o deixou no anfiteatro?

— Vá se foder — ela respondeu e gritou quando o Centauro que estava na cela ao lado emitiu som gutural semelhante ao de um touro. Ela estremeceu ao encará-lo, e seu rosto ficou pálido.

A fumaça saía de suas narinas, os chifres altos e curvados, prometendo uma morte lenta a qualquer um que estivesse em seu caminho. Ele pisou em um casco como se quisesse atacar. Para sorte de Camillia, havia barras reforçadas por magia entre nós e ele. Os olhos vermelhos brilhavam em uma sombra letal sempre presente que permanecia sobre o rosto humanoide de um centauro, pois essa raça tinha sua magia derivada da escuridão e da morte.

Ele se aproximou das barras e olhou para Camillia, com os dedos enrolados no ferro.

— Talvez a Fera do Inferno deseje uma colega de quarto — Az comentou, fazendo Camillia enrubescer.

O terror que se apossou de seu rosto tornou a proposta de Az tentadora, mas eu tinha outros planos para nossa pequena rebelde.

— Vamos — eu disse, e Camillia me seguiu prontamente, se aproximando de mim. Na verdade, era irônico que ela buscasse proteção em mim.

Reduzimos a velocidade ao atravessarmos um tanque de Sereia. Um dos monstros emergiu da água, lançando um olhar para minha cativa.

Em seguida, o ser abriu a mandíbula com duas fileiras de dentes e entoou a melodia mais bela e assombrosa já conhecida pela espécie Fae.

Camillia fez uma pausa, observando a Besta Infernal que flutuava preguiçosamente na água.

Essa espécie de sereia parecia realmente aterrorizante, mas era difícil resistir à sua melodia.

— Ajax... — Az advertiu, mas eu levantei a mão.

Vamos ver se nossa candidata é realmente forte, refleti.

Camillia deu um passo em direção à Sereia, mantendo o olhar fixo na magnífica criatura.

Todos os Faes da Meia-Noite eram encantadores, e o título de *Bestas do Inferno* era mais do que justo. Era impossível não admirar a graça letal, pois sua beleza era impressionante.

Era evidente que eu era o Guardião deles por um motivo.

Eu sabia como ver através de seu glamour. Assim como Az.

No entanto, os olhos de Camillia se arregalaram e, por

um momento, pensei que ela tentaria entrar no tanque para encontrar seu destino.

Mas a mão alcançou o colar e, no instante seguinte, ela estremeceu, recuando.

Ela franziu a testa ao estudar a Sereia novamente.

— Que aura obscura estranha — murmurou para si mesma.

Eu não tinha ideia do que ela queria dizer. Não percebi qualquer aura obscura, mas talvez os efeitos da música estivessem provocando alucinações.

Az, por outro lado, cruzou os braços diante do comentário sutil, com uma expressão de curiosidade.

A sereia se aquietou e, com relutância, voltou para a água, gritando de desapontamento enquanto rangia os dentes longos e afiados.

Camillia estremeceu mais uma vez, segurando o colar com mais força.

— Muito bem — eu disse, esperando que minha admiração não transparecesse na voz. — Não estava com vontade de retirar o que restaria de você dos tanques. Eles já são um saco de limpar.

Ela deu um passo ao meu lado, sua coluna parecendo se erguer mais uma vez.

— Pobre de você — ela falou. Depois, seu olhar se deteve nas outras gaiolas. — Que lugar é esse?

— É uma amostra do que vai enfrentar nas várias provas — respondi. — Faça anotações, porque é a única assistência que você terá, agora que desperdiçou suas oportunidades com os benfeitores.

Só com aquela roupa, ela poderia ter seduzido metade dos homens no anfiteatro e obtido mais de um artefato útil. Meus olhos vagaram, observando a forma como o tecido abraçava suas curvas, envolvendo sua bunda de uma maneira que fazia minhas mãos doerem para tocá-la.

Mas não foi apenas o seu corpo sedutor que me atraiu. Foi seu espírito de luta.

Porque ela me fazia recordar de alguém do meu passado.

O que fazia de Camillia uma inimiga natural para mim, se não fosse pelas emoções que sua presença parecia evocar em mim agora.

Aquele sentimento de incerteza.

Aquela necessidade de *ajudar*.

Um desejo que me mantinha acordado à noite, um que costumava assombrar meus sonhos com *ela*. Com Emelyn.

Já fui vulnerável uma vez. E isso me custou a vida de todas as pessoas que eu estimava mais do que minha própria existência.

Nunca mais me permitirei me sentir vulnerável dessa forma.

Eu me preocupava com Az, mas ele podia se proteger sozinho. Assim como o meu melhor amigo de infância, Shade. Ele também podia se cuidar. Portanto, eu poderia ficar tranquilo que eles nunca teriam motivos para depender de mim.

Não se podia dizer o mesmo sobre Camillia. Ela provavelmente desapareceria em uma semana.

Seu espírito poderia me fazer lembrar de alguém do passado. Mas não era *ela*. Ela nunca poderia ter sido *ela*.

Essa correlação doentia era apenas o resultado de seus espíritos semelhantes.

Como evidenciado pelo andar de Camillia agora, ela ganhou um pouco de confiança depois de enfrentar os encantos da Sereia. Ela seguia ao meu lado com a cabeça erguida, exibindo uma expressão quase majestosa.

O que, é claro, fez com que eu me lembrasse ainda mais *dela*.

Porque *ela* andava exatamente assim. *Dominando os*

corredores da Academia dos Faes da Meia-Noite. Com aquele sorriso majestoso. Fazendo com que todos, inclusive eu, se curvassem em seu rastro.

Meu peito doeu com a lembrança, me fazendo cerrar os dentes. Chega. Elas não são a mesma pessoa. Pare de pensar nisso.

Finalmente chegamos à segunda metade da prisão. As celas ainda possuíam barras de ferro, mas o interior continha móveis luxuosos e um ambiente acolhedor.

Não havia cama. Apenas um tapete esfarrapado no centro, onde ninguém se sentiria confortável para dormir.

Vamos ver se ela vai conseguir lidar com isso.

Conduzi Camillia para uma cela. Sir Bachen estava deitado em um sofá de um braço só, com a perna quebrada pelo seu peso. As gárgulas, apesar de pequenas, eram feitas de pedra, o que as tornava extremamente pesadas.

Fiz uma careta para ele.

— Você vai pagar por isso.

Ele ignorou minha exigência com um som de irritação.

Camillia avançou para o outro sofá.

— Informo que os sofás não são tão confortáveis quanto aparentam — Sir Bachen afirmou com a voz rouca.

Ela fez uma pausa, olhando entre mim e Az.

Minha carranca se aprofundou quando a direcionei para Sir Bachen. Ele não deveria ajudá-la.

Ela fez careta, depois examinou o lugar novamente, admirando o veludo fino e as almofadas fofas antes de se dirigir ao tapete marrom repleto de nós.

Camillia foi até ele e se sentou no centro da bagunça esfarrapada, com um olhar triunfante no rosto, me fazendo rosnar.

— Trapaceiro — Az murmurou.

— Você não citou nenhuma regra, pássaro — Sir Bachen retrucou. — Não me condene por usar isso em meu benefício.

Az aprofundou o olhar.

— Considere isso como uma nova regra: não auxiliar recrutas.

— Vocês dois vão apostar no sucesso desse teste disciplinar? — Olhei entre eles. — Sério? Quais são os riscos?

Sir Bachen estufou o peito.

— Adagas.

Bufei, fazendo uma careta para Az.

— Você deveria saber que não deve apostar algo tão valioso com ele.

Az grunhiu, sua expressão se transformou em pedra.

— Vou recuperá-la. — Ele jogou uma lâmina para a gárgula sem olhar. — Não a amasse.

— Minha preciosa — Sir Bachen disse, acariciando o metal antes de exibir um ato de trituração entre seus dedos de pedra.

Suspirei e balancei a cabeça enquanto o olhar de Az ardia em fúria.

Não fazia sentido repetir o que eu já havia dito.

Mas foi uma pena o que aconteceu com os móveis. Eu estava ansioso para ver como as cativas reagiam a eles. E, observando Camillia agora, pude perceber que ela sentiu a estranha magia que revestia a superfície dos móveis sofisticados. Era similar à magia compulsória usada nas candidatas no anfiteatro, mas atingia a mente de maneira ainda mais profunda, tornando os ocupantes mais maleáveis e fáceis de controlar.

Ah, bem. Provavelmente não teria funcionado com Camillia. Ela aparentava estar muito consciente do que a rodeava, o que explicava sua habilidade de se libertar do domínio mental de Lúcifer mais cedo.

Um feito impressionante. Um que provavelmente a mataria.

Uma pena.

— Ah, bem, é melhor voltar ao trabalho então — Sir Bachen disse, saltando com um leve movimento da lâmina. — Eu esperava que o encantamento de sono de Typhos tivesse efeito em mim. Não funcionou. Eu deveria saber. Não durmo há uma década, graças ao calor. — Ele coçou o ombro enquanto falava, e franziu os lábios em uma careta.

No paradigma, as gárgulas não pareciam incomodadas com as erras áridas, mas as que utilizavam os túneis ou se aventuravam ao ar livre sempre reclamavam do calor e do ar abafado.

Camillia parecia estar lidando bem com isso, mas gotas de suor brilhavam em sua testa e uma delas escorria de maneira precária perto de seu decote. Engoli em seco, e o desejo de lambê-la de repente inspirou ideias indecentes em minha mente.

Definitivamente, preciso de Az mais tarde, decidi, balançando a cabeça.

Havia algo nessa garota... algo que eu não conseguia ignorar. E isso a tornava perigosa em muitos níveis. Porque eu não podia me dar ao luxo de me apegar a ela – ou a qualquer pessoa – nunca mais.

— Typhos? — Camillia repetiu, franzindo a testa. — Feitiço do sono?

Merda de gárgula.

— O primeiro nome de Lúcifer — Sir Bachen respondeu da porta antes que eu pudesse impedi-lo. — Ele não costuma usá-lo, mas eu prefiro.

— Está na hora de partir, Bach — interrompi. — Ela é uma prisioneira, não uma amiga.

Sir Bachen grunhiu em resposta, sua aversão era evidente.

— Tudo bem, tudo bem — ele murmurou, saindo pela porta. — Tenho lugares melhores para estar de qualquer forma.

Az bufou.

— Cuide dessa lâmina. Vou pegá-la de volta.

— Claro, claro — Sir Bachen ecoou enquanto se afastava pelo corredor, com suas asas de pedra se arrastando atrás dele.

Me virei para Camillia e a vi de braços cruzados, pois ela teve a audácia de me encarar. Em vez de repreendê-la, esperei para ver se ela tinha mais alguma coisa a dizer em sua defesa ou se pretendia continuar falando sobre a porra das sobremesas novamente.

Então, ela me lançou um olhar de reprovação e Az sorriu.

Coisinha desafiadora.

Abri a boca para fazer um comentário sarcástico, mas Az começou a circular sua posição no tapete. O olhar dele cintilava em brasas, algo que acontecia quando ele estava pensando profundamente e invocando sua magia.

A pobre garota não faz ideia da confusão em que se meteu, não só por ter irritado Lúcifer, mas também por ter chamado a atenção de mim e agora do Az.

Era evidente que ele estava se divertindo com ela. Ele a analisou como se quisesse transformá-la em sua própria versão de *cupcake*... algo que pretendia devorar.

Encostado na parede, decidi deixar as coisas acontecerem para ver no que iam dar.

— Há algo... — Az se afastou, inclinando a cabeça

para o lado. — Humm, não, ela não fez isso por conta própria.

Arqueei uma sobrancelha.

— O que você está sentindo?

— Encantamento — ele disse, suas íris se iluminando com mais daquelas manchas douradas. Eu me perguntei se Camillia conseguia sentir o lado Fênix dele à espreita, ou se ela sabia como identificá-lo.

Eu um cenário normal, eu diria *provavelmente não*. Mas, dada sua propensão a fazer exatamente o oposto da expectativa, ela provavelmente percebeu. No entanto, parecia estar bastante distraída com o belo Comandante. E sua demonstração de desafio enfraquecia a cada segundo que passava, até que seus braços cruzados caíram frouxamente ao lado do corpo, como se estivessem sob algum tipo de feitiço.

Az possuía muitas habilidades, sua metade metamorfo lhe dava a capacidade de seduzir instintivamente... algo que eu apreciava muito a portas fechadas. Ele não aparentava estar usando isso agora, mas sua habilidade natural certamente a envolveu em algum tipo de teia sensual.

Ele se ajoelhou na frente dela e passou um dedo sobre seu lábio inferior, depois o percorreu pelo pescoço.

Camillia permaneceu imóvel, hipnotizada enquanto ele levantava o talismã em sua mão. Ele murmurou.

Reconheci o som... era o que ele murmurava quando fazia sexo oral em mim.

Ergui uma sobrancelha, esperando.

Az finalmente falou, com sua voz melódica.

— Onde você conseguiu esse lindo colar?

Meu olhar se voltou para o talismã brilhante. Eu estava tão distraído com os seios dela que nem tinha notado.

Mas Az, sim.

Camillia piscou para ele, sonhadora, e respondeu com a voz baixa:

— Foi um presente.

Az sorriu.

— Humm, muito interessante. Infelizmente, presentes não eram permitidos antes da cerimônia desta noite, portanto, vou confiscar esse item. — Seus olhos se voltaram para os meus. — Ajax?

Assenti, concordando com a pergunta não formulada. Ele queria levar o objeto para Lúcifer.

Camillia fez beicinho, mas não discutiu. Ela ainda aparentava estar presa no transe que Az criou.

Fui em direção a ela e me agachei para retirar o colar. Com Az à sua frente, ela estava praticamente imprensada entre nós dois.

Uma imagem que me agradou.

Seu vestido foi projetado para ser aberto como um presente, deixando-a nua. Eu sabia que ela não usava nada por baixo, pois roupas íntimas eram contra as regras. E, a menos que ela conjurasse alguma em desafio, algo possível, considerando sua propensão a quebrar as regras, ela estaria nua.

Humm. Permiti que a imagem visual provocasse minha mente, formando a imagem de mim pegando-a por trás enquanto ela chupava o Az. Uma bela fantasia.

Pelo olhar de interesse de Az, eu não era o único a pensar nisso.

Pena que não poderíamos ir adiante.

Ela era minha prisioneira, não nosso brinquedo sexual.

Sim, uma parte de mim sussurrava. Uma parte obscura que queria brincar.

Mas não aqui. Não dessa forma.

Afastando a fantasia que se formava em minha mente,

toquei sua nuca enquanto meus olhos exploravam o tecido fino do vestido.

Cerrando a mandíbula, soltei o colar.

— Estou surpreso por você ter feito um amigo, quanto mais dois, com sua falta de instintos de autopreservação — falei, tentando controlar meus pensamentos enquanto me levantava. Fazer amizade com Sir Bachen já era bastante chocante, mas esse colar provava que ele não era o único aliado dela neste lugar.

Intrigante.

Camillia soltou um som sarcástico.

— *Amigos*. Sim, claro. Claro. Esse é o sonho, não é? Fazer amizade com os captores e tudo o mais?

Az se ergueu.

— Bem, se fôssemos seus amigos, poderíamos ajudá-la.

— Poderíamos — concordei.

— Mas não vamos.

— De jeito nenhum.

— Bem, isso é bom, já que o último *presente* que você me deu me deixou inconsciente por quase dois dias — ela retrucou. — Não tenho interesse em amizades como essa.

— Que presente? — perguntei, confuso.

— O cupcake.

E voltamos à sobremesa.

— Eu não te dei um cupcake.

— Então por que o cartão que o acompanhava tinha o nome *Diretor*? — ela rebateu.

— Primeiro, não saio por aí distribuindo cupcakes. E, segundo, não costumo deixar cartões de visitas.

Ela franziu a testa para mim.

— Então, quem colocou o cupcake na minha mesa de cabeceira?

— Talvez a mesma pessoa que te presenteou com isso — Az sugeriu, apontando para o colar. Em seguida, estendeu a mão para mim, indicando que queria o talismã.

— Vou conseguir algumas respostas.

Coloquei-o em sua mão, certo de que ele iria até o fim. Ele e Lúcifer estavam ligados, tornando Az o candidato ideal para lidar com aquilo. Além disso, agora eu tinha uma gatinha do fogo do inferno para brincar em minha masmorra.

Uma gatinha do fogo do inferno com uma obsessão doentia por *cupcakes*.

Az guardou o colar no bolso.

— Aproveite o tempo de brincar. — Ele lançou um olhar expressivo para mim, me advertindo com os olhos para não me divertir muito sem ele.

Depois, saiu da cela, trancando nós dois lá dentro.

Az

Preciso te mostrar uma coisa, eu disse, ativando meu vínculo mental com Typhos.

O que é? Sua voz mental aparentava cansaço, provavelmente devido ao show que acabou de apresentar no anfiteatro. Ou talvez sua exaustão tenha sido provocada pela necessidade de organizar esses jogos para seus homens. Ele não desejava realizar esses testes, mas a obrigação de agradar seus súditos fiéis superava seus próprios desejos.

Typhos era um líder reconhecido por ser justo e se preocupava com os faes que estavam sob sua proteção.

E eles desejavam noivas.

Então era o que Typhos lhes daria.

Az? ele chamou quando não respondi de pronto, sua impaciência era evidente.

Um talismã, falei.

Da garota? ele indagou.

Sim, ela o estava usando. Mas é a assinatura de energia que acredito que você vai achar interessante, eu o informei.

Entendo, ele respondeu depois de um tempo. *Estou em meus aposentos.*

Estou a caminho. Eu tinha certeza de que ele voltaria para lá na primeira oportunidade de escapar. O Rei Fae do Submundo poderia conduzir a cerimônia de abertura, mas não tinha interesse em participar do luxuoso evento posterior. Ele só estava fazendo tudo isso para apaziguar seus homens, não a si mesmo.

Typhos Lúcifer não queria uma noiva. Ele desejava paz. E para alcançar isso, precisava apaziguar os homens que o adoravam como um deus.

Para se tornar Fae do Submundo, a fonte precisava aceitar a abominação no círculo interno. E, por qualquer motivo, a fonte raramente aceitava mulheres.

O que resultou em uma abundância de machos Faes do Submundo.

E poucas companheiras.

Esses testes corrigiriam isso, assumindo que os jogos de Typhos preparassem adequadamente as recrutas para a Fonte dos Fae do Submundo.

A mulher que deixei na cela de Ajax parecia uma candidata adequada. Ela tinha a palavra *guerreira* estampada em seu rosto forte.

Tinha força de vontade. Totalmente linda.

Não que eu fosse admitir meu interesse a alguém.

Ainda assim, eu provavelmente teria um gostinho dela. Talvez junto com Ajax. Tê-la entre nós dois foi interessante, e nem houve um toque real envolvido.

Eu suspeitava saber o que estava deixando Ajax tão distraído agora. Talvez ele quisesse ficar com ela para si. Uma ideia que me fez imaginá-la curvada e Ajax a pegando por trás.

Essa seria uma visão sexy.

É claro que o Número Sessenta e Seis havia trapaceado. E isso era um problema.

Ignorância não era desculpa. Alguém deu a ela um talismã que ostentava um tipo muito específico de encantamento, uma magia capaz de ser criada por poucos faes.

Alguém poderoso.

E ele nem tentou esconder sua assinatura de energia.

O que significava que ele queria ser descoberto.

Trapaceiro, pensei, balançando a cabeça. *Sempre fazendo joguinhos.*

Tudo o que eu tinha de fazer agora era provar meu palpite.

Ou deixar que Typhos cuidasse disso por mim.

Entrei em seus aposentos sem bater... uma vantagem de estar ligado ao Rei Fae do Submundo. Ele não só sabia que eu já estava a caminho, como também sentia minha presença. E a receberia bem, mesmo que não estivesse me esperando.

Eu o encontrei descansando em uma espreguiçadeira de marfim e ouro, segurando uma taça de vinho vermelho-sangue. Ele parecia um leão, todo relaxado e majestoso, com seus longos cabelos escuros espalhados ao redor.

Assim que me viu, acenou.

— Não faça isso — ele disse. — Você sabe como eu odeio ficar curioso.

— Eu estava apenas te admirando, meu soberano — eu disse com um sorriso, me aproximando dele. Ele também detestava puxa-sacos, o que tornava minhas palavras incisivas e irritantes. Nunca o desejei dessa forma, nosso vínculo era um pouco diferente do vínculo sensual que ele mantinha com Melek.

Typhos revirou os olhos. Sua agitação era palpável quando me juntei a ele na espreguiçadeira.

Ele arqueou uma sobrancelha escura.

— O talismã?

Eu o tirei do bolso e o entreguei, observando enquanto ele tocava a corrente com um suspiro pesado.

— Sim, entendo por que você pensou que eu acharia isso interessante — ele murmurou. — Reconheço a assinatura.

— E a garota? — perguntei. — Devemos puni-la?

— Não — Typhos disse, inclinando o talismã para que ele brilhasse na luz quente. — Ela usou o que lhe foi dado. Uma jogada inteligente, mas que não será repetida na próxima rodada. Ela deve se provar por conta própria, não por meio de presentes excessivamente generosos de outros.

— Não é esse o objetivo na arena? Ganhar favores? — perguntei.

— Hum, sim, mas não dessa magnitude — Typhos respondeu. — Os outros receberam uma mesada e regras sobre como podem ajudar suas escolhidas. Esse talismã certamente não se qualifica. — Ele guardou o item no bolso com um sorriso. — Mas não se preocupe. Eu mesmo terei uma conversa particular com o benfeitor para garantir que não aconteça novamente.

Fiquei de pé, imaginando exatamente como seria essa conversa... com Melek de joelhos.

Ao me aproximar, tirei a taça de vinho de Typhos de suas mãos e a levei aos meus lábios. Ele me observou expor minha garganta enquanto eu bebia o conteúdo antes de devolvê-la.

— Suponho que devo voltar às festividades — falei. — Retomar meu papel de Comandante.

— Sim — Typhos concordou, virando a taça vazia em sua mão. — Obrigado pelo talismã.

Assenti e o deixei, indo para o anfiteatro. No entanto, eu não iria seduzir ou flertar esta noite. Com Ajax ocupado em domar uma gata selvagem em seu calabouço, eu precisava me certificar de que nenhum dos homens fosse excessivamente zeloso durante a competição pelas noivas.

E, conhecendo os Faes do Submundo, a competição resultaria em derramamento de sangue e morte.

Meu tipo de festa.

Typhos

— Ah, Melek — chamei ao entrar em nosso quarto.

— Meu soberano — ele murmurou, entrando com uma toalha nos quadris. — Vai me acompanhar no banho? Porque eu gostaria muito de ter sua companhia.

Contraí os lábios diante de seu jogo sedutor. Ele sabia que eu descobriria sobre o talismã, assim como eu sabia que ele se fingiria de inocente ao dá-lo para a garota. Sua assinatura de energia estava no pingente de diamante, tornando óbvio quem o deu a ela.

Ele não expressaria arrependimento por isso.

Nem eu o faria pedir desculpas.

Tínhamos nossos jogos, e parecia que meu companheiro desonesto pretendia fazer disso um deles.

Seus olhos multicoloridos brilhavam com promessas perversas e ações duvidosas. Nada que pudesse me machucar. Apenas coisas que me levariam a puni-lo de forma sensual.

— O que achou da nossa cerimônia de boas-vindas? — perguntei, percorrendo o olhar pelas linhas definidas de sua forma musculosa.

Ele era primorosamente belo, de uma forma que quase feria minha alma. E ele também sabia disso.

— Muito revelador — ele respondeu em um tom melódico. — Embora eu esteja desapontado por não termos ficado para ver todos interagirem. Eu teria gostado de observar os jogos de sedução entre os Faes do Submundo e suas possíveis companheiras.

— Hum, foi exatamente por isso que fomos embora. — Bem, isso e eu não tinha interesse nas festividades que se seguiram à cerimônia de abertura.

As garotas não me pertenciam para cortejar ou transar. Tampouco tinha interesse em saber mais sobre elas. Estavam aqui para agradar meus homens, não a mim. Foi por isso que deixei alguns generais para supervisionar as interações. Eles manteriam as moças e meus homens na linha. E meu comandante garantiria que tudo corresse bem também.

Enquanto isso, eu cuidaria de meu companheiro errante.

Me aproximei de Melek com determinação, com a palma da mão envolvendo sua nuca para puxá-lo para um beijo. Seus lábios eram macios sob os meus, suaves e, ao mesmo tempo, tortuosos.

Melek adorava ultrapassar os limites, e ele fez exatamente isso quando deu o talismã à cativa.

— Achei que você ficaria entediado em poucos minutos — sussurrei contra sua boca. — É por isso que você já está quase nu e tentando me convencer a transar com você no chuveiro.

— É isso que estou fazendo? — ele perguntou com a mesma suavidade.

— Você está brincando.

— Estou?

— Está — garanti, deslizando minha boca pela bochecha dele até a orelha. — Dê uma olhada em meu bolso.

— Qual deles?

— Você sabe qual — respondi, mordiscando o lóbulo de sua orelha. Ele seria capaz de sentir a energia do amuleto, porque estava repleto de sua assinatura como criador do item.

Ele passou a mão pela minha virilha, o toque consciente e intencional.

— Eu preferiria muito mais... — Melek parou quando puxou o zíper da minha calça social para baixo, percorrendo a costura com os dedos para me encontrar nu sob o tecido.

— Você não pode me distrair — eu o adverti.

— Acho que posso — ele rebateu, roçando minha pele ao voltar para cima para abrir meu cinto.

Sorri, permitindo que ele me provocasse. Isso tornaria muito mais divertido colocá-lo de joelhos em alguns minutos.

— Por que você deu o talismã a ela? — perguntei baixinho.

— Que talismã? — ele perguntou em resposta, com um tom tão angelical e inocente que quase não consegui detectar sua queda em desgraça. Meu Príncipe Virtuoso ainda possuía todos os poderes de seu direito de nascença, daí o talismã que ele criou para a candidata a noiva.

— Por que ela? — perguntei enquanto ele terminava de tirar meu cinto.

— Ela é bonita — ele murmurou. — E também é corajosa. Sabia que ela realmente representou um desafio para o seu Diretor capturar?

Pensei na pergunta e me lembrei de todos os relatórios

que Ajax forneceu durante a fase de recrutamento do nosso projeto.

— Foi ela que ele teve de ir atrás por conta própria.

— Sim.

— Entendo. — Eu supunha que isso a tornava de certa forma única, já que todas as outras foram capturadas com sucesso em uma única visita. Afastei os lábios de sua orelha, curioso para ler sua expressão. — O que a torna diferente?

O olhar de Melek cintilou enquanto ele abria o botão da calça.

— Não faço ideia.

— Mentiroso — acusei. A palavra saiu de minha boca em uma provocação sensual, mais do que em um tom rude.

— Não é totalmente mentira — ele garantiu, empurrando o tecido dos meus quadris e descendo pelas minhas coxas. — Ainda tenho que descobrir o que a torna única. Mas eu a quero.

— Quer? — Inclinei a cabeça para o lado, fazendo com que meus longos cabelos caíssem como uma cortina escura ao redor do meu rosto.

— Quero. — Ele se ajoelhou para terminar de remover o tecido de minhas pernas. Ele também tirou meus sapatos e meias no processo, conferindo um falso brilho de servidão do meu ponto de vista.

— Como uma noiva ou uma escrava? — perguntei.

— Ah, definitivamente uma escrava. — Ele se inclinou para a frente para beijar a cabeça do meu pau, que estava inchando tanto com a visão dele de joelhos quanto com a sensualidade de seus movimentos.

Ele lambeu a parte de baixo da cabeça, me fazendo rosnar baixinho.

— Acho que ela ficaria muito bonita entre nós, meu

soberano — ele murmurou antes de se levantar mais uma vez. Em seguida, abriu a mão para revelar o amuleto que tirou do meu bolso enquanto me despia. — É por isso que eu gostaria muito que ela sobrevivesse.

Segurei seu pulso e levei sua mão até minha boca para mordiscá-la com força.

— Você sabe como me sinto em relação a trapaças, pequeno príncipe.

As íris dele brilharam em resposta à sua própria excitação, fazendo com que a toalha em volta de seus quadris ficasse presa.

— Você disse que presentes eram permitidos.

— Depois da cerimônia de abertura.

Ele balançou a cabeça.

— Não, milorde. Você disse que os presentes eram permitidos *durante* a cerimônia de abertura. Então, dei um a ela para usar *durante* a cerimônia.

Se fosse qualquer outra pessoa, eu teria ficado irritado com suas manobras inteligentes em torno de minhas regras.

Mas Melek não era outra pessoa.

Melek era *meu*.

— Então suponho que precisarei ser mais claro daqui para frente — murmurei, soltando seu pulso para agarrar sua nuca novamente. — Chega de presentes.

Ele arqueou uma sobrancelha.

— De nenhum tipo? — Ele fez beicinho, com o lábio inferior cheio, uma distração deliciosa que chamou meus instintos mais básicos. — Isso não parece justo, milorde. Ela já está em desvantagem agora que a colocou na prisão de Ajax. Com certeza, eu deveria ter permissão para favorecê-la de alguma forma. Não há nada nas regras que diga que não tenho permissão para cortejar uma cativa.

— Não sabia que você desejava uma noiva. — E

não tinha certeza de como me sentia em relação a isso. Embora eu estivesse ligado a Melek e Azazel, Melek era meu único amante. Assim como eu era seu único. — Você se cansou do nosso acordo? — Não era uma pergunta feita por ciúme, mas por curiosidade. Estávamos juntos há milhares de anos. Talvez ele desejasse uma mudança, mesmo que temporária.

— Nosso acordo me manterá satisfeito por toda a eternidade — ele prometeu, e sua expressão se tornou estranhamente séria. — Você sempre será meu rei, Ty. Eu te amo a cada segundo.

— E eu amo você — respondi, encostando a testa na dele. — É por isso que eu lhe daria qualquer coisa que você desejasse, inclusive a cativa.

Eu a arrastaria para cá agora mesmo, se isso significasse satisfazer meu companheiro. Mas eu sabia que ele não funcionava assim. Ele preferia um jogo. Um em que ela passaria ou falharia, e só então ele decidiria como proceder. O fato de ele querer brincar dizia muito sobre seu potencial. Porque Melek não demonstrou interesse em ninguém em milhares de anos.

Pelo menos, ninguém além de mim.

— Estou interessado — ele confidenciou. — Mas ainda não sei como quero proceder com ela, só sei que a quero viva.

— Entendo. — Diminuí o aperto em seu pescoço e levantei a testa da dele. — Então, não vou tirar o direito dela de receber presentes, mas eles devem estar dentro do razoável, Melek. Ela precisa ser capaz de provar a si mesma.

— E ela não provou? — ele rebateu. — Esse talismã é apenas um dom de menor poder. A capacidade dela de usá-lo para romper seu controle mental esta noite demonstra um talento raro que o diamante simplesmente amplificou. Nada mais. Nada menos.

Peguei o amuleto dele e o estudei, constatando que ele estava certo. A não ser por um pequeno detalhe.

— Para usá-lo, seria necessário ter conhecimento de feitiços antigos.

Seus lábios se curvaram.

— Não faço ideia de onde ela aprenderia essas coisas.

— Ah, acho que tenho uma boa ideia de quem poderia ter dado um empurrãozinho — falei, semicerrando os olhos para ele.

Ele piscou para mim.

— Eu nunca faria isso.

— Você com certeza faria. — Mas eu não ia insistir. Se ele havia escolhido uma escrava com a qual queria brincar, eu permitiria, dentro do razoável. — Nada mais de presentes físicos. — A frase foi propositalmente formulada. Porque nós dois sabíamos que as palavras podem ser tão poderosas, se não mais poderosas, do que os objetos.

— Nada mais de presentes físicos — ele repetiu.

— De agora até os Testes dos Faes Pesadelos — esclareci, sabendo que ele encontraria uma maneira de contornar minhas palavras se eu não fosse específico.

— Tudo bem — ele concordou. — A menos que seja comida.

Ergui as sobrancelhas.

— Você está negociando comigo? Por causa de uma prisioneira?

— Eu gosto dela — ele respondeu e envolveu a mão na base do meu pau para fazer uma carícia firme. — E estou disposto a negociar, Ty. Em favor dela.

Puta merda, essas eram palavras inebriantes para ouvir de sua boca, e o brilho em seu olhar me disse que ele também sabia disso.

Príncipe desonesto, pensei, gemendo por dentro enquanto ele me fazia outra carícia lânguida com sua mão quente.

— Nenhum presente físico além de alimento — ele reiterou enquanto a outra mão subia para começar a desabotoar minha camisa. — Até os Testes dos Faes Pesadelo.

— Em troca de? — perguntei, sentindo seu hálito quente em meu esterno enquanto sua língua traçava o centro do meu torso.

O tecido caiu de meus ombros segundos depois, seus movimentos rápidos, habilidosos e perfeitos. Passei os dedos por seus cabelos longos, segurando firme os fios grossos enquanto ele fazia uma trilha de beijos pelo meu corpo. Ele se ajoelhou novamente, sua boca perversa mordiscou o osso do meu quadril enquanto ele me olhava com uma expressão sombria.

— Diga seu preço, milorde.

Lidar com Melek era sempre um risco. Ele sabia exatamente como manipular meu corpo, atrair meus desejos e necessidades e, com frequência, me colocava em uma posição em que poderia facilmente conseguir o que queria de mim pelo menor preço imaginável.

Mas era por isso que eu o considerava meu.

Eu gostava do fato de ele jogar esses jogos. Adorava o fato de ele saber como conseguir a melhor barganha com apenas algumas lambidas e mordidas. E amava a maneira como ele me olhava agora, com o corpo em uma posição de adoração e as feições cheias de propósito.

Ele gostava de acordos tanto quanto eu. Particularmente, acordos que terminavam com ele nessa posição, com meu pau duro a poucos centímetros de sua boca.

— Me chupe — exigi. — Depois vou te comer.

Suas íris brilharam.

— Por quantas noites?

Agora era minha vez de sorrir, porque essa pergunta era a prova de como ele me conhecia bem.

— Sete.

— Acordo fechado, milorde — ele respondeu, aproximando os lábios da cabeça. — Nosso acordo começa agora.

CAMI

Fiquei no chão, com as pernas relaxadas e os braços estendidos ao longo do corpo.

Concentre-se, disse a mim mesma. *Inspire. Expire.*

Os aromas me faziam lembrar de um celeiro, mas com um odor sulfúrico que me fazia querer vomitar. Estas gaiolas foram usadas para alojar mais criaturas do outro lado. No entanto, foram reformadas para incorporar alguns móveis sofisticados e o tapete sujo que estava debaixo de mim.

Após o alerta sutil da gárgula, entendi que não deveria tocar no sofá elegante ou nos banquinhos. Quase podia sentir o cheiro da magia que os envolvia. Mas não estava segura se era real ou fruto da minha imaginação.

As horas que eu passava nesta prisão começavam a perturbar minha mente.

Ajax partiu logo após o amigo hipnótico ter sumido. Durante nossa interação, não soube o nome do Fae sexy de cabelos escuros. No entanto, quando seu olhar violeta se fixou no meu, minha mente se derreteu sob uma onda de desejo diferente de qualquer outra que já experimentei.

Então, ele me tirou daquele estado com um puxão da corrente em meu pescoço.

Toquei a garganta, recordando o seu toque e a forma como ele me fez sentir.

Perigoso, decidi. *Esse homem é muito perigoso.*

Eu também não consegui identificar que tipo de Fae ele era. Algum tipo de mistura, o que eu acreditava que o tornava um Fae do Submundo. Mas senti um animal dentro dele, talvez pela forma predatória com que ele me observava com aqueles olhos deslumbrantes.

Pare de pensar nele, ordenei, tentando me concentrar em minha respiração.

Eu precisava dormir ou descansar. Caso contrário, não seria capaz de lutar contra o que estava por vir.

No entanto, o som de passos indicou que meu tempo de descanso acabou. Sem uma janela, seria impossível determinar as horas ou se uma tarde inteira de descanso havia se passado.

Poderiam ter se passado dez minutos desde que Ajax partiu, algumas horas, ou até mesmo um dia, e eu não saberia dizer. Não com a maneira como o tempo parecia se mover aqui embaixo.

Mas meu estômago não estava se queixando, indicando que eu ainda não estava aqui embaixo há muito tempo.

Ouvi um ruído de metal arrastando pelo concreto, atraindo minha atenção para a porta cintilante. Ajax não me trancou aqui da maneira convencional, com uma porta de ferro. Não. Ele construiu uma espécie de teia doentia sobre a saída, como se quisesse me desafiar a tentar fugir.

— Estou desapontado — ele admitiu ao se sentar no banco. — Esperava que você ao menos tentasse desfazer meu encantamento compulsório.

— Por quê? — perguntei. — Para que você pudesse me punir de uma forma mais severa?

Seus lábios se curvaram.

— Exatamente.

Revirei os olhos e direcionei minha atenção para o teto carbonizado acima de mim. Eles reformaram a gaiola para exibir uma falsa opulência, mas se esqueceram das marcas de queimado sobre minha cabeça. Talvez estivessem com pressa para redecorar. Ou talvez isso devesse servir como um indício de que nada aqui era o que parecia.

— Você nem vai perguntar quanto tempo vai ficar aqui embaixo? Ou sobre a festa que está perdendo lá em cima?

— Acho melhor não perder tempo com questões das quais não vou obter respostas — respondi. — Desperdício de tempo, fôlego e tudo mais.

— É uma avaliação justa — ele concordou. A cadeira se moveu novamente e captou minha atenção para onde ele apoiou os pés na teia de magia que funcionava como uma porta. — Mas isso não significa que esteja certa.

Encontrei suas íris azuis cintilantes.

— Você quer falar sobre a festa?

— Não, não quero — ele respondeu. — Mas vou falar mesmo assim.

Eu o observei.

— Por quê?

— Porque serve como punição — ele disse.

— Ah? — Isso despertou meu interesse. — Você também está sendo punido?

O Diretor contraiu os lábios.

— Parece que sim.

— Mesmo? — questionei com doçura, dando a ele meu melhor sorriso.

Ele desviou o olhar para o decote do meu vestido, me lembrando de que ele era bastante revelador. Mas não me preocupei em me proteger dele. Isso demonstraria desconforto, o que poderia ser traduzido como fraqueza. E eu sabia que não deveria parecer vulnerável diante desses seres, especialmente de um tão poderoso quanto esse Fae da Meia-Noite.

— Hum — ele murmurou, retirando os pés da teia e encerrando a magia com um movimento casual do pulso.

Engoli em seco quando ele entrou na cela. O ar entre nós se deslocou quando percebi a grande vantagem que ele tinha sobre mim.

Esta era sua prisão.

Eu era sua prisioneira.

E ele tinha todo o controle nessa situação.

Mas ele não possui minha dignidade, pensei, com os dentes cerrados.

Ele retirou a varinha da capa e murmurou um feitiço que não consegui ouvir, desfazendo o encantamento que lançou sobre o sofá, e foi até lá para se sentar. Em seguida, deu um tapinha na almofada ao seu lado.

— Prometo não morder.

— Famosas últimas palavras de um vampiro — retruquei.

Ele sorriu de verdade.

— Não sei dizer se você deseja morrer ou se não compreende sua situação atual.

Eu me sentei, cruzei as pernas e o encarei.

— Sou prisioneira em uma masmorra, que é guardada por um Fae da Meia-Noite, que aparentemente trabalha para Lúcifer, o Rei Fae do Submundo. E estou aqui para lutar por minha existência. Se eu sobreviver, serei recompensada com um ou vários companheiros Faes do Submundo, se entendi corretamente a literatura. Tudo isso porque meus pais, ou mais precisamente, meu *pai*, fizeram literalmente um acordo com o diabo. — Arqueei uma sobrancelha para ele. — Isso responde à sua pergunta?

— Eu não fiz uma pergunta.

— Não, acho que você não fez.

— Mas sim, isso me diz que você é competente, o que significa que tem um desejo de morte. — Ele semicerrou os olhos. — Gostaria de saber por que você deseja a morte.

— Ser forte não significa que eu queira morrer — retruquei. — Não sou uma idiota que aceita meu destino deitada.

Ele olhou de soslaio para o chão e arqueou uma sobrancelha.

— Não?

— Descansar não é o mesmo que aceitar meu destino — eu o informei em tom seco. — Encontrarei uma saída para isso.

Isso pareceu intrigá-lo.

— Como?

— Ainda não sei — admiti. — Talvez eu firme meu próprio acordo com Lúcifer.

Seus olhos se iluminaram com a perspectiva, e ele soltou uma risada surpresa antes de balançar a cabeça.

— Você tem uma opinião elevada sobre si mesma, Camillia De la Croix. Tenho que admitir isso.

— Cami — eu o corrigi, cansada de ouvi-lo pronunciar meu nome completo. Parecia muito... *íntimo*... e eu desejava acabar com essa intimidade. — E não se trata de ter uma opinião elevada sobre mim mesma. Trata-se de não estar disposta a aceitar essa situação. São dois cenários totalmente distintos, mas eu não esperaria que alguém como você entendesse.

— Alguém como eu?

— Um seguidor cego — respondi, acenando para ele. — Quero dizer, é por isso que você está aqui, certo? Você concorda com toda essa besteira?

— O motivo de eu estar aqui não é da sua conta.

Dei de ombros, sem me incomodar.

— Seu raciocínio não tem qualquer relevância para mim. Suas atitudes dizem tudo o que eu preciso saber. Você é um servo com desejo de poder. E está gostando de exercê-lo sobre mim agora.

— Que poder estou exercendo sobre você? — ele rebateu. — Deixei a porta aberta e removi o encantamento dos móveis, mas você escolheu permanecer no chão.

— Porque é tudo um jogo de poder. — E se ele acreditava que eu não percebia isso, então subestimava muito minha inteligência. — Você quer que eu me sinta em débito por retirar os encantamentos da minha cela, apenas para colocá-los de volta mais tarde e reafirmar minha posição como prisioneira. É um jogo chato, e não tenho interesse em jogar. Portanto, encontre outra prisioneira com quem brincar, pois não sou sua garota. E *encontrarei* uma maneira de sair daqui. É só esperar.

Ele me observou por um longo momento, as linhas de sua mandíbula se contraíram com uma severidade que parecia capaz de congelar o ar.

— Você não sabe nada sobre mim, Camillia.

— E eu diria que você não sabe nada sobre mim também — disse a ele, sustentando seu olhar. — Você pode me subestimar o quanto quiser, mas sobreviverei a isso. E não vou me tornar uma noiva. Eu escolho meu destino, e ninguém jamais vai tirar isso de mim.

Pronunciei as palavras com uma convicção que senti em minha alma. Era a chave para minha sobrevivência, essencial para minha existência contínua, pois sem ela eu desmoronaria. E eu me recusava a me curvar. Me recusava a me submeter. Me recusava a jogar esse jogo de merda.

A borda azul ao redor de suas pupilas cintilava com uma emoção que eu não conseguia definir. Raiva? Tristeza? Uma combinação das duas? Não sabia dizer, mas senti a fúria vibrar nele. No entanto, não parecia estar direcionada a mim.

O silêncio caiu entre nós enquanto ele lutava com algum tipo de decisão. Eu podia vê-la em suas íris hipnóticas, uma espécie de revelação assombrosa que ele parecia estar buscando em sua mente.

O poder emanava dele, sua linhagem Fae da Meia-Noite era forte e letal.

Havia vários tipos de Fae da Meia-Noite, todos ligados a diferentes formas de magia. Eu não tinha um conhecimento profundo sobre suas classificações, mas percebi o tom púrpura que envolvia a ponta de sua varinha. Ele a recolocou no bolso da capa, mas de maneira parcial, e o encantamento parecia estar na parte superior dela.

Se ele percebeu, não demonstrou.

Em vez disso, olhou para mim com uma expressão severa.

— Às vezes, não temos controle sobre nosso destino.

— Eu me recuso a acreditar nisso.

Ele sorriu, mas não era uma expressão de alegria.

— Então você é incrivelmente ingênua. — Ele se levantou, colocando as palmas das mãos sobre as coxas enquanto se aproximava de mim.

Olhei para cima, mantendo contato visual, determinada a não demonstrar qualquer sinal de medo.

— O que você está perdendo lá em cima é a oportunidade de interagir com os homens Faes do Submundo e obter favores — ele murmurou. — E por *favores*, quero dizer *presentes*. Itens que irão te ajudar a sobreviver. Alimentos. Roupas. Água. Porque você está prestes a ser lançada em seu primeiro teste. Um teste em uma paisagem inóspita projetada para matá-la.

Ele fez uma pausa para que isso fosse entendido.

Mas não reagi.

Porque estar em uma nova terra significava que eu estaria me aventurando por um portal ou alguma outra forma de magia. E essa magia poderia me dar liberdade.

Preciso daquele livro para me falar mais sobre portais, pensei. *Pena que ele está em meu quarto, não nesta cela.*

— Cada Fae do Submundo pode dar a uma candidata de sua preferência até três oferendas para ajudar na jornada da cativa — Ajax continuou, me fazendo pensar no que essa *jornada* implicaria. — Sem qualquer ajuda, você morrerá, Camillia. E, infelizmente, você está perdendo a sua única oportunidade de construir uma rede de apoio lá em cima. Portanto, não só você vai entrar no primeiro teste desnutrida, porque as outras fêmeas estão sendo alimentadas neste momento, mas também vai entrar sem nenhum tipo de ajuda.

Um arrepio percorreu minha espinha com a determinação com que ele falou, como se meu destino já tivesse sido decidido.

— Se há algo que aprendi na vida, é que o destino tem um plano para todos nós. E apenas os tolos acreditam que há alternativa. — Seu olhar encontrou o meu, com uma tristeza aguda escondida em suas profundezas. — Sei disso, porque uma vez tentei modificar o destino, e o trajeto que criei foi algo muito pior. Portanto, espero sinceramente que você não cometa os mesmos erros que eu. Porque, mesmo que consiga sobreviver, suas escolhas te perseguirão pelo resto de sua vida.

Com isso, ele saiu da cela e fechou a porta, trancando-a com propósito, e desapareceu no corredor.

Estremeci, suas palavras se fixaram como pedras em meu estômago.

Era como se ele tivesse saído da cela com toda a minha

confiança em mãos, me deixando em um abismo de incerteza.

Sem comida. Sem água. Sem ajuda.

E um teste em terras inóspitas.

A sobrevivência era uma obrigação. Mas como eu poderia conseguir isso quando todas as probabilidades já estavam contra mim?

MELEK

Observei Cami através das grades, notando sua posição desconfortável no chão, e franzi a testa. A magia foi removida dos móveis que a cercavam, mas ela escolheu o tapete sujo.

Humm.

Eu não podia fazer uma cama para ela... isso seria quebrar as regras de Ty, mas poderia lhe dar um feitiço que permitiria que ela mesma fizesse. Sua linhagem única permitiria que ela usasse a língua antiga. Talvez.

Eu não tinha certeza. O talismã ampliou seu espírito, concedendo a ela habilidades que Cami provavelmente não sabia que possuía. Sem ele, eu não tinha certeza se ela poderia acessar sua verdadeira alma.

Supondo que eu estivesse certo sobre sua herança.

Poderia ser um estratagema inteligente, com o objetivo de enganar Ty e, se fosse esse o caso, eu mataria a garota sem pensar duas vezes.

Mas até descobrir a verdade, eu a manteria em segurança.

Com um aceno de mão, destranquei a porta para entrar.

Ela se remexeu imediatamente, seus instintos se acenderam em resposta à minha abundância de energia. Embora eu tenha ocultado minha essência, uma parte dela reconheceu o poder que havia em mim.

E *isso* era o que mais me intrigava.

Bem, e sua capacidade de ler *o livro*.

Me encostei na parede, esperando que ela acordasse, e sorri quando seus lindos olhos cinzentos pousaram em mim.

— *Você* — ela sibilou, com um grunhido baixo em sua voz que me divertiu imensamente. Embora eu não entendesse muito bem a veemência que irradiava dela. — Não quero ter nada a ver com você.

Ergui as sobrancelhas.

— Bem, essa não era a recepção que eu esperava — murmurei, inclinando a cabeça. — Posso saber o que fiz para merecer tal reação?

— Você é o Príncipe Fae do Submundo! — ela me acusou.

Hum, não é bem assim. Mas essa era uma conversa para outro dia.

— Eu não sabia que meu título era importante — admiti, franzindo a testa.

— É claro que era!

Inclinei a cabeça, percebendo sua raiva inexplicável.

— No entanto, estou aqui para continuar de onde paramos. — Sussurrando palavras antigas, lancei um feitiço de convocação e o livro de leis gigante caiu em minhas mãos.

Seus olhos se arregalaram de choque enquanto eu sorria, me acomodava no sofá e abria o livro.

— O conhecimento é tecnicamente um presente, mas

não é tangível, certo? — perguntei, levantando o olhar do livro para encontrar o seu, confuso. — Sim. Exatamente o que penso.

— Eu não disse nada.

— Quem cala consente — respondi baixinho, virando uma página e fingindo ler o conteúdo. Era apenas uma atuação, é claro.

Os feitiços que eu desejava ensinar a ela não eram as palavras rabiscadas nessas páginas, pois o livro escolhia o que queria mostrar sem nenhuma ordem real.

No momento, ele estava me mostrando um resumo de eventos antigos envolvendo a Fonte Virtuosa. Ignorei o texto histórico e me concentrei no que Cami realmente precisava saber.

— Ah, sim. Aqui está — menti.

Comecei a recitar uma passagem de memória em voz alta, dando a ela os encantamentos necessários para criar sombra natural e outro que esfriaria seu corpo no calor sufocante.

— Espero que esteja prestando atenção, Cami — comentei, sem olhar para ela. — Essa é uma informação fascinante. — E realmente era, porque eu virei a página do texto que falava sobre a criação da Fonte dos Faes do Submundo.

Que fascinante que você esteja escolhendo me mostrar isso agora, pensei para o livro mágico, curioso.

O livro não era um manual padrão com um índice. Em vez disso, ele mostrava aos leitores autorizados, ou seja, aqueles com um vínculo para as páginas mágicas, informações pertinentes a uma situação existente. Foi por isso que a capacidade de Cami de ver e entender as palavras me fascinou de maneira tão intensa.

Esse item precioso pertencia a Ty. Ele foi escrito para reagir à sua assinatura de energia, e somente a ela. Eu só podia lê-lo porque era seu companheiro. Az também tinha a mesma capacidade.

E, aparentemente, Cami também poderia.

Daí minha surpresa.

Olhei para cima e a vi me encarando.

— Você não aprova os feitiços? — perguntei em tom leve.

— Você me deu o *cupcake* e disse que era do Diretor?

Curvei os lábios diante de sua mudança direta de assunto.

— Por que você pensaria isso?

— Porque ele não parecia saber do que eu estava falando.

— Ah — murmurei. — Bem. — Dei de ombros. — Isso não importa muito agora, não é?

— Seu charme é a razão de eu estar nesta cela.

— Hum, não — eu respondi, pensativo. — Você está nesta cela porque está usando meu charme. Essa decisão foi sua, não minha.

Sua expressão me disse que ela não gostou da resposta.

— Por que você está aqui?

Eu a observei, questionando sua capacidade de ouvir.

— Estou te dando o *presente* do conhecimento. Então, espero que esteja ouvindo.

Ela murmurou dois feitiços de volta para mim, fazendo o ar vibrar um pouco com a magia.

— Estou ouvindo — Cami acrescentou. — Só não tenho certeza se devo confiar em qualquer coisa que você diga.

— No entanto, você pode sentir a verdade das minhas palavras agora, não é? — perguntei a ela, notando o suor em sua testa e seu visível suspiro. — Está se sentindo um pouco mais fria, não está?

Ela abriu a boca como se quisesse dizer algo, mas fez

uma pausa antes que sua voz pudesse escapar e, em vez disso, franziu a testa.

— Vejo que sim. — Virei a página, observando a continuação da história sobre Ty ter criado a Fonte Fae do Submundo a partir de sua herança Virtuosa, e folheei a página enquanto dizia palavras não relacionadas em voz alta sobre outros feitiços relativos a itens atmosféricos.

Tecnicamente, o limite era de três presentes por prisioneira.

Mas isso só se aplicava a presentes tangíveis, como comida, que Ty disse que eu poderia dar. Ele não disse nada sobre conhecimento.

Então, passei a próxima hora fingindo ler enquanto lhe dava todas as ferramentas mágicas de que ela precisaria para sobreviver ao jogo de abertura.

— Ah, e esta parte é sobre criação — comentei, dizendo parcialmente a verdade, já que o livro ainda estava me mostrando anotações sobre a Fonte Fae do Submundo. Mas, em vez disso, contei a ela os encantamentos que poderiam transformar pedras em itens comestíveis e lava em água potável. Depois, mencionei alguns itens adicionais sobre a transformação de areia ou outros itens em armas.

Quando terminei, Cami estava me observando seriamente, seu olhar me dizia que ela não apenas tinha ouvido cada palavra, mas também as tinha memorizado.

Anjinho esperto, pensei, satisfeito.

— Que tipo de Fae você é? — ela perguntou depois de um tempo de silêncio. — Porque você não é um Fae do Submundo.

— Não sou? — perguntei em tom inocente.

— Não. Você é muito... muito... *etéreo*.

Hum, uma definição adequada.

— Bem, no passado, todos nós éramos etéreos. Então, acho que isso faz sentido, não é?

— Isso não responde à minha pergunta.

— Acho que não — admiti, me levantando do sofá. — Infelizmente, nosso tempo está chegando ao fim e ainda tenho outro... *não presente*... para lhe dar.

— Mais feitiços?

— Não exatamente — murmurei. — Fique de pé, por favor. Prefiro não me ajoelhar. — Eu só fazia isso para Ty.

Ela engoliu em seco, parecendo incerta.

— Não vou machucá-la — prometi.

— Como se o seu cupcake não tivesse me machucado? — ela rebateu.

— Ele te machucou ou garantiu que você restaurasse todas as suas reservas de energia de forma pacífica?

Ela semicerrou os olhos.

— Prefiro dormir por vontade própria, não à força.

— Devidamente anotado — eu disse. — Fique de pé, por favor. Não vou pedir de novo. — E se ela se recusasse, eu seria forçado a ir embora sem lhe oferecer o beijo da minha proteção.

Ty não ficaria feliz com minha decisão de fazer isso, mas era a única maneira de garantir que ela sobrevivesse aos jogos iniciais. Também servia como uma forma de eu testar uma teoria.

Quando nossas almas se encontrassem, eu saberia se ela era o que eu suspeitava que fosse. E se eu provasse estar certo, o que eu esperava muito que acontecesse, seria melhor mantê-la o mais próximo possível. Que melhor maneira de fazer isso do que criar um vínculo de primeiro nível?

Ela ganharia ao aceitar minha proteção.

Eu ganharia por ter acesso ao seu espírito e, por meio dele, às suas intenções.

Ty diria que foi uma decisão imprudente e me puniria por isso.

Mas eu a considerava pragmática.

E também apreciaria o tipo de retribuição dele.

Na minha opinião, todos sairiam ganhando.

— Cami? — perguntei, arqueando uma sobrancelha. Eu disse que não me repetiria, e estava falando sério.

Ela mordeu o lábio, um gesto que achei adorável, antes de finalmente decidir atender ao meu pedido, se levantando de maneira graciosa.

— Muito bem — eu disse, parando para admirar sua forma naquele vestido.

Impressionante era um eufemismo.

Pigarreei e voltei a me concentrar em seu belo rosto.

— Eu gostaria de lhe dar um voto de proteção. Você permite?

Ela semicerrou os olhos.

— Por quê?

— Acho que o propósito do presente está implícito em seu nome.

— Não. *Por que* você me protegeria?

Deixei que um sorriso lento se estendesse por meu rosto.

— Porque você está aqui embaixo e as outras candidatas estão lá em cima, recebendo seus próprios presentes e votos de proteção. — Bem, não o último. Mas ela não precisava saber disso.

— O que você quer em troca? — ela perguntou, com cautela.

Inteligente, de fato. Ela já estava aprendendo a se virar no Submundo, e estava aqui há apenas alguns dias.

— Um beijo. — Estendi a mão. — Só na bochecha já serve.

Ela ainda não parecia convencida.

— Acho que você não entende o que estou oferecendo — falei baixinho. — Esse voto permitirá que você me invoque sempre que precisar de ajuda. Confie em mim, nos Testes dos Faes Pesadelos, você vai precisar da minha ajuda.

— Você acabou de me armar com feitiços para sobreviver — ela rebateu.

Passei meus dedos nos dela, puxando-a para mais perto de mim. Ela não se afastou.

— O que você tem a perder ao permitir que eu a proteja?

— Minha dignidade?

Eu sorri.

— Eu te asseguro que sua dignidade permanecerá intacta.

Percebi que ela não acreditava muito em mim, mas também não estava resistindo.

Isso só funcionaria se ela tivesse uma herança que rivalizasse com a minha, algo que suspeitei no momento em que ficou claro que ela poderia ler o livro de Ty.

Algo que Ty esperaria muito que eu lhe dissesse.

Mas tínhamos um jogo para jogar, e eu tinha mais dois presentes que ainda poderia dar a esse pequeno tesouro, já que o conhecimento só contava como um.

Um beijo de proteção não poderia ser considerado um presente. Uma promessa, sim, mas não um presente físico. Eu estava bem dentro dos meus limites.

Me aproximei e ela prendeu a respiração enquanto eu sussurrava o voto na língua antiga.

— *Nadeehar Laki Nafsi.* — Em seguida, rocei os lábios no arco alto da maçã do seu rosto.

Ela estremeceu quando a magia se acendeu entre nós, a abertura do feitiço se preparou para ligar nossas almas.

Semelhante à mordida de um Fae da Meia-Noite, esse seria um vínculo permanente, com a principal diferença de que exigia concordância mútua.

— Você terá que repetir... — comecei, mas fiquei rígido de surpresa quando ela reiterou minhas palavras com precisão exata, seus lábios selando o voto enquanto ela os pressionava contra minha bochecha.

Os fogos que se agitavam em minha barriga exigiam que fizéssemos isso novamente, só que com língua e pele. Mas ainda não. Não até que ela entendesse por completo.

Estremeci quando o vínculo se estabeleceu, provocando uma inspiração aguda das profundezas da alma dela, que floresceu com a minha, provando que tudo o que eu já suspeitava era verdade.

Ela é de sangue antigo, pensei. *Eu sabia que senti aquela magia à espreita em sua alma, e agora estamos ligados. O que significa que seu espírito é meu para explorar.*

É claro que isso também significava que minha alma também pertencia a ela. Algo que poderia se mostrar problemático mais tarde. Mas nós atravessaríamos essa ponte, caso ela chegasse.

Isso me permitiria ficar de olho nela, tanto para protegê-la quanto para garantir a proteção de Ty.

Porque, se Cami me traísse, ou se eu descobrisse que ela pretendia machucar Ty de alguma forma, eu a mataria. Doeria um pouco fazer isso, já que estávamos ligados agora, mas eu aceitaria a dor como minha recompensa por estabelecer uma conexão indigna.

Ty não ficaria feliz e seria capaz de sentir essa mudança em mim imediatamente.

Mas isso não poderia ser desfeito.

As opções eram garantir que ela sobrevivesse ou matá-la. E eu não ia deixar que ele escolhesse a segunda opção sem justa causa.

Eu sempre agia de maneira instintiva. Isso não foi diferente.

Minha alma me disse que isso era certo, então eu reagi.

Ty entenderia. E se não entendesse, eu o afogaria em minha lógica até que ele concordasse.

Ou faria um acordo que ele não poderia recusar.

Só de pensar nisso, meus lábios se curvaram de excitação. *Sim. Um acordo é o caminho para o coração do meu companheiro.*

Soltei Cami e ela se encolheu, piscando com força enquanto seus olhos brilhavam com o eco dourado da minha alma.

— O que... foi isso?

Em vez de responder, dei outro beijo em sua bochecha.

— Boa noite, anjinho.

Eu me afastei, deixando Cami de pé em seu tapete sujo.

— Ah, e lembre-se daquele feitiço de criação que te ensinei. Considere usá-lo para se deliciar com outro cupcake. Você merece. — Dei uma piscada e fechei a porta da cela atrás de mim.

Depois, saí do seu campo de visão.

E acionei minhas asas.

TYPHOS

ABRI OS OLHOS. O poder pulsando em meu coração era antigo e avassalador.

Melek.

Me levantei e vi que nossa cama estava vazia, com os lençóis pretos e macios se retorcendo nos meus quadris.

O que você fez? questionei, iniciando instantaneamente minha conexão com ele.

Shh, ele me respondeu em voz baixa. *Volto em breve para explicar.*

Essas palavras não eram reconfortantes, não quando eu podia sentir seu vínculo dentro de mim pulsar com um novo elo de alma. *Me diga que você não criou um vínculo com aquela fêmea.*

Você disse que não poderia dar presentes tangíveis, ele respondeu. *Isso não é nada tangível, milorde.*

Melek, rosnei, rolando para fora da cama para encontrar minha calça. Meu companheiro sempre foi impulsivo. Mas acasalar com uma cativa? *Achei que você queria uma escrava, não uma noiva.*

Ele não respondeu.

Algo que me enfureceu ainda mais.

Vou fazer você sangrar, ameacei.

Eu sei. Ele parecia quase animado com a perspectiva.

Merda de masoquista. Passei os dedos pelo cabelo, as pontas tocavam meus ombros. Isso... isso não era apenas inesperado, era *sem precedentes*.

Os laços virtuosos eram para toda a vida, mesmo no nível do Voto Espiritual.

O antigo encantamento servia como um contrato vinculativo, mostrando a promessa de intenção. A troca inicial de poder ocorreria – o que provavelmente foi o que me acordou. Não seria algo avassalador ou mesmo perceptível para a candidata, mas eu senti a perturbação na fonte.

Porque Melek estava acasalado a mim.

Sua alma era minha.

Assim como a minha era a dele.

E ele contaminou nosso vínculo com esse novo elo.

Ele continuaria no nível do Voto de Sangue? E mais tarde, iniciaria o terceiro e último nível do Voto de Companheiros?

Ty? Az sussurrou em minha mente. *Está tudo bem?*

Não, respondi, indo em direção à cozinha. Eu precisava de um drinque.

Você está em seus aposentos? Az perguntou.

Sim.

Estou indo aí.

Não respondi, optei por me servir da bebida mais forte que encontrei no armário.

Talvez Az pudesse me ajudar a colocar um pouco de juízo em Melek.

Não que isso importasse agora. O pequeno príncipe desonesto já havia selado seu destino.

Ao tomar uma cativa como companheira.

Como pôde unir sua alma à dela? questionei, reacendendo meu vínculo mental com Melek enquanto tomava vários goles do líquido ardente. *Você nem conhece a garota!*

Conheço o suficiente, ele respondeu de forma enigmática. *Talvez você deva considerar isso por um ângulo diferente, milorde. Pergunte a si mesmo como fui capaz de acasalar com ela.* A porta de nossa suíte se abriu no final de sua declaração, o poder anunciando sua presença antes que ele entrasse.

Sem andar.

Mas à deriva.

Porque ele estava em estado etéreo.

— Isso não vai salvá-lo — eu disse a ele, com os olhos apertados.

— Não usei minhas asas para me esconder. — Ele se tornou corpóreo novamente. — Foi mais rápido voar do que andar. E você precisa se acalmar.

Havia pouquíssimos Faes que conseguiam me provocar com violência.

Melek era um deles.

Especialmente quando ele se envolvia em jogos perigosos que colocavam sua vida em risco.

— Seu espírito está ligado ao dela — sussurrei, o álcool não fazendo nada para me acalmar. — E se ela morrer amanhã?

— Então vou sentir muita dor. — Ele deu de ombros. — E suspeito que você não estará muito disposto a me curar, o que não tem problema. Mas, mais uma vez, sugiro que considere como eu consegui me unir a ela.

— Unir a quem? — Az perguntou enquanto se materializava no meio da nossa suíte, tendo optado por também voar até aqui por meio da energia da Fênix. Os dois machos possuíam uma espécie de asas. Minhas omoplatas formigaram com a lembrança das minhas próprias asas, cujas penas há muito se foram.

Transformadas em cinzas. Queimadas. Destruídas. Caídas.

Mas essa dor não se comparava à que eu sentia agora.

Uma dor que permiti que Melek sentisse. Que empurrei para ele por meio do vínculo. Uma dor agravada pelo medo do que isso poderia fazer com ele.

— Ty — Melek disse com um suspiro. — Está tudo bem.

— Não está nada bem. — Joguei o copo vazio na parede, não muito satisfeito com o barulho de estilhaços que deixou para trás.

— O que aconteceu? — Az questionou, a energia sombria pulsando em torno dele como se estivesse pronto para matar quem quer que representasse uma ameaça.

Se ao menos fosse tão simples assim. Nem mesmo um Fae Paradoxo poderia voltar no tempo para consertar isso. Os laços virtuosos superavam tudo o que existia por uma razão.

— Melek arranjou uma nova companheira — expliquei, mal conseguindo pronunciar as palavras. Porque nunca, em minha imaginação mais louca, eu teria esperado isso dele. — Alguém que ele dizia querer apenas como escrava.

— Uma escrava muito poderosa e útil — ele esclareceu. — Porque fui capaz de ligar minha alma à dela. — Seus olhos multicoloridos cintilavam com uma severidade que exigia minha concentração. — Pense além da raiva, meu amor. Considere porque e como eu pude fazer isso.

Passei a mão no rosto, meu desejo de dobrá-lo sobre a cama e comê-lo até a submissão me dominou com força.

Não apenas porque eu queria puni-lo, mas porque queria recuperá-lo. *Meu. Melek é meu.* E não queria compartilhá-lo dessa forma.

Não. Não era nem isso.

Compartilhar nunca foi um problema entre nós, era mais uma falta de interesse pelos outros.

Era com a alma dele que eu me preocupava. Sua alma se quebraria se algo acontecesse com a garota. O que me fez querer arrancá-la daquela cela e colocá-la em uma gaiola de vidro pelo resto de sua existência, só para manter o espírito de Melek a salvo de possíveis ferimentos.

— Ty. — Ele se aproximou de mim, e eu dei um passo para trás, em conflito.

— Quando me uni ao Az, conversamos sobre isso — eu disse. — Você concordou.

E não se tratava de uma ligação sexual, mas familiar.

Eu não via Az como um irmão, mas sim como um amigo que eu precisava proteger. Ele era poderoso demais, sua energia ameaçava consumi-lo. Vinculá-lo a mim proporcionava uma saída para parte desse poder que o consumia.

Mas eu conversei com Melek sobre isso antes de me envolver com os vínculos.

Caramba, ele até esteve presente em cada nível.

— Você acabou de ligar sua alma a essa cativa sem nenhuma consideração por mim. Por *nós*.

As íris de Melek ganharam vida com força bruta.

— Tudo o que eu faço é por *você*, Typhos. *Tudo.* — Ele se tornou etéreo novamente. — Entendo que você esteja chateado. Quando tiver superado essa birra, me avise. E nós conversaremos.

Ele ativou seu poder e desapareceu, provocando uma enxurrada de xingamentos em meus lábios.

Ele se atreveu a ficar bravo *comigo*? Foi ele quem agiu de forma imprudente, se colocando em risco. Um risco que eu me recusava a aceitar. Um risco que fazia meu coração doer só de pensar no que isso poderia causar a ele.

Fiquei boquiaberto com o espaço que ele acabou de ocupar. *Melek.*

Nenhuma resposta.

Nem mesmo um sussurro.

Porque ele me bloqueou em sua mente.

Outro rosnado cresceu em meu peito, a fonte pulsando em minhas veias. Me agarrei a uma cadeira aleatória na sala de estar e fechei os olhos, tentando acalmar meu coração que batia rapidamente, mas sem sucesso.

— Me use — Az falou em voz baixa. — Eu posso aguentar.

— Não — eu disse.

Eu não iria empurrar essa energia raivosa para ele, não quando ele precisava de mim para se apoiar. Eu era a âncora dele por mais de um milênio.

É verdade que essa tarefa se tornou mais difícil à medida que meus próprios poderes continuaram a crescer, mas eu conseguia lidar com *isso*. Só precisava respirar fundo me controlar. Levar o poder de volta à fonte. Deixá-lo girar e queimar.

Engoli em seco e meus músculos se contraíram quando as chamas ameaçaram me engolir.

Contenha-se, disse a mim mesmo. *Basta girá-la de volta para a teia.*

Cerrei os dentes enquanto eu me concentrava em tecer a abundância de energia quente de volta à Fonte dos Fae do Submundo. Isso me deu a distração que eu precisava, acalmando meu coração acelerado e permitindo que eu respirasse.

Melek escolheu uma companheira.

Uma fêmea.

Por meios virtuosos.

Isso não deveria ser possível.

— *Pense em como eu consegui me vincular a ela.*

Suas palavras ecoaram em minha mente, e minha ira começou a enfraquecer em favor do quebra-cabeça que se desenrolava dentro da minha cabeça. Abri os olhos e a sala voltou a se concentrar.

Az não estava mais perto de mim.

Ele estava sentado em uma espreguiçadeira, bebendo de seu próprio copo de cristal com um líquido castanho. Imaginei que fosse algum tipo de hidromel.

O copo que eu quebrei não estava em lugar nenhum, o que sugeria que ele o recolheu.

— Não precisava fazer isso — eu disse, com uma voz rouca.

Ele curvou os lábios, sua Phoenix me encarando através das íris escurecidas.

— Essa não é a pior confusão que já organizei.

Grunhi e me aproximei para preparar mais um drinque.

Depois, me sentei na cadeira em frente a ele.

Bebemos em silêncio por vários e longos minutos até que ele perguntou:

— Foi Camillia De la Croix?

— É esse o nome dela? — Eu nem tinha me dado ao trabalho de obter essa informação de Melek. — A garota do colar? Candidata Sessenta e Seis?

Ele assentiu.

— Camillia De la Croix. — Ele tomou outro gole, depois deixou o copo de lado. — Ela é bem espirituosa. O Ajax também parece bastante encantado por ela.

Ergui as sobrancelhas.

— O que há com essa mulher? Ela tem uma boceta mágica?

Az sorriu.

— Não tenho certeza, mas se quiser que alguém a leve para um teste, eu me ofereço.

— Caramba. Você também? — Soltei o ar e passei os dedos pelo cabelo. Essa fêmea atraiu a atenção de meus companheiros e de meu Diretor. Isso não podia ser uma coincidência. Coloquei a bebida na mesa ao meu lado e estendi a mão. — *Vita. Ven ad me.*

Az não disse nada, ciente do que eu queria.

Demorou alguns minutos, mais do que o esperado, mas meu livro finalmente apareceu, e o couro familiar me deixou instantaneamente à vontade.

— Mostre-me tudo sobre Camillia De la Croix — ordenei.

As páginas se abriram para revelar o contrato entre mim e o pai dela, um Fae do Submundo que eu mal conhecia.

— Pierre De la Croix, acasalado com uma humana, desejava se livrar dos pagamentos de alma que devia por minha proteção contínua.

Todos os Fae sob meu domínio retribuíam à Fonte dos Fae do Submundo por meio de pagamentos de alma, simples trocas de energia que os ligavam a mim e à fonte, permitindo que o submundo florescesse com energia renovada.

— Encontre-o para mim — falei, olhando para Az. — Acho que precisamos conversar sobre sua filha *encantadora*.

— Porque eu não confiava nem um pouco nela.

Melek não se sentia atraído por ninguém além de mim há milhares de anos, mas essa mulher o seduziu para um vínculo em poucos dias.

Não. Havia algo muito errado aqui.

Az assentiu.

— Você gostaria que ele fosse trazido até aqui para o paradigma?

— Aqui — eu disse.

— Entendido. — Ele pegou seu copo para terminar o

conteúdo, depois o levou até a pia. — Provavelmente estarei ausente no teste de amanhã.

— Vou supervisionar os procedimentos — disse a ele. Isso me daria uma desculpa para observar essa pequena cativa que encantou meus homens.

Az assentiu novamente.

— Nos falamos em breve. — Ele se transformou mais uma vez, sua energia sombria foi como um beijo em meus sentidos.

Obrigado, sussurrei em sua mente.

Não precisa agradecer, ele respondeu. *Voltarei assim que o encontrar.*

Quase lhe agradeci novamente, mas, em vez disso, murmurei em concordância.

Em seguida, voltei a me concentrar no item em meu colo.

— Vita — murmurei, usando meu nome para o livro. — O que mais você pode me dizer sobre Camillia De la Croix? — O contrato era útil, mas eu queria o arquivo completo dela.

Mas o livro foi para uma página que não tinha nada a ver com a candidata.

Franzi a testa.

— Por que está me mostrando isso? — De todos os textos que documentam minha história, ele selecionou esses detalhes? — Não quero ficar relembrando o passado, Vita. Quero saber mais sobre a garota.

As páginas se eriçaram, a magia sussurrando no ar enquanto Vita negava meu pedido. Virei o papel em protesto, mas ele revelou o mesmo evento.

O dia da minha queda.

O dia em que todos viraram as costas para mim, inclusive Melek.

Sendo que, na verdade, Melek não me traiu. Ele fingiu para me *salvar*.

Meu companheiro. Meu belo príncipe. Meu amor.

Eu estava tão arrasado, tão *perdido* sem ele. Então ele apareceu em um turbilhão de luz ofuscante, lívido por eu ter duvidado dele e de seu amor.

— *Tudo o que eu faço é por você, Typhos. Tudo.*

Ele disse essas palavras para mim naquele dia.

Assim como fez hoje.

Que merda.

Passei a mão em meu rosto.

— Então você está do lado dele, hein? — perguntei à Vita, balançando a cabeça. — É claro que está do lado dele.— O livro sempre o favoreceu. Ah, o texto pertencia a mim. Mas, de alguma forma, ele conquistou a entidade intangível que controlava as páginas.

Relaxei na cadeira e expirei de uma forma que fez com que as páginas voassem mais uma vez, retratando os eventos da criação da Fonte dos Fae do Submundo.

— Eu já sei de tudo isso — eu disse ao livro. — Eu estava lá.

Uma enxurrada de nomes foi rabiscada na página, todos aqueles que eu não queria ver ou pensar novamente. Mas li cada um deles, gravando na memória meu ódio.

Os fae que forçaram minha queda.

Os que me traíram.

A *mulher* que iniciou tudo.

Estreitei os olhos. *Vivaxia.*

Melek fingiu escolhê-la em detrimento a mim, quebrando minha alma e meu coração no mesmo dia em que os outros me expulsaram dos céus.

Mas ele a enganou.

Ele a *matou.*

Por mim.

Essa foi a fonte da luz ofuscante, seguida por sua dor ao me encontrar despedaçado no chão. *Sem asas. Quebrado. Destruído. E enfurecido.*

Furioso.

Puxei o poder para dentro de mim, absorvendo-o, transformando-o, *recriando-o.*

E toda a espécie Fae mudou.

Folheei várias páginas que descreviam o impacto e a mudança dos reinos Faes, as criações, as consequências, a insanidade e a fusão de poderes que se seguiram.

Depois, suspirei e fechei o livro. Não se tratava de Camillia. Tratava-se de Melek.

— Você está me dizendo para confiar nele — falei, ciente da lição desta noite. O livro estava me lembrando de nossos sacrifícios e de tudo o que Melek fez por mim.

Eu perdi minha fé nele uma vez, e nós dois quase morremos por causa disso.

Vita estava me dizendo para não cometer esse erro novamente.

Eu não tinha ideia de porque ele escolheu acasalar com essa garota, mas Melek nunca fazia nada sem um motivo.

No entanto, se eu descobrisse que ela o enganou de alguma forma, eu a colocaria em coma induzido por magia para mantê-la viva e a trancaria em uma caixa.

Só para proteger a alma dele e seu coração.

Ninguém fazia mal àqueles que eu considerava meus.

Eu amo você, pequeno príncipe, sussurrei para Melek. *Sinto muito.*

Ele não respondeu.

Porque ele ainda me mantinha trancado fora de sua mente.

Ele me deixaria entrar novamente quando percebesse que eu havia *superado minha birra.* Até lá, ele me daria espaço.

E eu concederia o mesmo.

— Pode ir — eu disse à Vita.

O livro desapareceu em um piscar de olhos, voltando para um lugar que o fazia se sentir seguro, que normalmente era uma biblioteca. Muitas vezes, ele se aventurava pelos reinos para se esconder à vista de todos. Se alguém o encontrasse, as páginas revelariam um absurdo. Somente eu poderia lê-lo de verdade.

Bem, Melek e Az, tecnicamente, também podiam lê-lo. Já que eles estavam ligados a mim. Mas Vita era meu. Minha história. Meus acordos. Minha magia. E ele me protegia tanto quanto protegia a si mesmo.

Suspirando, lavei os copos de bebidas na pia e voltei para a cama para esperar pelo meu príncipe desonesto.

AJAX

OLHEI FIXAMENTE PARA O TETO, sem conseguir dormir.

— *Eu escolho meu destino e ninguém jamais vai tirar isso de mim.*

As palavras de Camillia se repetiam em meus pensamentos, sua convicção era algo que eu sentia até a alma. Ela realmente acreditava que estava no controle da situação, que poderia encontrar uma saída.

Eu sentia pena e inveja dela. Pena porque eu sabia que suas chances de sucesso não eram favoráveis, se é que existiam. Invejava porque eu costumava me sentir da mesma forma. Eu também costumava acreditar no controle do meu próprio destino.

Assim como Emelyn.

Ela foi prometida a um príncipe Fae da Meia-Noite.

No entanto, ela me escolheu. Ela se recusou a se conformar com as expectativas da sociedade em relação a ela. O que levou à sua sentença de morte.

Não porque ela me desejava.

Mas por ter desafiado os Anciãos em suas crenças de

que os Quandary de Sangue não deveriam ser reunidos e mortos aleatoriamente.

Uma rebelde até o fim.

Exatamente como Camillia, pensei, suspirando.

Não conseguia tirar a mulher da minha cabeça. Ela estava me dando uma maldita dor de cabeça e mantendo meus sonhos como reféns.

— Chamas — murmurei, me sentei e esfreguei os olhos.

Az não retornou depois da festa, provavelmente porque seus outros deveres o impediram.

Talvez eu o procurasse agora e tentasse treinar novamente. Porque eu precisava bater em alguma coisa. *Ou transar com alguém*, pensei de maneira sombria enquanto rolava para fora da cama para encontrar roupas de luta apropriadas.

Escolhi dormir em minha cabana na floresta em vez de em meus aposentos na masmorra esta noite, principalmente para me afastar de Camillia. No entanto, ela me seguiu até aqui como um fantasma sombrio que eu não conseguia desvendar.

Um portal permitia que eu me aventurasse entre as duas residências com facilidade, então eu passava a maior parte das noites aqui e confiava em meus alarmes de feitiço para me avisar se alguém se comportasse mal em suas celas.

Em geral, as coisas eram tranquilas, com a magia mantendo todos em cativeiro.

Mas eu não imaginaria que Camillia testaria esses limites, assim como ela fez em sua primeira noite aqui.

Talvez eu devesse ter ficado nas celas.

No entanto, eu preferia esta casa, no limite do paradigma. Ela me permitia visitar Zen – a criadora desse pequeno reino – se eu desejasse. Ela me lembrava um pouco de casa, com sua herança mista de Fae Fortuna e Fae da Meia-Noite. Ela também era a avó do meu amigo mais antigo. Portanto, ela era como parte da família, mas sem todos os laços emocionais.

Isso não a impedia de tentar ser minha mãe de vez em quando.

Daí a nova fornada de biscoitos em minha mesa.

Roubei um deles com um *obrigado* sussurrado ao sair pela porta. Ela não seria capaz de ouvir as palavras, mas provavelmente as *tinha visto*.

Seus poderes me assustavam um pouco.

Assim como Shade, seu neto.

Eu precisava ligar logo para ele, só para saber como estava. Desde o acasalamento com a Rainha Fae da Meia-Noite, Aflora, ele anda um pouco ocupado. Com o fato de ter se tornado pai e tudo mais. Sua pequena filha o tinha enrolado em seus dedinhos delicados. Uma visão adorável, mas que me deixava desconfortável.

Porque essa era a vida que eu desejava.

Uma vida que eu nunca teria.

Ainda assim, eu devia uma visita. No mínimo, só para me divertir vendo sua criação causar estragos por onde quer que passasse. Como filha das linhagens dele e de Aflora, ela era imensamente poderosa e difícil de controlar.

A pequena abominação perfeita.

Até mesmo Lúcifer gostou dela quando a conheceu, e Lúcifer não gostava de crianças. De jeito nenhum.

Mordisquei meu biscoito enquanto caminhava pela floresta, decidindo tomar o caminho mais longo de volta para a parte do campus do paradigma.

Zen criou esse lugar para proteger os Quandary de Sangue, uma linhagem de Faes da Meia-Noite que foi caçada e morta por Constantine Nacht por ser *poderosa demais*. Eles eram Faes da Meia-Noite que podiam redirecionar o poder para a Fonte, o que significava que poderiam facilmente destituí-lo de sua posição como rei. Ele os chamou de abominações, dizendo que precisavam ser exterminados. E um número suficiente de Faes da Meia-Noite concordou em prosseguir com o genocídio em massa.

Mas Zen, sendo parte dos Faes Fortuna, previu o caos.

E ela fez um acordo com o Rei dos Fae do Submundo.

Um que lhe permitiu criar um paradigma, um mundo mágico invisível para aqueles que não foram convidados a vê-lo, dentro de seu Reino Fae do Submundo.

Em troca, ela concordou em permitir que ele o usasse conforme necessário quando chegasse a hora.

Esse momento era agora.

Os Quandary de Sangue receberam permissão para voltar ao Reino dos Faes da Meia-Noite, graças à Rainha Aflora e seus companheiros, e Lúcifer estava finalmente pronto para os testes de noiva.

Zen provavelmente sabia que esse era o objetivo dele o tempo todo, o que explicava a falta de reação dela aos eventos que ocorriam em seu paradigma. Mas eu sabia que, no fundo, ela desaprovava.

Assim como ela desaprovava o fato de eu ajudar Lúcifer.

No entanto, ela nunca expressou essa desaprovação em voz alta. Falava em enigmas. Semelhante a Shade. Não era de se admirar que os dois fossem parentes.

Olhei para a noite estrelada por entre os galhos nus das árvores enquanto me movia. Tecnicamente, não era tão real quanto uma realidade alternativa. Mas *parecia*. E me lembrava o terreno da Academia dos Faes da Meia-Noite.

Eu não possuía o poder necessário para construir um paradigma.

Era complexo e precisava de uma abundância de

energia da Fonte. Porque ele funcionava como um mundo dentro de um mundo.

Talvez um dia eu fosse forte o suficiente para ser capaz de aproveitar esse tipo de habilidade, mas duvidava disso.

Minha alma de Sangue da Morte florescia com energia mortal, não com energia vital.

Os portões do campus ficaram à vista depois de cerca de quinze minutos de caminhada. A casa de Az ficava nos arredores, mais perto da versão desse paradigma de uma LethaForest.

Porque, é claro, ele escolheu viver perto das árvores repletas de criaturas letais que adoravam matar.

Ele não estava exatamente dentro da linha de thwomps em chamas, apenas perto o suficiente para sentir o calor quando seus galhos explodiam em fogo.

Isso provavelmente o lembrava de seu lado Fênix Negra.

Caminhei ao longo da parede de videiras-serpentes sibilantes, com a varinha guardada no bolso. Escolhi uma calça preta e camiseta combinando. Sem capa. Assim, as serpentes-vinhas podiam ver a ponta da varinha, o que causava sua reação agitada.

— Vocês sabem que só a usarei se tentarem me morder — comentei com elas. — Se acalmem.

— Talvez seja uma mordida que elas desejam — uma voz vinda do céu respondeu, enquanto Melek descia em um par de magníficas asas brancas.

Arqueei uma sobrancelha, surpreso por vê-lo em sua forma angelical. Eu não tinha certeza de que tipo de Fae ele era, mas sabia que não era um Fae do Submundo. Era algo diferente. Uma abominação que Lúcifer salvou há muito tempo.

— Está saindo para um voo noturno? — perguntei, observando suas plumas imaculadas. Elas o faziam parecer ainda mais inocente do que o normal, por razões óbvias.

Mas eu sabia que era tudo mentira.

Não havia nada de *inocente* em Melek.

Sua expressão não revelava nada, como de costume.

— Um voo noturno requer mais do que um céu de um quilômetro de altura, então não.

— Talvez Zen possa estendê-lo para você.

Ele deu de ombros.

— Zenaida tem outras preocupações. Também posso me deslocar para outro reino para explorar.

— E é isso que você está indo fazer?

Ele pensou por um momento.

— Não. Acho que vou ficar por enquanto. Especialmente pelo fato de Az ter saído para cumprir uma ordem.

Meus lábios se curvaram para baixo.

— Az saiu?

— Ty precisava de um favor. — Ele não entrou em detalhes. O que significava que não queria que eu soubesse que favor Ty pediu a Az.

E Az também não iria me contar.

Az e eu podíamos brigar e transar, mas não éramos unidos. Não como ele e Lúcifer. Isso me deixava firmemente do lado de fora do pequeno trio deles, algo que eu preferia, pois não queria me prender a ninguém. Saber que Az escolheria Lúcifer em vez de mim também me ajudava a colocar nosso relacionamento em perspectiva e a manter distância.

— Entendo. — Coloquei as mãos nos bolsos e olhei para a lua novamente, o globo sempre no céu aqui, de dia ou de noite. — Estava pensando em treinar. Mas acho que isso vai ter que esperar.

Porque eu não ia tentar lutar com Melek.

Ele não só era poderoso demais, como também estava acasalado com o rei do submundo. Somente alguém com um desejo de morte tocaria no famoso Príncipe Fae do Submundo.

— Talvez a pequena rebelde em sua masmorra queira lutar com você? — ele sugeriu, com suas íris multicoloridas brilhando sob a luz da lua. — É claro que ela pode estar muito dolorida para isso, já que teve que dormir em um tapete sujo e tudo mais.

Semicerrei os olhos.

— Você andou perambulando pelo meu calabouço?

Ele sorriu.

— Andei? — Ele deu de ombros, sem se preocupar em confirmar ou negar. Mas isso já era resposta suficiente, ele esteve brincando nas celas.

— Você fez alguma coisa com a Camillia? — perguntei. Porque seria típico de Melek lançar algum tipo de feitiço para mexer com ela de alguma forma. Ele não via as candidatas como noivas em potencial, mas sim como escravas para diverti-lo, e Camillia seria, sem dúvida, uma perspectiva ideal para sua diversão.

— Você está fazendo todas as perguntas erradas, diretor. — Ele inclinou a cabeça, suas asas desaparecendo enquanto se tornava corpóreo mais uma vez. — Mas sua preocupação com ela é intrigante. Essa *Camillia*, como você a chama, chamou sua atenção?

— Não estou interessado em reivindicar uma noiva — respondi. — É por isso que sou o Diretor.

— Mas não foi isso que perguntei, foi? — Seus lábios se curvaram em um sorriso de tirar o fôlego, que escondia a energia sinistra sob sua pele. Esse homem era um especialista em truques e jogos, algo que eu aprendi logo no início de nossa convivência, quando ele soltou uma série de Faes Pesadelos de suas celas só para ver como eu os pegaria.

Então, sim, ele sabia tudo sobre minha masmorra.

O que significava que ele deve ter ido ver Camillia.

Que droga.

Eu deveria ter dormido lá embaixo, se é que deveria ter dormido, só para garantir que ela não fosse tocada.

Com um rosnado, comecei a andar na direção oposta à casa de Az, a caminho do portal na LethaForest que eu poderia usar para entrar em minha masmorra.

— É costume que os Faes da Meia-Noite partam sem uma despedida adequada? — Melek perguntou enquanto caminhava ao meu lado. — Ou estamos indo em uma aventura juntos?

— Vou até minhas celas para me certificar de que Camillia ainda está viva.

— Por que você se importa com ela? — ele perguntou.

— Porque ela está sob minha responsabilidade e sob minha proteção por enquanto.

— Só por enquanto? — ele insistiu.

— Por que você se importa? — questionei, me virando para ele. — O que você quer realmente saber, Melek?

— Ah, essa lista nos manteria aqui por meses. — Seus olhos me examinaram de maneira avaliadora, como se ele estivesse me vendo pela primeira vez. Considerando o fato de que raramente nos falávamos, talvez essa fosse a primeira vez que ele notava minha presença. Ele tinha um ar enigmático que o tornava difícil de ler.

Sempre que interagíamos no passado, era algum tipo de teste – como ele liberando os Faes Pesadelos... mas essa interação parecia diferente de alguma forma. Mais séria.

Pelo menos até ele perguntar:

— O que você acha da corda?

Franzi a sobrancelha.

— Corda? — *Que merda é essa?*

— Hum. — Ele inclinou a cabeça novamente. — Como eu pensava. — Ele deu de ombros. — Talvez eu lhe ensine algum dia. Cami pode ser nossa cobaia.

— Do que você está falando?

— Corda — ele respondeu, me dando um olhar como se essa fosse uma resposta óbvia. — Você está me ouvindo, diretor?

— Você não está fazendo nenhum sentido.

— Estou fazendo todo o sentido — ele rebateu. — Você só não está me *ouvindo.* — Ele parecia quase irritado com esse fato, como se eu devesse entender seus enigmas e saber exatamente que jogo ele pretendia que jogássemos.

Balançando a cabeça, retomei minha jornada em direção às celas, convencido de que ele estava brincando comigo para atrasar o inevitável.

O que significava que ele fez algo com Camillia.

Algo que eu não ia gostar.

— É melhor que ela esteja viva — murmurei para ele.

— Quem?

— *Camillia.*

— Sua noiva desejada?

Eu me irritei.

— Eu já disse que não quero uma noiva.

— Ah, mas acho que você a quer. — Ele andou ao meu lado com facilidade, com as mãos para trás enquanto nos movíamos pela linha de árvores em chamas em direção ao portal. — Ela é um anjinho lindo, não é?

Aquelas palavras provaram ainda mais que ele a havia visitado.

— Você realmente não consegue deixar as coisas em paz, não é?

— Tenho certeza de que não sei o que você quer dizer.

— Certo — eu disse, puxando minha varinha para

abrir o portal. — É melhor que ela esteja ilesa, Melek. — Porque seria minha culpa se ela não estivesse.

— Talvez você não devesse tê-la deixado desprotegida — ele comentou enquanto seguia atrás de mim pela entrada da masmorra. Essa me levava diretamente aos meus aposentos, e não pelas longas escadas.

Melek olhou em volta com interesse, passando os dedos sobre a cama.

— Pare — eu disse. — Volte para seu voo noturno.

— Eu iria, mas isso me intriga mais do que meus próprios pensamentos. E estou precisando de uma distração mental. — Ele fez um gesto em direção à porta do meu quarto. — Depois de você, Diretor.

Contraí o maxilar de irritação.

Melek era um dos poucos seres nesse paradigma que eu não podia comandar. O que significava que ele viria comigo, quer eu quisesse ou não.

Merda de Príncipe Fae do Submundo.

Ignorando-o, fui para o corredor e imediatamente me envolvi em um feitiço de proteção contra o calor. Não compartilhei o encantamento com Melek. No entanto, ele parecia estar bem, embora usasse calça cinza e camisa de botão bege, um de seus trajes preferidos.

Não consegui sentir sua magia, mas presumi que ele tivesse feito algo para se proteger do calor também.

Cami certamente estaria sentindo esse calor agora.

E eu nem a deixei com água.

Eu também a deixei desprotegida porque queria escapar dela.

Sim, sou um idiota, decidi, irritado comigo mesmo, não apenas por minhas ações, mas também por me importar com essas ações.

Eu não podia me dar ao luxo de sentir nada por essa garota.

No entanto, não pude lutar contra o alívio que senti ao encontrá-la ilesa em sua cela.

Bem, *quase* sem ferimentos.

Ela estava encharcada de suor, com o tecido do vestido grudado na pele enquanto tentava dormir no tapete. Meu coração disparou ao vê-la tremer, não de frio, mas de algo em sua mente. *Um pesadelo.*

Cerrando os dentes, olhei para Melek. No entanto, ele não estava mais ao meu lado.

Me virei para encontrar uma única pena branca no chão empoeirado. Sua presença era uma energia suave e persistente no ar sufocante.

Que jogo você está jogando? me perguntei, suspirando.

Camillia soltou um gemido baixo, me distraindo do Príncipe Fae do Submundo. Não era um gemido de prazer, mas de angústia.

Suspirando, estendi os dedos em direção a ela e a envolvi em um manto refrescante de energia etérea.

Tecnicamente, isso se qualificava como um presente, apesar do fato de que ela não podia vê-lo. Mas ela podia senti-lo. O que significava que eu só tinha mais dois para dar.

Que se dane. Eu não queria uma noiva. Então, o que importava se eu desse os presentes para Camillia? Pelo menos assim, ela teria alguma chance amanhã. E se ela morresse, bem, eu pelo menos teria tentado.

Isso me livraria de toda e qualquer culpa.

Água e comida, decidi. *É só isso que vou te dar.*

Eu me afastei de sua cela para procurar algo adequado.

CAMI

A REALIDADE se converteu em uma perspectiva que eu não compreendia.

Parte de mim reconheceu ter adormecido. No entanto, eu me sentia muito bem acordada.

Aquecida.

Ardente.

Fogo.

Mas não havia chamas, apenas uma grande quantidade de luz.

Estou sonhando, disse a mim mesma. Estou... *estou sonhando mesmo.*

Mas parecia tão real. Havia Faes gritando uns com os outros. Penas caindo do céu. Uma estrela flamejante me instigando a chegar mais perto. Seduzindo minha alma. Dizendo para eu me mover... me mover... me *mover...*

Pisquei, sem entender. No entanto, minhas pernas se moveram, meus pés sussurravam pelo chão enquanto eu me aproximava daquele brilho sedutor. *Me toque. Me pegue. Me guarde.*

As palavras eram um cântico em minha cabeça, mas

não era a minha voz que estava me incentivando a agir. Ela era profunda. Estranha. Diferente de tudo que eu já ouvi.

E então ela gritou para uma massa de escuridão que se aproximava.

Lúcifer.

Asas pretas estavam abertas em suas costas, estendendo-se para o céu e escurecendo minha visão. Ele estava furioso. Gritando. Ameaçando a voz com uma lâmina afiada de magia.

Cambaleei para trás, incerta do que estava acontecendo, aterrorizada com o significado de tudo isso.

Pegue-o! a voz rugiu. *Pegue o que é nosso!*

Minha cabeça se movia de um lado para o outro e meus pés continuavam a me levar para longe. E então, eu estava correndo para o frio intenso da noite, para longe do brilho e do sol, para a terra do desconhecido.

O gelo escorria pela minha coluna, mas eu não conseguia parar de correr. Eu precisava escapar. Precisava fugir. Precisava me *esconder*.

Mergulhei em uma esfera congelada de escuridão, me enrolei em uma bola e desejei despertar.

— Cami?

Me assustei com a proximidade daquela voz.

Ajax.

Levantei a cabeça e o encontrei parado na porta da cela com uma bandeja nas mãos. Franzi a testa, momentaneamente confusa com o ambiente que me cercava. *Eu... eu estou... eu estou acordada?*

Mas nem me senti mexer. Em um minuto, eu estava na escuridão, e agora... *estou de volta à minha cela.*

O que aconteceu?

— Cami? — ele repetiu, e o uso do meu apelido me deixou ainda mais confusa.

Ajax me chama de Camillia. Isso significava que eu ainda estava dormindo?

A bandeja em suas mãos sugeria que poderia ser um sonho. Suas últimas palavras para mim foram basicamente *você vai morrer.* Então, por que ele me traria comida?

Engoli em seco, com a garganta arranhando como se tivesse passado horas gritando. Outro calafrio tomou conta de mim, provocando arrepios em meus braços e pernas. No entanto, o tecido do meu vestido estava encharcado, grudado em minha pele. Parecia que eu havia saltado de um lago para uma sala com ar-condicionado.

Meus dentes rangiam.

Ajax franziu a testa e entrou.

Sua magia era tangível, sua presença era calorosa e estranhamente apreciada.

O que está acontecendo comigo?

Tentei me lembrar do que aconteceu antes de cair no sono. Melek me visitou e me pediu para sussurrar aquelas palavras estranhas. Senti algo se encaixar dentro de mim, um estranho lampejo de conforto e proteção com um toque de sua essência.

Uma essência que eu ainda sentia prosperar em cada centímetro do meu ser.

O que ele fez comigo? me perguntei, estremecendo com a presença estranha que consumia meu ser.

Ajax repetiu meu nome quando se acomodou no chão ao meu lado, e sua aparência me deixou ainda mais confusa. *Por que ele está aqui?*

Mas quando ele me ofereceu a comida, não me importei. Minha boca estava cheia de água, meu estômago doía com a necessidade de devorar tudo o que estava no prato.

Peguei o sanduíche, devorando vários pedaços antes

que outro pensamento me atingisse. *Isso poderia estar envenenado ou enfeitiçado.*

Essa percepção foi rapidamente seguida por *não me importo.*

Porque eu estava *morrendo de fome.*

Eu não tinha ideia de quanto tempo dormi, mas era óbvio que foi muito.

Uma garrafa de água apareceu em minha visão periférica, e eu a peguei sem pensar. Eu era como um animal reagindo ao alimento, algo que pareceu deixar Ajax bastante sóbrio, pois ele não fez nenhum comentário. Apenas me observou comer e beber com uma expressão de preocupação.

Definitivamente, isso é um sonho, decidi. Porque o Diretor *nunca* me olhou dessa forma. *É melhor aproveitar enquanto dura.*

Terminei a refeição e aceitei a segunda garrafa de água que ele me ofereceu antes de começar a me perguntar novamente se aquilo era real. Porque os sonhos não eram tão longos ou tão coerentes.

Ajax se arrastou ao meu lado, aproximando os joelhos do peito e envolvendo-os com seus fortes antebraços.

Foi então que percebi que ele não apenas me alimentou, mas também se sentou comigo no chão.

— Isso é real? — perguntei a ele, sem entender.

— Sim, Cami. É real — ele murmurou.

Semicerrei os olhos.

— Se isso fosse um sonho, você ainda diria isso.

Ele me considerou por um momento e assentiu.

— É verdade. Mas juro que você está acordada. — Ele hesitou, passando os dedos em volta do punho da camiseta. Eu não estava acostumada a ver um tique nervoso no Diretor, mas algo o estava incomodando. Todo o seu comportamento mudou e, no instante seguinte, ele admitiu o motivo. — Você me faz lembrar de alguém — ele disse baixinho. — Alguém que eu não pude salvar.

Suas palavras da última visita voltaram à minha mente, aquelas sobre como às vezes não podíamos escolher nossos caminhos ou destinos. Às vezes, eles simplesmente terminam mal.

Será que essa admissão estava relacionada ao seu discurso anterior?

O olhar assombrado em seu rosto me indicou que sim.

Ele pigarreou e balançou a cabeça.

— Eu não deveria estar te ajudando, Cami — ele admitiu com a voz quase rouca. — Mas parece que não consigo me conter. — Ele parecia um pouco bravo com isso, mas colocou a mão na nuca e suspirou em frustração. — Eles a deixarão perto de um poço de lava. Pode parecer um ponto de passagem. Não se deixe enganar.

Pisquei, surpresa.

— Certo...

O que provocou essa mudança? Seria outro truque para me fazer fracassar para que ele pudesse me punir novamente?

No entanto, foi o príncipe que enviou aquele cupcake, não o Diretor.

Agora que pensei sobre isso, percebi que Ajax sempre foi honesto comigo. Mesmo que fosse um babaca sem rodeios, ele sempre me falou a verdade e me forneceu as comodidades naquela primeira noite.

E agora, mais sustento.

E, pelo que pude perceber, ele não enfeitiçou a mobília novamente, a menos que a tivesse escondido de alguma forma.

O que justificaria o motivo de ele estar sentado ao meu lado no chão.

Ele continuou, alheio à guerra que eu estava travando internamente para decidir se deveria ou não confiar nele.

— O primeiro teste vai durar várias horas, sem assistência externa — ele continuou, me fazendo arregalar os olhos. — Você estará por conta própria nas Terras Áridas. Talvez até nos reinos dos Faes Pesadelos. Depende de suas decisões ao longo do caminho.

Várias horas nos Reinos do Submundo. Sem segurança contra o paradigma. Nenhuma ajuda.

Isso não era verdade. Recebi ajuda através dos feitiços de Melek e, agora, da orientação de Ajax. Eu me inclinei, ouvindo atentamente.

— Existem criaturas mortais com as quais você deve ficar atenta. Se lembra das celas na primeira metade da prisão?

Assenti.

— Como eu poderia me esquecer? — Uma Sereia dentuça tentou me seduzir para entrar no tanque com ela.

Ele não sorriu, sua expressão permaneceu solene.

— Certo. Mas esses seres estavam presos em gaiolas. É muito diferente quando você fica cara a cara com eles. Especialmente os centauros. — A borda azul de suas íris se diluiu à medida que a escuridão se esvaía do centro. — Eles caçam em bandos.

Um momento de silêncio se passou enquanto eu internalizava essa nova informação.

— Merda.

— Sim. Depois tem os Manticore...

— Ah, eu já enfrentei um desses — falei, embora não estivesse ansiosa para enfrentar outro.

Ele franziu a testa.

— Ah, sim. Quando você estava perambulando *depois* do toque de recolher.

— Hum-hum.

— Você não pode se dar ao luxo de testar as regras dessa forma fora do paradigma — ele insistiu. — Ouça com atenção o que tenho a dizer e *talvez* você sobreviva.

Apertei os lábios, preparada para absorver cada informação que ele estava disposto a compartilhar.

Porque, por qualquer motivo, Ajax queria me ajudar.

Porque eu o fazia lembrar de alguém.

Alguém que ele não conseguiu salvar.

O que significava que ele tentou e falhou. Não era um histórico encorajador, mas eu não tinha muita escolha no assunto.

Ajax estava me fornecendo detalhes muito necessários que poderiam me ajudar nesse teste insano.

— Fique longe de qualquer túnel que cheire a enxofre. Os Minotauros os guardam e se você se perder lá dentro, eles vão te encontrar. O senso de direção deles é impecável e nunca se perdem. Eles saberão exatamente como prendê-la.

— Nada de túneis. Entendi.

Ele reajustou sua posição no chão, cruzando suas longas pernas. Meu olhar ameaçou baixar, mas voltei os olhos para o rosto dele. Porque eu *não* estava a fim de me distrair com a forma como a camisa branca se agarrava ao seu corpo. Ou a maneira como a calça preta de corrida definia suas coxas grossas e musculosas.

Concentre-se, Cami, eu disse a mim mesma. *Sua vida depende disso.*

— A criatura com a qual você deve ter mais cuidado — ele continuou — é a Naga. Suas formas verdadeiras são semelhantes a cobras, com cabeças e peitos femininos. Mas elas podem se camuflar com magia para se parecerem com Faes do Submundo ou com alguém em quem você possa confiar. Se você vir alguém que não pertence ao grupo, que pareça suspeito, ou talvez bom demais para ser verdade, não se aproxime até ter certeza de sua identidade.

Engoli em seco, pensando no voto de proteção de Melek. E se eu o chamasse e corresse para os braços abertos de um Naga, pensando que ele tinha vindo me ajudar?

Fiz uma anotação mental para não confiar em nada nas Terras Áridas. Ou nos reinos dos Faes Pesadelos. Ou aonde quer que eu fosse.

Regra número quatro dos Fae do Submundo: Não confiar em ninguém.

Eu só podia confiar em mim mesma.

— Você também pode se deparar com Banshees e Harpias. Elas agirão de maneira intimidadora, mas não te farão mal, desde que as deixe em paz. As duas são necrófagas e podem ser encontradas entre os mortos. — Ele me olhou sério e acrescentou: — Haverá muitos até o final da semana.

— Que emocionante — respondi com um calafrio, depois me abracei. De repente, me vi inclinada para Ajax, desejando o calor de seu corpo.

Como é que eu podia sentir *frio* aqui embaixo?

Foco.

— De onde vieram todas essas criaturas? — perguntei em vez de fazer algo estúpido, como me enroscar ao lado dele. — Será que Lúcifer as criou? — Melek já havia me dado uma resposta, e eu estava curiosa para saber se era a verdade.

Ajax balançou a cabeça.

— Não. Pelo menos, acho que não. As Bestas do Inferno, também conhecidas como Faes Pesadelo, já foram outros tipos de Faes. Especificamente, Faes que renegaram um acordo com Lúcifer. Essas formas são sua punição, o que as torna perigosas, raivosas e, muitas vezes, letais.

Trair Lúcifer provavelmente levava a um destino pior do que a morte. *Anotado.*

Ajax esfregou as mãos. Ele estava agitado, o que significava que não deveria estar me ajudando.

Estremeci ao pensar em quem puniria o Diretor.

— Não será fácil, mas há pouca nutrição disponível nas Terras Áridas, se você souber onde procurar. *Plantas de fogo*, por exemplo, embora sejam raras. Elas são vermelhas e se assemelham ao fogo, daí o nome, mas seus caules são comestíveis. Só não coma as folhas. Elas vão te matar.

Meu queixo tremeu.

O feitiço de Melek, que podia conjurar alimentos a partir de objetos, parecia ser uma opção melhor, mas a magia tinha seus limites, então fiz uma nota mental sobre a planta comestível. No entanto, eu teria que estar morrendo de fome para comer algo que se assemelhava a fogo e tinha folhas venenosas.

— Somente os caules — reiterei quando percebi que ele estava esperando uma confirmação. — Entendido.

Ele semicerrou os olhos.

— Para a água, há uma planta parecida com um cacto... é obsidiana e espinhosa. Se você a quebrar, encontrará algumas gotas. Mas evite os espinhos, porque...

— Deixe-me adivinhar — interrompi. — Eles vão me matar.

— Sim, são revestidos de toxinas mortais.

Ótimo.

Tudo nas Terras Áridas era fatal.

Literalmente, um inferno.

A sobrevivência parecia impossível. Mas pelo menos agora eu estava mais preparada.

Entre os cursos intensivos de Melek e Ajax sobre como sobreviver ao teste que se aproximava, eu tinha uma chance.

Fechei os dedos e prometi que faria minha chance valer a pena.

Supondo que eles estejam me dizendo a verdade e não tentando me matar mais rápido, pensei, irritada. A última vez que confiei em um deles, acabei em uma cela.

É claro que Melek disse que a culpa foi minha por usar seu conhecimento. Será que ele faria isso novamente se eu tentasse usar um dos feitiços que ele me ensinou?

Eu reservaria seus feitiços e seu *voto de proteção* como último recurso. Ajax me deu o suficiente para sobreviver sem a ajuda de Melek.

Supondo que tudo saísse conforme o planejado.

Porque isso funcionou para mim até agora.

Estou ferrada.

— Você deveria tentar dormir um pouco mais — Ajax disse, sacando sua varinha. Ele murmurou um encantamento em um idioma que eu não entendia, fazendo com que os itens desaparecessem. Em seguida, três garrafas de água apareceram. — Não posso te dar roupas novas, pois só tenho direito a três presentes, que já usei entre o feitiço de resfriamento, o sustento e o conhecimento.

— Feitiço de resfriamento? — repeti, franzindo a testa. — É por isso que estou com tanto frio?

Ele assentiu, depois usou a varinha para criar uma pilha de cobertores.

— Vamos dizer que isso faz parte das acomodações da cela. — Então ele se levantou e colocou a varinha de volta no bolso. — Voltarei em cerca de seis horas para levá-la ao teste. Tente dormir, Cami. Você vai precisar.

Com isso, ele saiu da cela.

E fechou a porta.

Tive a sensação de que precisaria de muito mais do

que apenas dormir. Mas ele estava certo. Esse seria um bom começo.

Por que quem sabia quando eu teria outra chance de descansar novamente?

Regra número cinco dos Fae do Submundo: Estar preparado para tudo.

Isso incluía descansar, me hidratar e me abastecer em preparação para a luta que estava por vir.

Peguei um dos cobertores que ele deixou, me maravilhando com a sensação de maciez na ponta dos dedos. Depois, fiz uma cama melhor com ele.

Me enrolei.

E permiti que a fragrância mentolada de Ajax me envolvesse em um cobertor confortável de masculinidade quente. Um cheiro de pinho também se escondia no ar, e sua magia parecia ter um aroma único em relação à sua loção pós-barba.

Juntos, eles criavam uma estranha espécie de escudo protetor que me embalou para dormir.

Dessa vez, nenhum pesadelo me aguardava.

Apenas uma escuridão calmante.

E um silêncio feliz.

TYPHOS

MELEK NÃO VOLTOU na noite passada, o que me deixou mais inquieto do que o habitual.

Uma emoção que tive de ignorar, porque eu tinha um campo de seiscentas e sessenta e seis candidatas para abordar.

Eu não gostava de cerimônias em um dia bom. E o dia de hoje certamente não se qualificava como *bom* em nenhum aspecto da imaginação.

A única vantagem era que eu perderia pelo menos cinquenta candidatas, dando início ao processo de redução dos números. Se eu tivesse sorte, mais de cem almas seriam dispensadas da parte Fae do Submundo desses jogos.

O restante seria destinado aos meus tenentes reais para a realização de seus próprios testes.

Cada nível dessa competição foi meticulosamente traçado e planejado por várias centenas de anos. Considerei todas as reviravoltas possíveis, criando milhares de salvaguardas e assegurando que cada escolhida tivesse um caminho apropriado.

Aquelas que falhassem estariam perdidas para sempre. Entretanto, esse era o risco.

Nem todas seriam adequadas.

E muitas se mostrariam indignas ou tendenciosas em relação à nossa espécie. As aparências podiam enganar, era uma lição que muitas das fêmeas aprenderiam hoje.

As que não aprendessem, morreriam.

Embora eu não pudesse garantir que todas as seiscentas e sessenta e seis candidatas atendessem aos nossos critérios, podia assegurar que apenas as adequadas para o acasalamento sobreviveriam.

Esse era o objetivo desses testes: garantir que as noivas fossem levadas para seus reinos apropriados. E remover aquelas que não deveriam estar aqui.

Os acordos com os pais eram apenas a metade da batalha.

Esse era o verdadeiro teste. Os jogos a que dediquei muitos séculos aperfeiçoando.

Meus Faes valiam a pena. Eles eram dignos de suas noivas.

E, no final, essas mulheres também ficariam gratas. Caso contrário, várias delas viveriam sem encontrar seus verdadeiros companheiros, suas almas estariam constantemente à procura de uma abominação escondida atrás de meus portões.

Melek me apelidou de casamenteiro em tom de humor.

Mas eu não era casamenteiro. Apenas um rei cuidando de seus súditos.

A Fonte dos Fae do Submundo raramente aceitava fêmeas, o que dificultava o acasalamento entre meus Faes. Embora muitos deles tivessem formado clãs juntos, ainda havia um forte desejo por mulheres.

Especificamente, mulheres *Faes*.

Meus homens precisavam de parceiras que pudessem

suportar seu toque, e as humanas tendiam a ser frágeis demais para um acasalamento com um Fae do Submundo. As *Halflings* eram boas. E havia mortais que podiam suportar, mas eram muito raras.

E o acasalamento com qualquer uma delas no momento exigia que meus Faes do Submundo deixassem o reino, algo que vários deles não podiam fazer.

Especialmente os Faes Pesadelo.

Se esses jogos fossem bem-sucedidos, faríamos outro em talvez seiscentos anos ou mais, apenas para mantê-los novos e interessantes.

Se não funcionassem, eu seria forçado a encontrar outro método de recrutamento.

Com um suspiro, desci do palco para iniciar a inspeção das candidatas. Várias delas receberam presentes, todos exigindo minha avaliação.

Eu não poderia ter outro incidente como o de ontem com o talismã.

Felizmente, todos os presentes pareciam estar em ordem: alimentos, vestimentas e alguns itens de proteção. O talismã do escudo térmico que eu aprovei também podia ser encontrado em várias mulheres.

Quanto às armas, apenas os itens regulamentados eram autorizados. Todas poderiam ferir de maneira letal apenas as almas das trevas. Dessa forma, as almas claras permaneceriam ilesas. Qualquer dano permanente aos verdadeiros Faes Pesadelos perturbaria seriamente meus tenentes reais, daí todas as medidas de proteção que implementei. Eles não estavam lá para garantir a segurança das noivas, mas para proteger os Faes Pesadelo sob minha responsabilidade.

Com exceção de alguns que eu não me importaria de perder.

Mas essa era uma história completamente diferente

sobre almas perdidas que nunca poderiam ser reparadas. Elas mereciam seus destinos.

Continuei na fila de mulheres, várias delas, com bravura, fizeram contato visual comigo. Algumas até me lançaram olhares convidativos. Retribuí seus sorrisos porque muitas dessas mulheres se tornariam minhas futuras súditas. Seria bom conquistá-las agora e não mais tarde.

É claro que as mais empolgadas eram as que tinham maior probabilidade de avançar para as rodadas finais.

Mulheres como o Item Sessenta e Seis. *Camillia De la Croix*. Parei bem na frente dela, meu olhar procurando por algum presente tangível.

Ela ainda usava o vestido da noite passada, o tecido mal cobria seus seios. E o odor que emanava dela sugeria que ela também não teve a chance de tomar banho. O que era uma pena, pois isso me proporcionou uma apresentação bastante intensa ao seu perfume feminino, que me fez lembrar de rosas desabrochando sob o sol.

Um toque de decadência realçava a fragrância. *Melek*. Inspirei profundamente, ao mesmo tempo excitado e irritado com esse acontecimento.

Achei que podia perceber o apelo físico, mas, fora isso, não senti qualquer atração por ela.

Pelo menos até que seus olhos cinza-tempestuosos encontrassem os meus. *Desafio. Espírito. Provocação.*

Uma combinação fascinante.

Sim, talvez eu pudesse entender, afinal. Mas não queria acasalar com ela. Na verdade, queria confiná-la em uma jaula de vidro e assegurar sua proteção para evitar qualquer dano a Melek.

Semicerrei os olhos, tentado a perguntar sobre o acasalamento.

Mas então me lembrei do livro e do que ele me indicou na noite passada. *Confiança*.

Eu precisava confiar que meu príncipe desonesto sabia o que estava fazendo aqui.

Então, em vez de falar com ela, olhei para Ajax.

— Algo que valha a pena registrar?

Ele balançou a cabeça.

— Ela dormiu no tapete. Dei comida e água.

Arqueei uma sobrancelha, intrigado com a última parte, considerando que isso se configurava como presente.

— Hã?

Meu Diretor deu de ombros.

— Ela estava sob minha responsabilidade. Levo isso a sério.

Arqueei ainda mais a sobrancelha.

— Você também alimentou o Clarence? — perguntei em voz alta, me referindo ao centauro que está atualmente sob sua custódia. Ele provocou recentemente uma perseguição e tanto ao meu Diretor no Submundo.

— Clarence não tem teste agendado para hoje. Portanto, não, eu não o fiz.

— Mas se ele estivesse? — insisti.

— Ainda assim, não alimentaria aquele filho da mãe.

Sorri.

— Ótimo. Ele não merece comida. — Quanto à Camillia De la Croix, bem, isso ainda estava para ser visto. Olhei para ela mais uma vez, notando o resquício de desafio ainda presente em seu olhar. Talvez ela conseguisse passar por esse teste.

O que era bom.

Porque a última coisa que eu queria era que Melek sentisse dor de verdade.

Dispensei Ajax e a garota com um aceno antes de concluir as rondas.

Durante todo o tempo, fiquei pensando na fêmea que atraiu a atenção do meu companheiro e do meu Guardião. Ajax não proporcionava regalias a nenhum dos Faes Pesadelo sob sua custódia. Então, por que Camillia? Por que ela era uma noiva em potencial? Por que ele realmente queria que ela sobrevivesse? Será que ele também gostava dela?

Eu teria de me encontrar com ele em algum momento depois do teste de hoje, só para ver como reagiria.

Ajax era uma adição mais recente ao meu reino, e suas experiências de vida o tornaram o candidato ideal para me servir como Diretor. Az também se afeiçoou a ele quase que imediatamente, algo que pesou em minha decisão. E Ajax mantinha conexões com a atual corte Real dos Faes da Meia-Noite. Tudo isso junto indicava que o Fae da Meia-Noite Sangue da Morte era um ativo valioso.

E ele ainda não me decepcionou.

Ele também nunca solicitou um acordo ou qualquer outra coisa de mim, a não ser a permissão para residir no paradigma de Zenaida. Concordei e pedi que ele ajudasse Az.

A partir daí, ele subiu em minha hierarquia, ganhando o título de Diretor.

Na verdade, eu gostava bastante do Fae da Meia-Noite rebelde.

Esperava que essa opinião nunca mudasse.

Quanto à garota, bem, eu veria como ela se sairia e partiria daí.

Retornei à plataforma central do campo, com o arco brilhando de poder. Vários de meus tenentes reais estavam ao redor do arco mágico de pedra obsidiana. Seus olhares não revelavam nada. Todos eles também estavam em suas formas humanoides. Algo que eles fizeram para aplacar as fêmeas no campo.

No entanto, nem todos os Faes Pesadelos podiam se transformar.

Portanto, somente aqueles com a capacidade de fazer isso foram convidados para o jogo de abertura de hoje.

Assim que as candidatas desaparecessem, os outros se aventurariam para observar o teste. Alguns até estavam participando hoje.

Mas a maioria enviou delegados de seus reinos de origem para testar as candidatas.

Assim como eu acrescentei alguns seres perigosos para ver se alguém notava a diferença entre elas.

Meu objetivo era mostrar a todas que a aparência poderia enganar.

Aqueles que aprendessem a lição teriam sucesso.

As que não aprendessem, morreriam.

Levantei as mãos para capturar o foco de todas as mulheres no campo. Não que eu precisasse me mover, pois todas estavam me observando de qualquer forma.

Não, eu percebi. *Não, elas não estão me observando.*

Olhei para a minha esquerda para ver a quem elas estavam *realmente* observando e encontrei meu príncipe caminhando de maneira casual em minha direção. O alívio afagou meu coração, diminuindo um pouco da minha agitação.

Melek, sussurrei, agradecido por sentir sua mente se abrir para mim mais uma vez.

Meu amor, ele respondeu, me presenteando com um sorriso que fez várias mulheres no campo suspirarem. Ignorei todas elas, me concentrando no ser angelical que seguia pela plataforma. *Abra o portal e comece seu jogo.*

Ele falou antes que eu pudesse agarrá-lo, me ajudando a me concentrar em nosso público. Agradeci silenciosamente, pois eu estava prestes a devorá-lo na frente de mais de seiscentas mulheres, o que teria dado um tom muito diferente às festividades de hoje.

Melek fez uma pausa ao meu lado, roçando o braço no meu enquanto redirecionava seu sorriso para as mulheres no campo.

Fiz o mesmo e pigarrei.

— O dia de hoje marca uma ocasião histórica, em que as esperanças para o futuro dos Faes do Submundo estão em suas mãos femininas. Os sacrifícios serão contados e vocês receberão uma estrela por cada conquista. Uma estrela que vocês poderão guardar, ou que poderão colocar aos pés de seu futuro companheiro, caso o considere digno.

Minhas palavras provocaram um murmúrio curioso na multidão, vindo tanto das candidatas quanto dos meus súditos.

Melek escondeu bem o sorriso, mas senti sua diversão.

As estrelas eram metafóricas, é claro, não eram tangíveis. No entanto, o poder que a Fonte dos Fae do Submundo concederia às mulheres que se mostrassem dignas seria igual às suas ações e realizações.

Embora as candidatas não tivessem escolha em relação a seus companheiros, eu lhes permitiria escolher no que dizia respeito ao poder. Isso significava que elas poderiam escolher compartilhar suas habilidades e energia aumentadas com seus companheiros pretendidos, ou poderiam manter os dons da Fonte dos Fae do Submundo para si.

Uma verdadeira união entre parceiros seria recompensada e, portanto, eu incentivaria meus súditos a cortejarem suas parceiras em potencial da mesma forma que essas fêmeas foram instruídas a cortejar seus benfeitores.

Era uma dança que os dois lados jogariam, com um potencial de altas recompensas para cada um.

— A prova de hoje não será fácil — continuei. Seria de fato uma das mais difíceis, uma tática intencional para diminuir o rebanho. — Aconselho a seguirem as regras.

Alguns olhares inquisitivos me fizeram sorrir.

Estendi os braços e liberei meu poder. O calor me percorreu enquanto eu abria os portões da Fonte dos Faes do Submundo. Ele ardia mais forte a cada dia, seu poder ameaçava florescer e purgar todos os reinos com sua fúria eterna.

Felizmente, eu sabia como controlá-lo, pois ele fazia parte de mim tanto quanto eu fazia parte dele.

Contive a corrente de energia como uma torneira, diminuindo o fluxo de modo que ela pulsasse no solo e iluminasse o arco brilhante que eu usava como condutor.

Aqueles olhares curiosos me imploraram para terminar minha declaração.

Cerrei os dedos enquanto enviava a energia do arco para as seiscentas e sessenta e seis mulheres que aguardavam ansiosamente seu teste.

— *Não há regras* — eu disse a elas.

Em seguida, abri as mãos, liberando o poder esticado enquanto um portal individual se abria sob cada mulher que eu tinha como alvo.

Elas suspiraram, minha magia foi rápida demais para permitir que elas gritassem, enquanto caíam no chão em sua jornada para começar o teste de seus espíritos.

Dei um suspiro de alívio quando o chão as engoliu. Foi um suspiro que ecoou pelo campo enquanto meus tenentes reais presentes acionavam seus próprios portais para se deslocarem para seus próximos postos... fosse para uma área de observação ou para o próprio teste.

Mas minha atenção foi para meu Príncipe Virtuoso, o mundo desapareceu por um momento enquanto eu acalmava a energia ao meu redor e me concentrava em Melek.

— Sinto muito — eu disse, segurando-o pela nuca e não me importando com quem me ouvia. Esse homem significava tudo para mim, e qualquer um que não soubesse disso estava cego. — Me perdoa?

— Sempre, meu rei. — Ele me deu um sorriso doce e depois encostou os lábios em meu queixo. — Vamos para o clube?

— Vamos — confirmei, usando meu aperto em sua nuca para puxá-lo para mais perto. — Mas primeiro... — Capturei sua boca em um beijo selvagem, com o objetivo de *reivindicar*. E ele o recebeu com um leve toque de sua língua.

Meu, eu disse. *Você pode criar laços com ela o quanto quiser, mas você ainda é meu.*

Sim, ele concordou.

Mas eu ouvi o sussurro em sua mente, a curiosidade sobre como seria para ele reivindicá-la, torná-la *nossa*.

Saboreei a noção e permiti que ela florescesse um pouco, apenas no fundo de minha mente. *Vou atravessar aquele portal agora mesmo e trazê-la de volta para você*, eu disse a ele. *Basta dizer as palavras.*

Quero testá-la primeiro, ele sussurrou de volta para mim. *Ela precisa merecer.*

Ela pode morrer, eu avisei.

É um risco que estou disposto a correr. Ele tocou minha bochecha com a palma da mão, sua língua ainda duelando com a minha. *Suportarei a dor da perda se ela falhar.*

Comecei a balançar a cabeça, mas seus dentes se prenderam em meu lábio inferior, mantendo-me no lugar.

Esse fardo é meu, Ty. Deixe que eu o carregue. A severidade em seu tom mental me indicou que ele não permitiria que eu discutisse. O que significava que eu tinha de levar isso até o fim. *Confiar* nele, exatamente como o livro aconselhou.

Tudo bem, Melek, sussurrei. *Vamos jogar esse jogo.*

Envolvi-o com o braço oposto e ativei minha capacidade de atravessar os reinos.

Segure-se em mim, eu disse.

Sempre. Seus braços envolveram meu pescoço. *Vamos ver nosso futuro.*

Eu não tinha certeza do que ele queria dizer com isso, mas suspeitava que fosse uma palavra de código para sua Camillia, a fêmea que ele escolheu para nós.

Futuro ou não, eu queria observá-la.

Se fosse o caso, apenas para ver se eu poderia determinar alguma intenção negativa.

Ou talvez ela se mostrasse digna.

Duvidoso. Ninguém era digno de Melek. Mas eu seguiria o exemplo dele. Jogaria seu jogo. E veria onde isso nos levaria.

Obrigado, ele murmurou, obviamente ouvindo minha aquiescência.

Eu faria qualquer coisa por você, garanti. *Qualquer coisa, Melek.*

Assim como eu, meu rei. Assim como eu.

CAMI

Não houve aviso.

Nenhuma pista do que estava por vir.

Apenas uma explosão de energia que me sacudiu inteira, me fazendo atravessar o chão com as palavras *não há regras* ecoando em meus ouvidos.

Tudo *queimava*.

Quente. Branco. Chamas.

Me envolvia da cabeça aos pés, me fazendo recordar dos meus pesadelos.

O mundo virou de cabeça para baixo, me girando em círculos rápidos enquanto eu viajava por uma espécie de portal. Um zumbido soou em meus ouvidos e a reverberação me lembrava a velocidade de um trem.

Puta merda.

Fechei os olhos e senti um desconforto no estômago.

Apenas para meus pés tocarem o chão meio segundo depois.

Ofegando no ar seco, passei a mão na garganta. Toda aquela água que Ajax me deu não me servia para mais nada. Eu mal conseguia respirar, muito menos engolir.

Um calor intenso invadiu meu corpo, vindo de todas as direções, ameaçando me sufocar.

Concentre-se, Cami, pensei, tentando acalmar meu coração. *Respire. E se concentre.*

Tentei, mas não consegui. O ar se assemelhava ao de um deserto sufocante.

Mas depois de alguns segundos, meus pulmões finalmente conseguiram puxar oxigênio suficiente para ajudar a acalmar meu coração acelerado.

Flexionei os dedos, contando até cinco, e lentamente reabri os olhos.

Precisei fechá-los, pois minha visão estava habituada ao escuro dos últimos dias. Demorou vários minutos e muitas piscadas para que eu conseguisse enxergar.

O motivo de minha cegueira pairava acima de mim na forma de dois sóis, lançando chamas no ar.

Enrolei os dedos dos pés contra a chama que vinha de baixo, meus calcanhares delicados formavam uma barreira frágil contra a crosta infernal deste reino.

Os sóis aqueceram minha pele, mas meus pés ficaram chamuscados, fazendo com que minha atenção se voltasse para a fonte do calor intenso. *Piscinas de lava.*

Estavam espalhadas por toda a paisagem carbonizada, fazendo meus lábios se entreabrirem.

Os feitiços de Melek ressoaram em minha mente, me lembrando de que eu sabia como me proteger com algumas palavras murmuradas.

Mas o olhar intenso de Lúcifer me seguiu. Seu interesse prolongado em mim antes me fez hesitar em usar qualquer coisa que Melek ou Ajax tivessem compartilhado comigo.

Eu estava claramente em uma espécie de lista de observação.

O que não era um bom presságio.

Até agora, consegui suportar o pior do calor sem usar

magia. Só precisava ficar longe das piscinas de lava e tudo ficaria bem.

Respirando fundo, tentando adaptar meus pulmões ao ar seco. Levou alguns minutos, mas meu corpo acabou descobrindo como se aclimatar. Os músculos ainda estavam doloridos, minhas pernas pareciam rochas duras, mas eu não estava com muito calor.

Na verdade, eu me sentia bem fresca.

Por que o feitiço de Ajax permaneceu em mim? Isso seria considerado trapaça? Será que eu acabaria em apuros novamente, como aconteceu por causa do colar de Melek?

Tentei engolir novamente... a secura se assemelhava a uma lixa.

Ou talvez tenha sido meu sonho? me perguntei, lembrando-me do plano gelado para o qual escapei depois de fugir da luz intensa.

Esfreguei o peito, me recordando da sensação estranha. *Um calor intenso seguido de um frio glacial.*

Meu interior se contraiu em confusão, e aquela sensação estranha retornou como se eu a tivesse conjurado.

Fogo e gelo.

Um se assemelhava à escuridão e o pecado – a vida que eu vivia agora.

Enquanto o outro me fazia pensar em meu mundo anterior, todo leve e puro.

Exceto que, não, isso não era bem assim. Nada em meu passado era leve ou puro.

Balancei a cabeça, tonta com os pensamentos confusos. *Estou perdendo a cabeça.*

Talvez devido ao calor. Ou talvez fosse meu modo de dar sentido ao pesadelo. Porque eu acreditava que meus ossos estavam absorvendo o calor para dissipar o frio, mesmo agora.

No entanto, talvez fosse apenas o feitiço de Ajax brincando com a temperatura do meu corpo.

E minha mente reagindo à queda pelo portal.

De qualquer forma, eu precisava me concentrar. Todo esse debate era uma perda de tempo. Eu deveria estar prestando atenção ao meu redor e as demais candidatas. Eu suspeitava que muitas delas eram tão perigosas para mim quanto a paisagem ou os monstros, com base em minha experiência com a candidata criadora de facas, Feyre, da Casa de Ferro.

Felizmente, não a encontrei em nenhum lugar perto de mim.

Mas, obviamente, ela estava aqui em algum lugar.

Porque todas nós estávamos aqui... todas as seiscentos e sessenta e seis mulheres. Uma constatação que me fez semicerrar o olhar enquanto uma chama ganhava vida em minhas veias.

Eu sabia o resultado. Entendia o motivo de estarmos aqui. Mas algo no fato de ver todas espalhadas nessa paisagem perigosa. deixou a questão bem clara.

E isso me enfureceu.

Estávamos todas aqui por causa de alguns acordos falsos. *Absurdo.*

Perdi de vista a ideia de encontrar uma solução e, em vez disso, fiz o jogo de Lúcifer. Ele estava bem diante de mim. Por que eu não tentei lidar com ele?

Porque me perdi em seu olhar sombrio.

E um pouco apavorada com o poder que girava ao redor dele.

Mas, droga, eu deveria ter dito algo.

Isso era muito diferente de estarmos alinhadas em

vestidos bonitos e marchando para um anfiteatro. Acabamos de entrar em um tipo de combate mortal. Um campo... onde muitas de nós não conseguiriam sobreviver.

Pude ver essa percepção gravada nas expressões das outras, suas feições sombrias provavelmente combinavam com as minhas.

Isso não vai acabar bem.

Embora devesse haver um senso de camaradagem entre nós, eu tinha consciência de que não seria assim. Todas nós queríamos viver.

E o desejo de chegar ao fim podia tornar até mesmo a pessoa mais amável, cruel.

Não vi nenhum olhar amigável das pessoas mais próximas a mim. Muitas me olharam com a sobrancelha arqueada, porque eu ainda estava usando o vestido da cerimônia da noite passada.

As outras moças usavam roupas mais apropriadas.

A maioria usava camiseta branca e calça preta, mas nem todas. Algumas poucas vestiam peças de couro mais fortes, provavelmente uma doação de um benfeitor Fae do Submundo, como Ajax mencionou.

Suas roupas folgadas e as armas óbvias por baixo me deixaram com inveja. Vi adagas, arcos e flechas e até algumas pistolas.

Depois, havia aquelas que tinham mochilas e suprimentos.

Também notei alguns talismãs que brilhavam com poder azul. Após um momento de leitura, suspeitei que fossem algum tipo de proteção contra o calor, devido à ausência de pele corada ou cachos encharcados de suor. Minha pele ardia e meu cabelo já estava grudado na testa. A estranha sensação de frescor que permanecia ao meu redor era superficial ou estava simplesmente me impedindo de queimar.

Eu, é claro, não tinha esse tipo de talismã ou qualquer outra coisa que pudesse me ajudar a sobreviver nesse deserto.

Bem, eu tinha *conhecimento*, mas tomaria cuidado ao usá-lo. Se é que o usaria. Se é que eu usaria qualquer coisa.

Uma voz ecoou pela paisagem, fazendo com que eu me agachasse.

— Bem-vindos aos testes, candidatas a noivas.

A voz era a de Lúcifer, embora eu suspeitasse que fosse uma projeção mágica, como a da arena quando ele fez seu discurso.

— Seu primeiro teste é encontrar o caminho para atravessar a fronteira. O progresso será monitorado, portanto, lembrem-se das regras.

Eu bufei. Eu me lembrava das *regras* dele.

Não há regras.

Que clichê.

Os sóis se iluminaram em uma exibição espetacular do poder de Lúcifer. Ele parecia ser capaz de estender suas garras através dos reinos com um simples pensamento.

A enorme quantidade de poder que ele tinha na ponta dos dedos fez minha respiração ficar presa.

— Se aventurem e provem seu valor para a Fonte dos Faes do Submundo.

Suas palavras iluminaram um caminho por toda a extensão de terra vermelha rachada. A estrada serpenteava entre piscinas de lava, mergulhando em torno de uma estrutura no meio. Tive de apertar os olhos contra a luz para conseguir enxergá-la.

— São garrafas de água — uma garota animada anunciou, com um par de binóculos na mão. Ela também ostentava uma mochila e um suéter amarrado à cintura, o que eu achei bem estranho.

— *Ai!* — ela gritou quando uma garota a cutucou nas costelas.

— Não seja tão tagarela, Jade — a outra sibilou para ela. — Não vou me aliar a você se for tão burra, não importa quantos presentes de pretendentes você tenha para compartilhar!

Arqueei uma sobrancelha para as duas. Não me surpreendeu que as meninas estivessem fazendo alianças, mas eu não consegui fazer amizades até agora.

Bem, exceto por Melek, Ajax e a pequena gárgula. Mas eles não contavam.

Jade fez beicinho quando a outra garota pegou o binóculo.

— Desculpe, Beatrix.

Percebendo que eu estava observando, Beatrix olhou para mim e agarrou Jade pelo braço, puxando-a para fora do meu alcance de audição.

Jade foi atrás dela aos tropeços, com a mochila enorme claramente cheia de suprimentos e guloseimas.

Eu podia ver por que Jade tinha tantos presentes. Ela era linda, com seus cachos loiros que balançavam atrás dela. Ela se virou e piscou para mim, se desculpando com seus impressionantes olhos azuis, seu belo visual completado com bochechas rosadas e coradas.

Aparentemente convencida de que estavam longe o suficiente das outras, Beatrix soltou Jade e olhou pelo binóculo.

Jade gritava *inocência* quando cruzou as mãos e olhou para os pés. Ela impressionou um Fae do Submundo, mas provavelmente pelos motivos errados.

Esses cretinos provavelmente queriam corromper qualquer coisa bonita e doce.

Uma parte de mim se sentiu compelida a protegê-la. Eu não tinha dúvidas de que as outras garotas se aproveitariam de alguém não treinado para isso, mas um estrondo na paisagem me manteve presa ao chão.

Regra número seis dos Fae do Submundo: Cuidar apenas de si mesmo... e de mais ninguém.

Meu pai praticou essa regra. Ele trocou minha alma para seu próprio benefício.

Este era o seu reino, onde suas regras faziam sentido e, ao contrário de Jade, meu pai tinha sua maneira maluca de cuidar de mim, me ensinando a sobreviver neste lugar.

E eu sobreviveria.

Nem que fosse para sair daqui e encontrar ele e minha mãe, que era sua cúmplice, apenas para mostrar o quanto eu era *grata*.

Ainda agachada, observei as meninas se aventurarem de maneira hesitante pela trilha.

Parecia um caminho óbvio demais, então decidi esperar.

Jade e sua aliada começaram a sussurrar uma para a outra, mas meu pai me ensinou um feitiço que amplificava minha audição. A maioria dos feitiços que ele fez questão de que eu aprendesse era de natureza física, aumentando minha força e meus sentidos.

Eu fazia parte dos Fae do Submundo, mesmo que não tivesse sido aceita pela fonte, portanto, aprendi alguns truques por conta própria. Truques que, tecnicamente, Melek não me ensinou. O que significava que deveria ser seguro usá-los.

Não tinha certeza se deveria ser capaz de utilizar a magia sem ter uma fonte para extrair, mas com base em minha necessidade de dormir e me alimentar depois de usar a magia, eu provavelmente tirava o custo de mim mesma. Eu nunca pensei muito sobre isso, pois raramente a usava.

Entretanto, graças ao Ajax, eu estava bem alimentada.

E, exceto por alguns sonhos perturbadores, eu dormi o suficiente para me sentir rejuvenescida e preparada para as tarefas que estavam por vir. Um pequeno feitiço não custaria muito de minhas reservas e, neste momento, eu precisava de informações.

Concentrando meu poder no interior, sussurrei o encantamento, ativando minha capacidade de ouvir através da longa distância.

A voz de Beatrix flutuou de volta para mim na brisa quente.

— Há mais do que apenas água. Veja, há vários pedestais com itens diferentes. Vejo armas, comida e aquele ali tem algum tipo de pacote. Aposto que há algo bom neles. — A garota cutucou Jade novamente. — Seu pretendente disse que arrancaria meus braços se eu roubasse algum de seus presentes, mas ele não disse nada contra compartilhar. Me dê seu talismã e eu vou correr para o ponto de abastecimento de água, e você me protege, certo?

Quando Jade tocou o talismã, a outra garota suspirou.

— Olha, eu devolvo o talismã, mas se eu for correr todo esse caminho pelos poços de lava, preciso dele. Não vou conseguir chegar antes das outras meninas se eu desmaiar de insolação. A menos que você queira correr por todo o caminho e enfrentar sabe-se lá o quê? Fique à vontade.

Jade franziu a testa, mas entregou o talismã. Seus cachos murcharam visivelmente com a umidade acumulada em sua testa, mas ela não reclamou.

Eu esperava que a aliada cumprisse sua parte do acordo.

E se ela não cumprisse, eu esperava que o pretendente Hell Fae da garota cumprisse sua ameaça. Eu odiava qualquer um que se aproveitasse de almas mais fracas.

Seguindo o olhar de Jade, avistei as manchas à distância que eram os pontos de abastecimento. No entanto, pareciam estar bem longe do caminho iluminado que levava a uma mudança na paisagem.

Algo não parecia certo.

O aviso de Ajax permaneceu no fundo de minha mente.

— *Pode parecer uma passagem de fronteira. Não caia nessa.*

No entanto, ele não mencionou nada sobre pontos de abastecimento. Parecia estranho para mim que os Fae do Submundo fizessem tanta questão de dar presentes às pretendentes se havia todos esses suprimentos para serem adquiridos.

A menos que... não seja o que parece.

No momento em que esse pensamento passou pela minha cabeça, o primeiro ponto de suprimento colocado no centro do caminho vacilou e se transformou em cinzas, revelando uma sombra que não pertencia ao calor escaldante.

Uma forma monstruosa apareceu através da névoa.

Peito musculoso.

Pernas de cavalo.

Chifres de touro.

Engoli em seco. Era a imagem da criatura da masmorra.

Sendo que, desta vez, não havia barreiras entre nós. Apenas muita terra.

Os olhos vermelhos da criatura se abriram, e as meninas gritaram.

— Centauros! — uma voz feminina gritou no horizonte, enquanto os outros pontos de abastecimento se transformavam em grupos de monstros.

Eles ficaram parados como se estivessem esperando por algo.

Então, um tiro soou, estalando no ar, fazendo com que os Centauros entrassem em ação.

Eles atacaram.

Arranhando as unhas na paisagem rachada, observei o desenrolar da cena, esperando o momento de fugir, embora não quisesse deixar minha posição sem ter um destino em mente.

Será que eu confiaria no caminho iluminado?

Tentaria pegar uma arma em um dos pontos de suprimentos e torceria para que nem todos fossem miragens?

Ou daria meia volta e seguiria pelo caminho que já havíamos percorrido? Uma olhada por cima do ombro revelou mais da paisagem vermelha rachada, sem nenhuma evidência de fuga ou suprimentos.

Nenhuma das opções parecia muito boa. Eu não tinha informações suficientes para tomar uma decisão.

Ainda assim, não podia ficar aqui sentada esperando ser atacada por centauros.

Felizmente, as garotas pareciam prontas para lutar, o treinamento era evidente. Então, talvez nossos pais tenham se importado um pouco conosco, ajudando a nos preparar, à sua maneira, para esse destino.

Ou talvez isso tenha a ver com orgulho. Imaginei que parecia bom ter uma filha que provasse seu valor para a Fonte dos Faes do Submundo. Pelo menos para alguns da espécie Fae.

Conhecendo meu pai, ele tentaria levar todo o crédito pelo meu sucesso.

Idiota.

Uma bufada parecida com a de uma besta, vinda de trás de mim, fez meu coração quase parar e me lembrou que eu ainda tinha uma decisão a tomar.

Contraindo todos os músculos de meu corpo, girei lentamente para ver o que fez aquele som.

Dois olhos vermelhos me encararam através de um véu de escuridão que se estendia ao redor de seu rosto, obscurecendo as feições do centauro e fazendo-o parecer ainda mais misterioso e aterrorizante do que já era.

Um casco da parte inferior de seu corpo arranhava o chão, me desafiando a correr.

— Calma, grandalhão — eu disse, com a voz mais suave que consegui enquanto me afastava com gentileza. Mantive a frente voltada para ele, tratando o ser como trataria um cão selvagem.

Não corra.

Não demonstre medo.

Meu coração batia forte no peito e minha visão vacilava. Não pelo calor, mas pela adrenalina.

Meu pai nunca me preparou para enfrentar criaturas como essa. Claro, eu encontrei alguns Cães do Inferno ambiciosos, mas eles não eram assustadores em nenhum sentido da palavra. Na verdade, eu os achava divertidos.

As feras infernais, por outro lado, eram horripilantes.

Os olhos vermelhos do Centauro se concentraram em mim e me fixaram em sua mira, parecendo esperar que eu fizesse minha jogada.

Me ocorreu que os centauros não atacariam até que ouvissem o tiro. Talvez eles só atacassem se fossem provocados.

Ao recuar, meu sapato pegou uma pedra solta, e eu gritei ao cair de bunda no chão.

Merda.

Eu era melhor que isso, mas não treinei para correr de salto alto em rochas vermelhas emoldurando poços de lava.

O centauro se ergueu em suas patas traseiras com o

movimento repentino. Ele se aproximou de mim com seus chifres, e eu me desviei para o lado. A dor passou pela minha bochecha quando o chifre me atingiu, mas consegui sair do caminho.

Uma arma seria útil neste momento!

Ele veio até mim novamente e, dessa vez, mergulhei em sua direção, me arriscando ao bater com o punho onde achei que ele poderia ter bolas, no local onde a forma humana se fundia com o peito de um cavalo.

Um riso profundo soou.

Certo, então, pelo que parece, não é onde fica o pênis dele.

Quando ele se levantou novamente, rolei e ganhei distância, dessa vez avaliando o inimigo.

Uma aura estranha tomou forma ao redor da fera. Eu já vi algo semelhante em torno das Sereias, mas não tinha certeza do que significava.

Talvez eu estivesse perdendo o controle.

Ou talvez essa fosse outra chave do quebra-cabeça e minha passagem para a sobrevivência durante essas provações insanas.

A escuridão tenebrosa se espalhava pelo ar ao redor do centauro, provocando uma estranha sensação de magia gelada que não combinava bem com o calor do Reino dos Faes do Submundo. Os pelos ao longo das coxas da criatura se eriçaram, e ela emitiu um rugido que ressoou em mim enquanto eu me forçava a ficar de pé novamente.

Em seguida, a névoa obsidiana se deslocou para revelar uma fileira inteira de criaturas com olhos vermelhos que piscavam, fazendo meu coração disparar.

Eu me esqueci de uma informação importante da lição de Ajax.

Os centauros caçam em bandos.

— Merda — xinguei quando os monstros atacaram.

Fiz a única coisa que podia: corri.

Ajax

— Puta merda — murmurei, balançando a cabeça para a tela diante de mim. — Eu te avisei.

Mas será que Camillia ouviu?

Não. É claro que não.

Ela permaneceu imóvel enquanto o centauro a encarava como um pedaço de carne, esperando que seus amigos se juntassem a ele.

— Estou pouco impressionado com você neste momento, Camillia. — É claro que ela não podia me ouvir. Mas isso não me impediu de pronunciar as palavras em voz alta.

Peguei a taça de vinho de sangue e a terminei em um gole.

Em seguida, me afastei do sofá de couro para pegar mais uma bebida no bar.

Eu nem deveria estar assistindo aos Testes Faes do Submundo. Daí a razão de eu estar em meus aposentos na masmorra e não na infame boate do Submundo de Lúcifer. Ele me pediu para permanecer aqui durante o dia, caso precisar me chamar para caçar alguns dos Faes Pesadelo desobedientes.

Isso explicava por que retornei e me deparei com os testes em minha tela.

Eu não esperava ter acesso a eles, pois não era um Fae do Submundo, nem desejava uma noiva. No entanto, usei o controle remoto para mover a tela até encontrar Camillia.

Porque eu não possuía autocontrole e queria ver como ela estava se saindo.

Não muito bem, pelo que parece, pensei, rosnando.

No entanto, isso não era totalmente verdade. Ela não se deixou enganar pelas miragens dos suprimentos. E parou para avaliar bem o ambiente onde se encontrava em vez de vaguear sem rumo pelas Terras Áridas.

Também pareceu ter usado algum tipo de feitiço. Não consegui entender as palavras que saíram de seus lábios, mas a maneira como se moviam me fez lembrar de um Fae da Meia-Noite.

Um truque interessante, pois eu não percebi que ela tinha capacidade de fazer magia.

Mas isso também não me surpreendeu.

Parecia haver muita coisa sobre Camillia que eu não sabia. Muita coisa que eu também queria aprender.

O que era exatamente o problema... eu não deveria querer saber nada sobre ela.

No entanto, não conseguia parar de pensar nela. Até dei café da manhã a ela esta manhã antes de acompanhá-la aos testes.

Ela não é minha.

Me senti obrigado a ajudá-la como minha prisioneira.

No entanto, Lúcifer levantou uma sobrancelha diante dessa teoria e, posteriormente, apontou que eu não tratava os outros da mesma forma.

Mas os outros prisioneiros eram Faes Pesadelo, seres perigosos que precisavam ser detidos. Eles também tinham a capacidade de se alimentar sozinhos.

Camillia... bem, se ela tivesse conhecimento de magia, tecnicamente poderia cuidar de si mesma. Então, talvez eu tivesse julgado mal aquela situação. Mas me senti bem em ajudá-la. Como se eu estivesse quitando uma dívida que não entendia muito bem.

Uma dívida com meu passado?

Uma dívida com Emelyn?

Será que essa atração por Camillia era porque eu queria reparar meus erros anteriores? Tentar consertar algo que, na verdade, nunca poderia ser consertado?

Para evitar que a história se repetisse?

Engoli em seco, pensando nos eventos que resultaram na morte de Emelyn.

Naquela época, todas as escapadas pareciam proibidas e provocantes. Ela foi prometida ao Príncipe Fae da Meia-Noite, alguém que ela desprezava. Um príncipe que, na realidade, tomou outra companheira em segredo.

Uma que desmantelou a sociedade dos Faes da Meia-Noite e livrou o mundo da peste negra conhecida como Constantine Nacht.

Mas não a tempo de salvar Emelyn.

Ingeri mais do meu vinho de sangue, estremecendo ao notar os sinais reveladores de *culpa* passando por minha mente. Eu não responsabilizava Aflora por não agir a tempo. Isso não era justo. Tampouco a culpava pelos eventos que resultaram na morte de Emelyn.

A culpa era de Constantine.

E ele agora vivia em uma árvore, eternamente aprisionado no coração da verdadeira LethaForest.

A morte dele não trouxe meus pais ou Emelyn de volta, nem me pareceu um ápice ou algo justo. Principalmente porque nada jamais me ajudaria a superar a dor da minha perda.

As trepadeiras do lado de fora da porta sibilaram, atraindo meu foco para o painel de madeira do lado de dentro e interrompendo minhas reflexões sombrias. Franzindo a testa, coloquei a taça no chão e comecei a andar para frente, exatamente quando Shade atravessou a madeira com um sorriso.

Ergui as sobrancelhas.

— O que está fazendo aqui?

— Aparentemente, domando cobras — ele murmurou, removendo um pouco da magia residual de sua capa preta. Ela se estendia ao redor dele até as panturrilhas. O bordado violeta das bordas era uma marca de seu poder interior, o Sangue da Morte. Eu tinha várias capas que combinavam, mas nunca mais as usei.

É claro que o fecho em seu pescoço era único: um desenho intrincado que ostentava a magia de seu círculo de companheiros. A rosa violeta no centro pulsava com poder enquanto ele colocava sua varinha em um bolso interno.

Ele murmurou algumas palavras, fazendo com que um prato de biscoitos aparecesse na mesa de centro.

— Da minha avó — ele afirmou. Não que eu precisasse da explicação. — Você tem evitado minhas ligações.

— Ando ocupado.

— Hum — ele murmurou, andando pelo apartamento como se tivesse todo o direito de estar aqui. Seu olhar frio não deixava passar nada ao observar a decoração, passando apenas brevemente pela tela, que se desligou no momento em que ele entrou. Eu não tinha certeza se isso era resultado da magia que alimentava a tecnologia ou se Lúcifer sentiu a presença de Shade. Talvez as duas coisas.

De qualquer forma, isso me enervou, porque significava que eu estava sendo supervisionado, mesmo aqui.

O que não deveria me surpreender.

A confiança de Lúcifer tinha de ser conquistada, e eu estava trabalhando para ele há apenas uma década.

— Vou presumir que os biscoitos da Zen são o motivo de você estar aqui — eu disse.

Shade assentiu, e o cabelo escuro caiu sobre seus olhos.

— Ela mencionou algo enigmático sobre você precisar de uma pedra da morte para enfrentar os zumbis.

Eu pisquei.

— O quê?

Shade levantou um ombro largo e abriu a capa para colocá-la sobre uma das cadeiras da mesa de jantar.

— Não tenho a pretensão de entender as reflexões dela. — Ele tirou uma pedra preta irregular do bolso e a colocou sobre a mesa. — Para seu encontro.

Franzi a testa.

— Não faço ideia do que ela está falando, mas obrigado...

Seus lábios se contraíram apenas o suficiente para mostrar diversão.

Em seguida, ele foi até o bar para se servir da garrafa aberta de vinho de sangue.

— Claro, sinta-se em casa — eu disse, abandonando minha própria taça para ir investigar a pedra da morte. Eu estava familiarizado com a magia, mas não entendia por que Zen achava que eu precisava disso. Quando era necessário visitar o Reino dos Mortos, eu simplesmente acionava um portal.

Será que ela contou a Shade sobre o Reino dos Mortos?, me perguntei, olhando para ele. Era algo que eu não conhecia até vir trabalhar para Lúcifer, e ele foi bem claro sobre não compartilhar a informação com ninguém.

Mas Zen viveu muito tempo.

E tinha um vasto conhecimento sobre tudo.

Não me surpreenderia se ela soubesse sobre o reino zumbi repleto de Faes Pesadelo mortos.

Lúcifer só me contou a esse respeito, porque precisou que eu fizesse uma tarefa lá uma vez. Minha magia de Sangue da Morte fez de mim o candidato ideal, então, agora, sempre que ele precisava de algo daquele reino, ele me enviava.

Demorei um pouco para aprender a domar as feras daquele mundo, mas agora eu as entendia melhor.

Pigarreei.

— Então, como vão as coisas? — Eu me esquivei, me sentindo constrangido.

Shade e eu éramos os melhores amigos há muito tempo. No entanto, ele quase parecia um estranho para mim agora. Não por causa de nada que ele tenha feito, mas por causa da minha própria necessidade de distância.

Eu também não falava há muito tempo com Seif, o terceiro membro de nosso antigo círculo de amizade, ao longo dos anos. É claro que Seif tinha suas próprias responsabilidades como Alfa Regional da Costa Oeste, o que tornava difícil manter contato com ele.

Mas, na verdade, o problema era principalmente eu.

Escondido em um paradigma dos Fae da Meia-Noite no Reino dos Fae do Submundo.

Lúcifer era muito específico sobre quem ele permitia visitar e quando, tornando difícil para qualquer um entrar em contato comigo.

Shade tinha um passe, já que sua avó criou esse paradigma, mas a masmorra estava tecnicamente mais no território dos Fae do Submundo do que no paradigma, então ele estava contornando as regras ao vir aqui.

Não que Shade costumasse obedecer à autoridade.

— Aflora decidiu sediar uma nova versão do Gala de Sangue — Shade murmurou. — Ela quer usá-lo como uma forma de reunir todos para celebrar a vida.

Eu bufei.

— A vida. Claro que sim. Suponho que ela ainda seja a Rainha Fae da Terra também.

Shade semicerrou um pouco os olhos.

— E minha companheira.

— Sim, estou ciente.

— Então, talvez você queira tomar cuidado com seu tom de voz.

Cruzei os braços.

— Você entrou na minha toca sem ser convidado, Shade. Agora está me falando sobre um evento que nós dois sabemos que não quero participar. O que você realmente quer?

— Verificar como está meu amigo? — ele sugeriu. — Me certificar que você ainda está vivo?

— É claro que estou.

— Mas você está vivo? — ele insistiu, colocando sua taça de vinho intocada no balcão e me encarando completamente. — Você tem se escondido nesse paradigma há uma década, tentando fugir do seu passado. Isso não o torna menos presente, Ajax.

— Quando você se tornou sua avó?

— Provavelmente quando tive um filho — ele respondeu, sem perder o ritmo. — É uma mudança surreal, mas isso não me deixa menos preocupado com você.

— Estou bem.

— Está? — ele arqueou uma sobrancelha escura. — Minha avó parece achar o contrário.

— E o que você acha? — perguntei enquanto caminhava até o sofá para relaxar novamente no assento de couro. Meu olhar foi para a tela, mas ainda estava escura. *Merda. Espero que Camillia esteja bem.*

O aperto em meu coração me fez franzir a testa.

Talvez a distração do Shade seja o que eu preciso. Não deveria me importar com o que acontece com ela. Ela é apenas uma candidata, certo?

— Acho que a morte é dolorosa — Shade respondeu, se juntando a mim no sofá e deixando o vinho de lado. — Que você está tentando lidar com a situação e esse paradigma está te ajudando a se esconder dessa dor. O que eu entendo e respeito. É por isso que não me intrometo com frequência. — Ele olhou para mim. *Realmente* olhou para mim. — Só não confunda essa falta de intromissão com um sinal de que não me importo. Porque eu me importo. Podemos ter nos afastado, mas você ainda é um irmão para mim, A.

Estava na ponta da língua importuná-lo sobre o fato de ele ficar sentimental comigo.

Mas algo em suas palavras me perturbou demais para que eu pudesse dar uma resposta sarcástica.

Em vez disso, acabei engolindo em seco e assentindo. Depois murmurei um feitiço para chamar minha taça de vinho para a mão e tomei vários grandes goles.

Ele seguiu o exemplo, com o nariz torcido pelo sabor.

— Não está do seu agrado? — perguntei, tentando me distrair do momento que se estabeleceu entre nós.

— É um pouco azedo — ele respondeu, franzindo a testa.

— Você é viciado em sua companheira.

— Entre outras coisas — Shade respondeu, contraindo

os lábios novamente. — Mas sim, eu costumo beber apenas dela. Às vezes, de Kols.

Eu grunhi.

— Isso que é *azedo*.

— Ele evoluiu muito desde a última vez que você o encontrou. — Shade quase parecia gostar do ex-Príncipe Fae da Meia-Noite, o mesmo com quem Emelyn estava noiva, fazendo com que algo se agitasse em meu peito.

Muita coisa mudou no mundo de Shade.

Eu supunha que muita coisa mudou no meu também. Mas de uma maneira totalmente diferente.

Ele estava vivendo o sonho.

Enquanto isso, eu caçava Faes Pesadelo desobedientes e os aprisionava.

Que combinação sombria.

— Acho que as coisas estão prestes a mudar, A — Shade comentou. — Depende apenas do caminho que você escolher. — Ele olhou de volta para a mesa. — Sugiro usar essa pedra. Mas veremos o que você fará.

Franzi a testa para ele.

— Enigmas?

Ele deu de ombros e tomou outro gole de vinho antes de deixá-lo de lado.

— Apenas um conselho. — Seu olhar gelado encontrou o meu, com uma emoção escondida em sua expressão. Uma emoção que eu não conseguia definir. — Estou ansioso para nosso próximo encontro com vinho — ele me disse. — Espero que sem as cobras.

Ele se levantou, fazendo com que eu o encarasse.

— É só isso? Veio aqui com alguns biscoitos e uma pedra da morte, colocou alguns enigmas diante de mim e vai embora?

— Você ainda não está pronto para falar comigo — ele respondeu, encontrando meu olhar com um toque de diversão no seu. — E isso é bom. Mas nos encontraremos novamente em breve. — Ele inclinou a cabeça. — Tente não mordê-la sem permissão. Se aprendi alguma coisa com minha rainha, é que as fêmeas não gostam muito de ter suas escolhas tiradas delas.

— Morder quem?

— Acho que nós dois sabemos a resposta para isso — ele respondeu com um sorriso contido.

Em seguida, o cretino desapareceu em um sopro de fumaça escura que fez com que as videiras-serpentes sibilassem novamente do lado de fora da porta.

Suspirei e balancei a cabeça.

— Idiota enigmático.

Ele sempre fazia esse tipo de coisa, aparecia com alguns enigmas aleatórios e sumia de novo.

Mas não consegui evitar que o sorriso se formasse em meus lábios.

Porque algo me trouxe lembranças agradáveis de quando ele fazia isso com outras pessoas em nosso passado.

Ele também fez isso comigo. Criando jogos que eu adorava jogar.

Eu não tinha certeza se tinha energia para me envolver nesse novo quebra-cabeça.

Não com Camillia em minha mente.

Camillia. Peguei o controle remoto, mas a tela voltou à vida sem que eu precisasse tocá-la.

Definitivamente, estão me observando, pensei, olhando em volta. *Ou, pelo menos, algum tipo de feitiço de supervisão.*

Lúcifer provavelmente me perguntaria sobre a visita de Shade mais tarde.

Passei a mão no rosto, suspirei e levei o vinho de volta aos lábios.

Apenas para franzir a testa diante da escuridão à minha frente.

O que estou vendo? Tudo estava escuro como breu, mas os números ainda eram exibidos na tela, então o dispositivo estava ligado.

Troquei a taça pelo controle remoto, procurando o número de outra candidata. A garota estava correndo em direção à passagem da fronteira, com o queixo firme e determinado.

— Isso não é o que parece — eu disse para a tela.

Algo que ela percebeu assim que cruzou.

O que fez com que a tela ficasse preta mais uma vez.

Cerrei os dentes enquanto eu voltava ao número de Camillia. *Escuro.*

Encontrei outra candidata, ainda viva e correndo. Selecionei várias outras, observando que apenas algumas delas estavam com telas escuras. Depois, voltei para a garota que cruzou a fronteira... ainda escura.

Assim como a de Camillia.

Que merda. Fiquei de pé.

— *Puta merda.*

Isso só podia significar uma coisa.

Camillia não conseguiu.

Ela... ela *falhou.*

Meu coração parou, minha cabeça girou para frente e para trás em negação.

— Não. Não. *Não.* Não, Camillia. Ela não podia... ela era...

Engoli em seco.

Tudo dentro de mim protestava contra essa realidade, o fato de ela ter *partido.*

— De jeito nenhum — falei, querendo abrir um buraco na tela. Mas ela não era tangível, a tecnologia de miragem a fazia parecer um espaço translúcido que permitia a reprodução de vídeos. — *Não.*

Camillia era muito forte para simplesmente... simplesmente *morrer*.

Mas Emelyn também era, uma voz sombria sussurrou. E ela está morta.

Porque eu não fui capaz de salvá-la.

No entanto, tive todas as oportunidades imagináveis para salvar Camillia. E não o fiz. Apenas ofereci comida e informações. Eu a *provoquei*.

Passei os dedos pelo cabelo e comecei a puxar os fios.

— *Merda!*

Eu deveria ter me esforçado mais.

Não deveria ter me deixado apegar.

Eu deveria tê-la *ajudado*.

Eu não deveria ter me importado!

As videiras-serpentes sibilaram, agitadas por minha fúria crescente. Eu não conseguia parar de xingar. Não conseguia parar de andar. Não conseguia parar de *odiar*.

Tanta raiva. Tanta dor. Um novo pesadelo.

Eu falhei com ela. Falhei com Emelyn. E agora falhei com Cami.

Meus joelhos cederam quando caí no chão, era como se meus pulmões não soubessem mais como respirar. Mesmo assim, tentei gritar. Berrar. Para reclamar. Bater na pedra embaixo de mim.

Isso não fez nada por mim.

Só me machucou mais.

Merda. Merda. Merda.

Ela se foi.

Camillia se foi.

E fui eu quem a capturou. Fui eu quem fez isso com ela. Fui eu quem a matou.

Agarrei meu cabelo novamente, meu passado e meu presente convergindo para deixar minha realidade fora de controle. Eu mal conseguia respirar. Não conseguia nem *pensar*.

Az não estava aqui para me dar apoio.

Shade me deixou aqui com suas declarações enigmáticas.

Eu estava sozinho. Do jeito que eu queria.

Mas uma parte suave de mim não queria que fosse assim.

Essa parte suave de mim pulsava, com o estrondo da perda.

É por isso que não quero me importar. Porque não quero sentir.

No entanto, eu parecia incapaz de conseguir até mesmo isso.

Porque sou um fracasso.

Eu sempre fracasso.

E agora... agora fracassei com alguém que poderia ter significado algo. Alguém que merecia muito mais.

Sinto muito, Camillia.

— Sinto muito.

CAMI

MEIA HORA ANTES

REGRA NÚMERO sete dos Faes do Submundo: Quando você não pode vencer uma luta, corra para as sombras.

Mas, ao examinar rapidamente a área, não vi sombra, nem um único lugar para me esconder.

Apenas poços de lava.

E o caminho iluminado.

E, é claro, um grupo de centauros furiosos tentando nos atacar.

Correndo direto para a multidão de mulheres, optei pela segurança em números.

Os centauros rugiram enquanto seguiam atrás de mim. Uma olhada por cima do ombro me garantiu que eu não conseguiria correr mais do que esses idiotas.

Caramba, eles são rápidos.

Eu era mais forte do que minhas colegas mortais, mas ainda era meio-humana. Isso significava que eu não conseguiria manter essa velocidade por muito tempo.

Ao inspirar novamente o ar viciado e aquecido, meus

pulmões se esforçaram para processar o oxigênio do ambiente. O pouco que havia.

Pensei em usar um dos feitiços de Melek para alterar a composição da atmosfera ao meu redor, mas decidi não fazer isso.

Ele devia estar esperando que eu ficasse desesperada o suficiente para pedir sua ajuda. Melek parecia estar me usando como uma espécie de peão em um jogo entre ele e o Fae mais poderoso que já conheci.

E Lúcifer não era alguém que eu quisesse irritar, algo que, de alguma forma, eu já consegui fazer pelo simples fato de existir. Bem, talvez porque eu tivesse visto através de sua miragem. Mas isso foi resultado da interferência de Melek.

Não queria repetir esse erro agora.

Portanto, nada de feitiços.

Apenas correr.

Só que... humm... Isso é...?

Uma magia cintilante zumbiu no ar, algo semelhante ao que eu notei na arena. *Uma miragem...? O que ela está escondendo?*

Fui em direção a ela por instinto, movendo os pés pela paisagem irregular enquanto tentava não tropeçar em sapatos inadequados. Se eu tivesse *sorte*, o salto ficaria preso nas rochas, fazendo com que eu tropeçasse e caísse.

Mas não podia me preocupar com isso agora. Eu tinha de me esforçar. Correr. Escapar da horda de feras que rosnavam atrás de mim.

Um grupo de mulheres guerreiras se escondia perto da magia cintilante, com suas armas brilhando debaixo dos sóis. Seus músculos tonificados revelavam que elas estavam em forma enquanto enfrentavam os centauros com suas lâminas e arcos desembainhados.

Corri direto para elas e me abaixei enquanto elas atiravam nos centauros que me perseguiam.

— Minha arma não está funcionando! — uma garota gritou enquanto disparava a pistola repetidamente contra um Centauro.

Notei que a criatura tinha uma aura branca ao seu redor. O ser bufou para mim e depois para ela com desdém antes de seguir em frente, o que me fez franzir a testa.

Não fui eu quem o perseguiu.

Tampouco fui eu quem disparou contra ele.

No entanto, ele bufou para mim como se eu estivesse embaixo de seu casco?

Que irreal, pensei, me abaixando novamente enquanto mais armas disparavam sobre minha cabeça em direção ao grupo de centauros.

— Tem outro! — alguém gritou, acertando uma das criaturas entre os olhos.

Ele nem teve tempo de soltar um grito de morte. Simplesmente caiu morto, seu corpo maciço se espatifou no chão, e sua aura sombria se esvaiu.

Pelo menos, alguns deles podem ser mortos.

Esse pensamento pareceu ser registrado pelos outros membros do grupo, pois muitos pararam para pensar nas garotas à sua frente. Aproveitei a distração para continuar correndo enquanto processava as diferentes auras.

Parecia que aquelas com assinaturas mais sombrias podiam ser mortas.

As outras, não.

Arquivei essa informação enquanto corria em direção às candidatas com equipamentos.

— Ei!

Avistei uma Fae familiar de cabelos prateados com íris obsidiana.

Feyre.

Ela franziu a testa para mim enquanto outra se enfiava na minha frente.

— *Ei*, você. Nós somos as Elites e não estamos aceitando novas recrutas, portanto, saia do nosso caminho ou *faremos* você sair. — Ela terminou sua declaração com um estalar de dedos bem na minha cara.

Bem, esse foi um discurso e tanto.

Levantei uma sobrancelha para a mulher de cabelos, pretos lisos e presos para trás. Havia uma mecha vermelha no meio, dando uma aparência punk que eu achava, a contragosto, legal.

Encarando Feyre novamente, dei um olhar que eu esperava que dissesse: *e quem é essa vadia?*

Não éramos exatamente amigas, mas nos conhecíamos.

É claro que esse encontro terminou com ela jogando um punhal em mim. Então, sim, definitivamente não éramos amigas. Apenas conhecidas, na melhor das hipóteses.

No entanto, seus lábios se curvaram um pouco para o lado.

Mas ela não fez nenhum movimento para me ajudar.

Não era de se surpreender.

A garota punk estalou os dedos novamente, fazendo com que eu decidisse chamá-la de *Rainha Vadia*, já que ninguém queria se apresentar.

Ela não é bem-vinda aqui, então.

— Vá embora antes que eu faça você ir — ela me ameaçou.

Levantando as mãos, dei dois passos para trás.

— Não estou procurando aliadas ou problemas. Só estou em busca da saída.

A mulher semicerrou os olhos para mim e depois bufou.

— Boa sorte. Se não conseguimos encontrá-la, duvido muito que uma *Halfling* magricela como você consiga.

Isso me fez ranger os dentes.

Halfling magricela? Sério?

Um centauro arranhou o chão a alguns metros de distância, logo atrás de um dos poços de lava.

Em seguida, atravessou o líquido ardente sem recuar.

Caramba, esses Centauros são intensos.

A Rainha Vadia se virou para ele e uma arma caiu em sua mão enquanto ela analisava a trajetória dele. Sem o poço de lava, ele tinha um caminho reto livre em nossa direção.

Bem, nossa e de outro grupo de garotas.

No entanto, esse grupo era bem diferente das *Elites*, seja lá que merda *isso* significasse, pois todas usavam o uniforme de camiseta branca e calça preta, e não pareciam ter armas.

Elas também pareciam aterrorizadas.

Havia uma clara divisão entre as que estavam preparadas para o teste e as que estavam apenas tentando sobreviver.

A Rainha Vadia liderava o grupo de membros *preparadas*, algo que ela provou agora ao tirar um objeto da bolsa e jogá-lo perto do outro grupo de mulheres.

Um estalo alto explodiu, chamando a atenção do Centauro.

Entreabri os lábios. *Essa vadia usou intencionalmente outras candidatas como escudo?*

— Vamos, Feyre — a Rainha Vadia chamou. — Vamos descobrir o truque para esse teste. Você fica com o sul. Eu fico com o norte.

Feyre franziu a testa para o grupo de mulheres agora encurraladas pelo Centauro salivante e por um poço de lava. Elas estavam amontoadas, com um medo real gravado nas expressões.

— *Feyre* — a Rainha Vadia grunhiu.

Um simples olhar para mim continha todas as informações de que eu precisava saber sobre Feyre.

Ela não gostava da Rainha Vadia tanto quanto eu, mas, por algum motivo desconcertante, encostou o queixo no peito e seguiu na direção que eu supunha ser o sul.

Um grito me distraiu quando o centauro empalou uma das noivas, o que fez meu sangue ferver.

Não vou me envolver.

Não vou fazer isso.

Regra número seis dos Fae do Submundo: Cuidar apenas de si mesmo... e de mais ninguém.

Cerrei os dentes enquanto repetia a regra mais três vezes. Em seguida, passei pela Rainha Vadia, enfiei a mão em sua bolsa e peguei uma das bombas.

Outra garota gritou, fazendo com que eu apertasse a mandíbula.

Sim, que se danem as regras, pensei, jogando o dispositivo no chão perto dos meus pés.

— Que merda é essa? — a Rainha Vadia gritou quando a explosão redirecionou uma manada de Centauros diretamente para nós.

Abrindo caminho entre as Elites, deixei seus gritos em meu rastro enquanto os Centauros avançavam sem piedade. *Diretamente sobre o poço de lava.*

Todos eles possuíam auras sombrias, e seus olhos vermelhos brilhavam com loucura, com aquelas sombras distorcendo suas outras características. Além disso, os chifres estavam manchados de sangue.

A magia cintilante no ar me fez pensar se tudo isso era uma miragem.

Ou se Lúcifer não estava mais sendo misericordioso, tornando isso realidade.

Os gritos das candidatas moribundas sugeriam que era a segunda opção. Ou talvez nada disso tenha sido uma miragem e a magia que eu sentia fosse algo completamente diferente.

De qualquer forma, precisávamos *correr*.

As Elites estavam atrás de mim, correndo ao longo da paisagem e se empurrando para fora do caminho. Uma delas pegou minha lateral, me batendo em uma pedra afiada. Isso me fez girar, me forçando a ver a carnificina em meu rastro.

O sangue encharcava o chão, e o Submundo parecia sugar avidamente a umidade. Eu não conseguia desviar o olhar do corpo que jazia sob um monte de cascos.

Então, os Centauros fizeram algo estranho. Eles começaram a lutar pelo cadáver.

Os enormes animais lançaram todo o peso de seus corpos uns contra os outros. Seus chifres se chocaram, fazendo com que um enorme estrondo ecoasse pela paisagem.

Enquanto as outras candidatas aproveitaram a oportunidade para correr pelo caminho iluminado, eu me agachei atrás de uma pedra e observei a cena se desenrolar com uma mistura de fascínio e horror.

O zumbido no ar estava mais forte agora.

O que está acontecendo?

Eu deveria correr. Sabia que deveria correr. Mas não conseguia parar de olhar. Os Centauros não estavam mais perseguindo. Eles estavam muito ocupados brigando.

Mais magia aqueceu a atmosfera, fazendo com que eu contraísse o nariz com a necessidade de espirrar.

Então, a garota no chão se dividiu em duas, como

quando eu vi Lúcifer de pé e fazendo seu discurso, mas, ao mesmo tempo, sentado e parecendo entediado.

Ele não parecia ter gostado do fato de eu ter conseguido ver através de seu encantamento.

E duvidava que ele ficaria tão satisfeito com o que eu podia ver se desenrolar diante de mim agora.

Uma cena horrível de uma fêmea abatida.

E outra do chão girando em torno de uma fêmea perfeitamente ilesa. Ela não estava em pedaços ou mesmo ensanguentada. Pelo menos, não essa versão dela.

Ela parecia confusa e desorientada.

Um Centauro envolveu-a com os braços e a segurou contra o peito. Ele estava lutando segundos atrás. Mas parecia ter vencido.

A garota ficou olhando para ele quando uma língua longa e rosada saiu das sombras que escondiam o rosto dele e roçou sua bochecha.

Ela... deu uma risadinha.

Ela deu uma risadinha?

O Centauro pareceu satisfeito com a reação dela ao ser lambida no rosto e a puxou para as costas dele, como se a moça estivesse montada em um cavalo. Ele ofereceu sua longa crina para que ela a segurasse e a garota a pegou, com um olhar de perplexidade cruzando seu rosto.

Uma aura branca brilhou ao redor do centauro, e as sombras em seu rosto desapareceram brevemente, revelando belas feições. Seus olhos vermelhos ainda eram ameaçadores, mas, de maneira inexplicável, eu sabia que ele era um dos bons.

Bem, talvez *bom* não fosse o termo certo. Ainda havia algo que eu estava perdendo.

A onda circular de energia turva a seus pés se abriu e a garota gritou quando eles caíram na escuridão.

Mas que merda é essa?

Com o Centauro de aura branca e a candidata desaparecidas, não havia nada para distrair o rebanho restante.

Um mar de olhos vermelhos girou em minha direção.

Eu claramente ultrapassei meu tempo de permanência aqui em busca de respostas.

Xingando, olhei para o longo trecho do caminho iluminado que era minha única rota de fuga. Um grupo de noivas na frente estava quase no final, um local que eu havia notado que as elites evitaram. Parecia uma espécie de linha de chegada, e eu me perguntei se os Centauros não conseguiriam atravessá-la, como uma espécie de barreira ou campo de força.

Minhas perguntas foram respondidas imediatamente quando o primeiro grupo de fêmeas pulou sobre a ruptura no solo.

Apenas para despencar em um penhasco invisível.

Minha coluna se arrepiou.

Pode parecer uma passagem de fronteira.

Não caia nessa.

Os centauros bufaram, chamando minha atenção de volta para eles enquanto me cercavam lentamente.

Eles pareciam se sentir em casa nessa paisagem horrivelmente quente, como se respirassem fogo diariamente.

E comessem garotas no jantar. Assustadores pra caramba.

Eu não estaria rindo se eles me provassem para o jantar.

Mas algo me incomodava. Não pude deixar de sentir que as feras eram uma chave para as provas, algo que eu deveria entender ou descobrir.

Talvez tivesse algo a ver com as auras. Até agora, vi animais brancos e pretos, e os pretos eram bastante hostis e atacavam sem provocação.

Os de aura branca só atacaram em resposta a uma agressão, o que, se alguém tivesse disparado uma arma contra mim, eu provavelmente também faria o mesmo. Eu não podia culpá-los.

Talvez eu pudesse negociar.

Porque todos esses centauros tinham auras brancas.

— Então, hum, o que vocês fazem por aqui como esporte? — perguntei, tentando ao máximo dar um sorriso enquanto abria as mãos em um movimento não ameaçador.

O Centauro mais próximo de mim soltou uma bufada parecida com a de um touro que não soou muito amigável.

— Você gosta de carregar coisas? — deduzi. — Isso parece divertido.

Me ajoelhei e peguei uma das pedras quebradas. Ela ardia em minha mão, pois absorveu o calor do reino, mas eu não a seguraria por muito tempo.

— Vocês já tentaram fazer uma justa? — perguntei. — Vocês não precisam nem de cavalos. Podem simplesmente correr com bastões ou algo assim. — Eu ri, hesitante.

Eles não riram.

Não podia ver seus rostos, mas alguns deles inclinaram as cabeças sombrias para o lado.

Deslizei para trás em uma retirada lenta, mas bati contra algo duro e quente.

Ao olhar para cima, descobri ter tropeçado nas pernas dianteiras de um dos Centauros. Ele me olhou de soslaio, com cinzas saindo de seu rosto, insinuando que estava se preparando para me atacar.

Mas não estava. Ainda, não. Eu parecia o estar deixando intrigado.

Continue falando, Cami.

— E quanto a jogos de pega-pega? Quero dizer, vocês têm braços. Aqui, deixem-me mostrar. — Fiz uma demonstração lançando meu braço para trás e atirando a pedra com toda a força que pude. Ela voou, errando todos os centauros, mas eu não estava mirando neles.

A pedra pousou longe do caminho iluminado, desaparecendo um momento depois no centro de um poço de lava.

Mas ela não queimou.

Um barulho distinto soou um momento depois, como se a pedra tivesse atingido algo duro.

Interessante.

Era por isso que eles atravessavam a lava sem hesitar?

Será que tudo isso é uma miragem?

Isso implicaria que o zumbido espesso no ar estava fazendo mais do que lançar miragens sobre os pedestais de suprimentos e as candidatas caídas.

A paisagem inteira estava encantada.

O que sugeria que o caminho iluminado era óbvio demais... provavelmente levava à morte. Daí o motivo de as meninas terem caído do penhasco. Ou, pelo menos, presumi que elas tivessem caído. Foi o que pareceu quando elas sumiram.

Os pedestais de suprimentos também eram um chamariz para nos distrair.

Enquanto isso, a verdadeira fuga se escondia à vista de todos.

Na forma dos poços de lava, pensei, observando o mais próximo. Alguns deles podem ser reais. Mas outros podem ser portais. Seria apropriado, considerando que caímos no chão para chegar aqui também.

Eu teria que testá-los com pedras.

Supondo que eu conseguisse chegar a um deles.

Infelizmente, os Centauros pareciam bastante descontentes com meu jogo de arremesso de pedras. Todos estavam rosnando, com os cascos batendo no chão.

Me abaixei e passei por entre as patas do cavalo atrás de mim. Ele rosnou. Depois, fiz o mesmo com o amigo dele, tentando escapar da pequena armadilha sem realmente atacá-lo.

Um deles gritou quando uma garota que passava acertou um punhal na lateral de seu corpo.

Beatrix.

Ela estava indo em direção ao caminho novamente, com um rosnado em suas feições que fez os outros Centauros sibilarem e correrem atrás dela, deixando o membro caído para trás.

O centauro caiu no chão ao meu lado e soltou o mais terrível som de dor.

Franzi a testa. *Mas ele tem uma aura branca.*

As armas não foram capazes de ferir os outros com auras brancas.

Então, por que esse foi ferido? Por que ela o esfaqueou enquanto passava por ele?

Eu não tinha certeza, mas senti um pouco de pena enquanto ele se contorcia no chão e tentava ficar de pé novamente.

Os outros Centauros estavam perseguindo as noivas a toda velocidade. Algumas foram agarradas pelos braços e desapareceram nas sombras que eles pareciam gostar de criar.

Eu não queria nem saber para onde eles as estavam levando.

Um grito vindo da esquerda mostrou uma das Elites empurrando uma garota em um poço de lava, o que me fez arregalar os olhos. *Bem, essa é uma maneira de testar uma teoria...* eu não tinha certeza de como elas descobriram isso. Talvez tenham me visto jogar a pedra.

De qualquer forma, elas estavam usando outras

candidatas em vez de objetos inanimados para testar o portal.

Que adorável.

A criatura gritou ao meu lado e sua mão se enrolou na lâmina com um assobio. Ela chiou em resposta, fazendo-o gemer enquanto soltava a faca, o metal parecendo queimá-lo. O ferimento não parecia ter sido feito com a faca.

O ferimento não parecia fatal.

No entanto, claramente doía.

A névoa escura se agitou em torno de seu rosto, e seus olhos vermelhos piscaram.

— Ei — falei baixinho, estendendo a mão. — Posso ajudar? — A arma não havia machucado Beatrix, então provavelmente não me machucaria.

Mas o Centauro poderia.

Em resposta, ele se lançou contra mim, quase me acertando na cabeça com um casco.

— Tudo bem, tudo bem. — Levantei as mãos na minha frente.

Havia algo nesses animais que eu não estava vendo, e talvez, se eu pudesse entendê-los, descobriria o que eles realmente queriam.

Mordendo o lábio, pensei em um dos feitiços de Melek que eu poderia usar para extrair a lâmina. Ele me ensinou feitiços para manipular o ambiente e criar sombra, bem como comida.

Isso significava que tecnicamente eu poderia criar uma mudança na pressão ao redor da lâmina. Isso não usaria muita magia e seria suficiente para extraí-la.

Talvez.

Com sorte.

Concentrada, sussurrei as palavras que Melek me ensinou. Não queria usar a ajuda dele, mas não podia deixar essa criatura no chão desse jeito.

O Centauro fez um som gutural quando a lâmina caiu e bateu contra o chão duro.

Outra manada de criaturas atravessou os poços de lava, parecendo furiosa. Vi algumas flechas saindo de seus peitos.

Parecia que se encontraram com a Rainha Vadia e não foi nada bom.

Eles rosnaram quando me viram e atacaram.

O Centauro com a aura branca tropeçou e se levantou. Como eu previ, seu ferimento se fechou rapidamente quando a adaga foi retirada. Ele abaixou os chifres.

Mas não para mim.

— *Vá* — ele rosnou, com a voz baixa.

Pisquei.

Então eles podem falar...

Não havia tempo para pensar mais nisso, não com seus companheiros vindo em minha direção.

Corri em direção ao poço de lava onde joguei minha pedra.

Fechei os olhos.

E pulei.

Typhos

Um silêncio raro se abateu sobre a boate enquanto as candidatas à noiva se aventuravam pelos vários poços de lava.

Minha casa pecaminosa de devassidão e bebidas se transformou em uma espécie de teatro, com vários Faes do Submundo espalhados em cabines pretas com telas translúcidas pairando sobre as mesas.

Normalmente, essas plataformas eram designadas para hologramas de dançarinas... hologramas que meus homens podiam tornar corpóreos e usar em seu benefício, conforme desejassem.

Bem, corpóreos até certo ponto, pelo menos.

A realidade virtual fez maravilhas para aplacar os homens do meu reino, dando a eles maneiras de satisfazer suas necessidades sem ter que deixar a segurança do submundo.

Não foi suficiente para todos, portanto, alguns Faes do Submundo optaram por sair em busca das próprias companheiras. Entretanto, a maioria dessas companheiras não tinha permissão para passar com segurança por meus portões.

A fonte era muito seletiva. Apenas algumas fêmeas tinham permissão para entrar em meu reino, todas elas ligadas a poderosos Faes do Submundo. O que provavelmente explicava o fato de a fonte aceitar a presença delas.

Mas não era a norma.

Por isso, a atmosfera única no clube esta noite.

O perigo espreitava entre essas paredes e a expectativa também, pois os homens estavam envolvidos em um tipo de jogo diferente. Um jogo com o prêmio máximo esperando por eles no final.

Um prêmio que eles poderiam guardar. Ao contrário dos hologramas, que não eram de fato reais.

Mas pareciam quando os dispositivos certos eram acionados.

Não que eu tenha experimentado. Eu tinha Melek para minhas atividades prazerosas.

No entanto, eu gostava do Hidromel do Fogo do Inferno, uma bebida que envergonhava qualquer mistura mortal ou fae. Uma que eu agora segurava em minha mão enquanto caminhava pelo clube para observar meus súditos.

O espaço era grande o suficiente para abrigar todos os machos Faes do Submundo elegíveis que tinham participações nos testes. E quase todos estavam aqui.

Incluindo Melek.

Minha magia alimentava as exibições que todos assistiam, proporcionando uma saída muito necessária para o poder que florescia em minhas veias. Também emprestei minha energia para fortalecer o glorioso anel de fogo próximo ao centro do clube. O círculo se estendia em torno da área central que eu normalmente reservava para o meu trono na plataforma elevada.

Sempre me sentava ali para observar os Faes do Submundo e me colocar à disposição para suas perguntas e pedidos.

Mas não me sentei lá hoje.

Apenas a mantive acesa para iluminar o clube enquanto todos observavam suas candidatas escolhidas nos testes.

O primeiro teste não foi difícil, pelo menos para os meus padrões. As miragens eram simples de criar e fáceis de ver através delas se a pessoa fosse observadora. Não exigia magia. Apenas intuição.

Intuição que Camillia De La Croix parecia possuir em abundância.

Eu a observava na tela enquanto tomava minha bebida. Melek se sentou diante de mim, ciente da minha presença atrás dele.

Meu companheiro colocou sua bebida na mesa de pedra vulcânica, mas senti sua agitação.

Essa sensação parecia estar afetando a atmosfera da sala enquanto os outros xingavam quando suas candidatas faziam escolhas que os desqualificavam para os eventos principais ou às levavam a morte.

Eu não tinha pena das noivas em potencial.

Na verdade, eu as invejava.

Elas viviam o momento. Conheciam apenas a luta pela sobrevivência. Muitas estavam tendo a chance de provar seu valor... uma chance que nunca tive.

E aquelas que fugissem cegamente seriam tratadas como gado.

Abatidas.

Ou comidas.

Ao terminar a bebida, esmaguei um pedaço de gelo.

Ele derreteu instantaneamente em minha língua por causa do meu calor implacável.

Um xingamento soou de uma mesa próxima. Não me dei ao trabalho de olhar. O objetivo desse acordo era garantir que meus Faes do Submundo escolhessem as candidatas certas. Isso exigia aprendizado por parte de homens e das mulheres envolvidas.

A qualidade era importante aqui.

Não a quantidade.

Algo que muitos dos meus homens estavam descobrindo agora, pois dividiram seus presentes entre várias candidatas em vez de se concentrarem em uma só.

Talvez eles tomassem decisões melhores na próxima rodada.

Passei a mão em volta de Melek para colocar o copo ao lado do dele e apoiei a cabeça em seu ombro enquanto ele observava a Candidata Sessenta e Seis.

— Ela usou algum de seus presentes? — perguntei baixinho, imaginando que outros itens intangíveis ele poderia ter dado a ela. *Não havia muitos que poderiam se comparar a um vínculo de acasalamento.*

Ele semicerrou os olhos como se tivesse ouvido meu pensamento. Talvez tenha. Mas sua resposta foi à minha pergunta sobre presentes.

— Não.

— É por isso que você está irritado? — perguntei em voz baixa e beijei seu pescoço.

— Na verdade, não.

— Mentiroso — sussurrei, mordiscando o lóbulo de sua orelha.

— Ela usou um feitiço para curar um centauro — ele respondeu enquanto eu contornava a cabine para me acomodar ao seu lado.

— E isso o incomoda? — Porque achei bastante

admirável. Chocante, também, pois eu não percebi que ela podia usar magia.

E estranhamente... *cativante.*

Ela abordou tudo com um olhar perspicaz, observando o ambiente ao seu redor antes de tomar decisões e até mesmo tentando fazer amizade com os Centauros - o que me fez rir um pouco.

Como se meus Faes Pesadelos quisessem perseguir *pedras.*

Teria sido humilhante se eu não tivesse achado tão adorável.

Ninguém mais que observei tentou essa abordagem. É claro que eu não analisei muitas das outras. Eu estava mais intrigado com as reações de Melek do que com as candidatas de fato, e Camillia era a única que ele parecia interessado em observar.

Como ele se uniu a ela no primeiro nível, não fiquei surpreso com sua escolha.

Mas isso me deixou curioso o suficiente para observá-la junto dele.

Eu nunca o vi tão sério, sua expressão parecia gravada em pedra enquanto ele a observava durante o primeiro teste.

— Dei esse conhecimento para usar em si mesma, mas ela escolheu usá-lo para ajudar outra pessoa.

— E isso o incomoda?

Seus lábios se curvaram para baixo.

— Não. Na verdade, me agrada bastante.

— Ah? É por isso que você está franzindo a testa?

Ele olhou para mim.

— Estou apenas confuso sobre o porquê de ela estar rejeitando o conhecimento que dei.

Ah. Então, seu orgulho estava ferido porque a fêmea rejeitou sua versão de presente.

— Talvez ela não queira usar a magia como muleta — sugeri.

Ele refletiu por um momento.

— Talvez. — Seu foco voltou para a tela escura. — Quanto tempo isso vai durar?

— Até que esta parte do teste seja concluída. — As garotas que encontraram os portais dos poços de lava continuariam a girar até que cada uma delas fizesse seu respectivo movimento.

— Elas vão ficar tontas — Melek comentou.

— O que deve tornar o labirinto muito mais divertido.

— Ou ele terminaria rapidamente com várias candidatas inconscientes.

Suponho que logo veríamos.

— Você deu a ela um feitiço para ajudar com dores de cabeça? — perguntei a ele.

Ele me deu um olhar conhecedor.

— Você só quer saber quais feitiços compartilhei com ela.

Dei de ombros.

— Estou mais curioso para saber como você sabia que ela podia usar feitiços, para começar. — Isso não era algo que muitos Faes conseguiam fazer, muito menos uma *Halfling*. Sua alma não estava conectada à Fonte dos Faes do Submundo, o que significava que ela tinha que usar o poder dentro de seu próprio espírito, uma habilidade que a maioria dos Faes não possuía.

Os olhos de Melek brilharam com segredos.

— Ela é especial, Ty.

— Se ela tem seu interesse, é mais do que especial — respondi.

Ele passou os nós dos dedos em minha mandíbula e sua expressão se aqueceu.

— Assim como você.

Em qualquer outro dia, eu teria zombado da declaração e revirado os olhos. Mas ouvi-la agora significava algo para mim. Segurei sua mão e dei um beijo na parte interna de seu pulso, agradecendo-o sem palavras.

Ele sustentou meu olhar por um instante.

— Só dei feitiços atmosféricos, principalmente para ajudar com a temperatura e a criação de alimentos. A maneira como ela curou aquele Centauro não era o que eu pretendia que ela fizesse, mas certamente disse muito sobre seu caráter.

— Sim — admiti.

— Então, talvez ela consiga puxar o vento ao seu redor para ajudá-la a se manter estável quando terminar de cair. — Ele deu de ombros. — Ou ela continuará a ignorar meus presentes.

Depositei outro beijo em seu pulso, soltando-o.

— O tempo dirá.

— Verdade. — Ele pegou seu copo novamente, sussurrando um encantamento para enchê-lo mais uma vez. Ele também conjurou a bebida, optando por usar sua magia em vez de solicitar qualquer tipo de serviço.

— Os patrocinadores têm direito a cabines privadas, sabia? — comentei enquanto começava a mexer na tela. — Você não precisa ficar escondido no canto e cuidar de suas próprias bebidas. Temos uma equipe para isso.

— Tecnicamente, eu sou um patrocinador? — ele perguntou. Seus olhos focaram nas imagens quando eu comecei a rolar a tela para encontrar outra pessoa para observar enquanto esperávamos o fim dessa parte.

— Não sei. Você é? — Olhei para ele.

Ele deu de ombros.

— Estou indeciso.

Eu o considerei por um longo momento, notando que

a agitação que se desprendia dele não se devia tanto à irritação, mas à preocupação subjacente com a garota.

— Melek. — Seus olhos multicoloridos encontraram os meus. — Sabe que eu a daria para você, não é? — Eu já havia dito isso mais de uma vez, mas repeti, só para deixar claro. — Então, você não teria que se preocupar com ela.

— Não estou preocupado. — Seu tom confirmou que ele estava falando sério, mas aquela nota de agitação continuou a permear o ar entre nós. Eu conhecia bem o meu príncipe. Ele podia não achar que estava preocupado, mas, no fundo, ele se importava se a garota viveria ou morreria. E algo me dizia que não era apenas por causa do que aconteceria com sua alma se ela morresse.

— Preciso ver o que ela é capaz de fazer antes de decidir como proceder — ele acrescentou depois de um momento de silêncio.

— Com o acasalamento? — perguntei, voltando meu olhar para as telas a tempo de ver uma das candidatas deslizar para as costas de outro Centauro. Eles pareciam estar encontrando várias noivas em potencial. *Que bom*.

— Com tudo — Melek respondeu de forma enigmática.

— Hum — murmurei. — Mais jogos.

Ele apenas sorriu, depois pegou o controle remoto para desligar a tela quando um dos meus Cães do Inferno se aproximou com um tablet dourado nas mãos.

Arqueei uma sobrancelha.

— Os tenentes reais não devem se apresentar até o final do teste.

— Alguns estão enviando relatórios intermediários — ele respondeu com a voz rouca.

Melek deu uma risadinha ao meu lado.

— Acho que eles estão ansiosos, milorde. — Ele pegou o tablet. — Obrigado, Payan.

O Cão do Inferno assentiu, depois se afastou lentamente enquanto Melek colocava o tablet entre nós na mesa. Minha bebida foi reabastecida no instante seguinte, pois meu príncipe sussurrou um feitiço para encher o copo, assim como fez com o seu.

— Vamos ver como as coisas estão indo? — ele perguntou, apoiando a palma da mão sobre minha coxa para permitir que eu assumisse o tablet.

— Outro jogo? — perguntei quando seu toque começou a subir.

— A sedução é um jogo? — ele rebateu.

— Com você? — Encontrei seu olhar multicolorido. — Sempre.

Seus lábios se curvaram.

— Então é um jogo que você gosta. — Ele passou o dedo pelo zíper da minha calça e pela crescente excitação por baixo dele. — Ligue o tablet, meu rei. Quero ver como seu reino está se saindo.

— Sempre me lembrando do meu dever — murmurei, irritado e divertido ao mesmo tempo. Porque não era eu que estava distraído com esses testes, como evidenciado por seu olhar que se dirigia a algumas das outras mesas para verificar suas telas.

Não chamei sua atenção para essa distração, mas preferi abrir a mensagem do Rei Zul no tablet.

Vinte passaram, quatro baixas. Elas estão sendo escoltadas para seus aposentos agora.

Digitei uma resposta rápida pedindo para me manter atualizado.

Em seguida, meu dispositivo pessoal tocou no pulso.

— Alguém é popular — Melek ronronou, ainda traçando o dedo no zíper em uma carícia provocante.

Grunhi e puxei a manga da camisa para ler a mensagem gravada em minha pele.

Somente eu podia ver as mensagens que apareciam em meu DNA. Essa era uma das muitas tecnologias exclusivas que reuni em meus negócios ao longo dos anos, com várias espécies de Faes e não Faes.

Os pais da Candidata Sessenta e Seis parecem estar fora do reino. Tentei algumas maneiras diferentes de localizá-los, mas todas falharam. É como se eles tivessem desaparecido.

Franzi a testa.

— Não está a fim hoje, meu rei? — Melek perguntou. Seu toque queimava minha pele mesmo através da calça.

— Você sabe que estou sempre a fim para você — eu disse, batendo no braço enquanto escrevia uma resposta para Azazel.

Volte para casa.

Se ele não conseguiu encontrar os pais dela pelos meios habituais, então teríamos de tentar um método diferente: usando a Fonte dos Faes do Submundo. O pai dela poderia não estar mais sob meu contrato, mas sua alma ainda estava conectada ao seu direito de nascença por meu intermédio.

Eu o encontraria.

Depois, mandaria Az atrás dele.

Mas isso teria que esperar até depois do teste de hoje e, potencialmente, do próximo, já que eu tinha muito poder para expulsar na próxima semana.

— Você está bem? — Os dedos de Melek se acalmaram contra mim.

— Sim. Apenas surpreso. — Az era um poderoso rastreador. Evitá-lo era uma façanha difícil, que poucos conseguiam realizar. Isso levantou várias outras bandeiras vermelhas no que dizia respeito à Camillia De la Croix. Eu realmente preciso saber mais sobre essa garota.

O tablet dourado vibrou novamente, dessa vez com uma mensagem do Rei Stallus.

Dezenove companheiras em potencial. Sete baixas.

Era um bom número e, embora as baixas fossem esperadas, uma taxa de falha de vinte e dois por cento era aceitável. Meu desapontamento anterior se dissipou, fazendo com que eu recuasse os ombros.

Inclinei o tablet na direção de Melek e ele assentiu.

Em seguida, a tela principal ganhou vida mais uma vez quando a próxima fase começou, fazendo com que seu toque recuasse.

Fosse quem fosse essa mulher, ela definitivamente capturou a atenção do meu príncipe.

O que significava que agora ela também tinha a minha.

Um destino que provavelmente a levaria à perdição.

Melek

Aí está você, anjinho, pensei quando seu rabo de cavalo loiro apareceu. Não conseguia vê-la direito, pois o túnel ao redor dela era bastante escuro. Mas a silhueta de Cami era suficiente para que eu a reconhecesse.

É claro que o número piscando na tela também confirmava sua identidade.

Resisti à vontade de acariciar sua figura enquanto ela olhava ao redor, tentando enxergar.

— Pelo menos, ela está de pé — comentei, imaginando como ela devia estar tonta depois de tantos minutos de queda incessante.

— E de salto alto — Thypos respondeu.

— Sim, porque você não permitiu que ela se trocasse.

— Você poderia ter dado a ela um encantamento para roupas.

— Hum — murmurei. — Talvez eu tenha preferido o vestido. — Era bastante revelador, o tipo de tecido que se deseja remover de uma mulher. — Em vez disso, optei por auxiliá-la com a alimentação. — O calor tornava as roupas irrelevantes. Honestamente, seria melhor se ela corresse nua durante as provas.

Claro que isso a prejudicaria em uma eventual prova em que isso fosse uma exigência.

Portanto, seu vestido serviria por enquanto.

— Tal como Ajax — Ty refletiu.

— Sim. *Tal como o Ajax* — repeti, sorrindo para mim mesmo.

O Fae da Meia-Noite fez meu jogo ontem, verificando como ela estava e depois lhe oferecendo comida de presente. Ele até a envolveu em um encantamento de resfriamento, que provavelmente a acompanhou em seu primeiro teste.

Um círculo de fogo se formou ao redor do copo de Ty, que estava ao meu lado. Seu poder se intensificou quando ele tentou adicionar um elemento perigoso à sua bebida preferida. Notei sua garganta se mover enquanto ele engolia um pouco do líquido ardente. Seu controle era resoluto.

No entanto, senti a leve rachadura em seu interior, uma imperfeição que demandava meu reparo constante.

A fonte cresceu exponencialmente ao longo dos anos, direcionando cada vez mais energia para Typhos. Ele lidava bem com isso na superfície, mas eu sentia o impacto que manter tudo em equilíbrio causava em sua alma.

Ele não admitia publicamente.

Mas tudo bem.

Eu tinha conhecimento da verdade. E eu o ajudaria a se restabelecer. Ao longo do tempo.

Voltei a me concentrar na tela enquanto Camillia avançava devagar. Sua postura e ritmo me indicavam que ela estava prestando atenção ao ambiente ao seu redor.

Boa garota, pensei. *Mas você poderia gerar uma luz.*

Já que dei a ela um feitiço para isso.

É claro que ela não estava fazendo uso dele.

Porque não confiava em mim.

No entanto, repetiu prontamente o feitiço de acasalamento.

Foi isso o que me confundiu... por que ela aceitou esse presente e não o conhecimento? Será que ela não acreditava que eu a protegeria? Porque, mesmo agora, eu podia sentir minha alma enviando energia em sua direção para garantir sua proteção. Protegendo-a no escuro. Pulsando vida em suas veias.

Por que está ignorando um feitiço tão óbvio? eu me perguntava. *Crie uma pequena chama, anjinho. Use-a para guiá-la.*

Infelizmente, ela continuou a se mover pelo labirinto, e sua figura só era visível aos meus olhos devido à tecnologia aprimorada que a seguia.

A mão de Ty tocou minha coxa e me apertou.

— Você continua tenso.

— Continuo? — Relaxei ao seu lado e apoiei a cabeça em seu ombro, mantendo o olhar fixo na tela escura. — Talvez você possa me ajudar com isso.

Ele passou os dedos pela minha calça, seguindo até a virilha.

— Você ainda me deve seis noites, pequeno príncipe — ele sussurrou em meu ouvido.

Estremeci, suas palavras elevaram minha temperatura corporal.

— Devo mesmo, milorde. — Talvez tenhamos experimentado um momento na noite passada após meu acasalamento com Cami, mas isso não significava que eu renegaria meu acordo com Ty.

Na verdade, provavelmente eu encontraria um meio de prolongá-lo.

Sempre gostei de tê-lo dentro de mim, algo que sentia que, agora, mais do que nunca, ele precisava ser lembrado.

— Pense nisso como uma rodada de aquecimento — propus em tom baixo, abrindo as coxas para facilitar o acesso.

Ele estendeu a mão para expandir a tela de Camillia, fazendo com que ela ocupasse mais espaço na mesa. Eu a mantive discreta para ocultar meu interesse dos outros, mas um raio de magia caiu em cascata ao nosso redor como uma cortina, formando uma pequena cabine de observação privada para mim e Ty.

— Se não vai aceitar uma das cabines de patrocínio, vou criar uma para você — Ty afirmou, tocando meu pescoço com os lábios. — E vou garantir pessoalmente que todas as suas necessidades sejam atendidas.

Meu estômago se contraiu.

— Hum, adoro a maneira como isso soa, meu rei.

— Sei que gosta — ele respondeu, passando a mão sobre o zíper da calça e alcançando o cinto. — Mantenha os olhos fixos na tela, Melek. Me diga o que ela está fazendo.

— Ainda está escuro, milorde.

— Não por muito tempo — ele murmurou, soltando a fivela com habilidade antes de abrir o botão no topo da calça.

Seu calor me envolveu, seu cheiro apimentado me fez lembrar canela em brasa, me fazendo suspirar. Eu amava esse homem mais do que as palavras poderiam expressar. E foi por isso que arrisquei tudo por ele.

Ele interpretou meu acasalamento com Cami como uma afronta à nossa conexão.

O que ele não percebia era que eu a escolhi para nós.

Esses testes se destinavam para os Faes de Submundo

que buscavam companheiras, mas para mim, eram muito mais do que isso.

Quando Cami pegou aquele livro na biblioteca, ela se tornou nossa.

Eu só esperava que ela correspondesse ao seu potencial e confirmasse minhas suspeitas.

Ela parecia estar fazendo um trabalho admirável enquanto continuava a percorrer os túneis em busca de qualquer sinal de vida.

Compartilhei esse detalhe com Ty enquanto ele acariciava minha clavícula. O zíper da minha calça fez um zumbido na cabine quando ele o abriu, revelando meu corpo cada vez mais rígido.

As pontas de seus dedos roçaram minha pele sensível e seus dentes mordiscaram o botão da minha camisa para abri-la.

Meus batimentos cardíacos ecoavam nos ouvidos enquanto ele se dedicava a abrir um botão de cada vez.

— E agora? — ele perguntou, passando a língua pela parte superior do meu abdômen.

— Ainda está escuro — eu disse, mantendo os olhos fixos na tela enquanto seu hálito quente me acariciava.

Isso não era nada do que ele pediu em seu acordo.

Mas entendi que viria *depois*.

Essa era a versão do pedido de desculpas de Ty. Uma maneira de ele se submeter enquanto buscava perdão por duvidar de mim.

Eu o perdoei assim que o vi no palco hoje.

Mas não importava.

Ele precisava assegurar sua posição em minha alma, me lembrar de quem era meu dono, que eu era *dele* e o que significávamos um para o outro.

Mas não se tratava de ciúme.

Eu tinha certeza de que ele estava falando a verdade ao afirmar que eu poderia ficar com Cami.

Ele não me negaria o prazer de seu toque, apenas pediria para se juntar a ela.

Não, se tratava de provar para mim que ainda éramos uma equipe. Que, embora ele pudesse ostentar o título de *rei*, éramos iguais.

Passei os dedos pelos seus cabelos longos e grossos, adorando a sensação contra minha mão. Não era uma forma de orientá-lo... jamais sonharia em dizer a esse homem o que fazer, apenas uma forma de abraçá-lo. De expressar que eu entendia. De dar a ele poder absoluto para fazer qualquer coisa que desejasse.

E, neste momento, parecia que ele queria meu pau em sua boca.

Porque ele desejava meu prazer.

Meu esperma.

Minha essência em sua garganta.

Outro lembrete para nós dois de que pertencíamos um ao outro. *Sempre*.

Um flash de luz capturou meu foco quando as belas feições de Cami apareceram na tela.

— Hum, ela aparenta estar cansada. Mas continua deslumbrante. E o vestido está prestes a cair. — Não que estivesse firme desde o começo. — Há um rubor discreto em seus seios, indicando que seus mamilos são como lindos botões de rosa. — O que me deixou com água na boca por ela.

Ty deslizou para o chão e se ajoelhou entre minhas pernas.

— O tipo de mamilos que você deseja provocar com a língua? — ele perguntou antes de passar a própria língua na cabeça do meu pau.

— Sim — sussurrei, passando a mão por seu cabelo

para entrelaçá-la por baixo dos fios longos e agarrar sua nuca. — Quase quero implorar para que ela sempre participe dos testes com esse vestido. — Porque ele ficava delicioso nela, praticamente esculpido em suas curvas e não deixava espaço para imaginação.

Especialmente quando as faixas que circundavam os seios começavam a se mover.

— Definitivamente, as pontas são rosadas — confirmei antes que ela pudesse recolocar o vestido no lugar. — Mas ela não gosta de exibi-los.

— Posso fazer com que ela não tenha escolha. Basta dizer as palavras, pequeno príncipe — ele falou contra o meu pau, depois me engoliu até o fundo da garganta, me fazendo esquecer por um instante o que estávamos falando.

Em seguida, a câmera deu um zoom no rosto de Camillia, exibindo as gotas de suor que escorriam por sua pele.

— Os túneis a estão deixando quente — eu disse, com a voz mais gutural agora que Ty começou a me torturar. — O ar seco parece estar afetando sua respiração. — Notei que o peito dela se movia rapidamente e os lábios carnudos se entreabriram de uma forma que me lembrava sexo.

Ela ficaria dessa maneira embaixo de mim: corada, ofegante, suando e gemendo.

Algum Minotauro já sentiu o cheiro dela? Ty perguntou em minha mente, com a boca ocupada demais para fazer a pergunta em voz alta.

Levantei a mão para passar os dedos pela tela translúcida, procurando a forma imóvel de Camillia. A súbita claridade parecia tê-la levado a observar o ambiente mais uma vez. O que era um problema, pois aquelas tochas serviam como um sinalizador... algo que os Minotauros usariam para encontrá-la.

— Ainda não — eu disse. — Mas logo vão encontrar.

Ty murmurou em concordância, a vibração atingiu diretamente as minhas bolas.

— *Puta merda* — sussurrei, inclinando a cabeça para trás e soltando um gemido que não consegui conter.

Concentre-se na tela, Ty me alertou, roçando os dentes em minha pele.

Apertei sua nuca, mas fiz o que ele ordenou, e meu olhar encontrou Camillia mais uma vez.

— Há vários arranhões nas mãos e nos braços dela — gritei, tanto em resposta à maneira deliciosa com que ele me sugou quanto ao meu descontentamento por vê-la machucada. — Dei encantamentos que poderiam ajudá-la com o problema da temperatura. Ela claramente não está fazendo uso deles.

Você vai puni-la por não aceitar seus presentes? ele me perguntou baixinho. *Amarrá-la com suas cordas, talvez?*

Meu abdômen se contraiu com a imagem que suas palavras evocaram: Camillia amarrada e indefesa em minhas cordas de cânhamo macio.

— Eu deixaria os seios dela livres para brincar com aqueles mamilos — confidenciei, voltando a olhar para os seios dela. — Eu amarraria outra entre suas coxas para que, a cada movimento, tocasse em seu clitóris, deixando-a chorando por mais. — Meu foco mudou para o tecido que flertava com suas longas pernas, as fendas expondo músculos tonificados quando ela começou a se mover mais uma vez.

Ao ver os vislumbres da pele clara, tive vontade de arrancar o vestido para explorar o que havia por baixo.

Mas isso era assunto para outro dia.

Meus quadris se flexionaram quando Ty me puxou

ainda mais para sua garganta, garantindo que eu sentisse seu domínio, seu comando, sua presença.

— Ela está... — parei de falar, engolindo em seco enquanto o suor percorria minha pele. — Ela está correndo agora. Está se arrastando sobre as pedras. Correndo pelo trajeto. — *Puta merda.* Eu estava muito perto de explodir, mas me recusava a fazer isso enquanto ela ainda estava fugindo para salvar sua vida. — Ela escolheu um túnel menor. — As palavras saíram em um som rouco e meu orgasmo se aproximou mais, tanto pela habilidade da boca de Ty quanto pela adrenalina que trovejava em minhas veias.

Corra, Cami. Corra.

Mas ela foi sábia em sua escolha.

Os Minotauros eram criaturas grandes que não seriam capazes de persegui-la naqueles corredores estreitos.

O que indicava que ela sabia que eles estavam por perto.

Infelizmente, os túneis menores ainda faziam parte do jogo. Todos integravam o elaborado labirinto que os Minotauros criaram para suas possíveis companheiras.

Ela já encontrou algum dos presentes? Ty perguntou, diminuindo o ritmo à medida que se afastava até a ponta. *Você acha que ela aceitará algum?*

— Não sei — murmurei, arqueando mais uma vez enquanto ele me levava até a base. — E ela está indo para o lado errado. — Eu conhecia o labirinto porque vi os planos quando o Rei Minotauro os compartilhou com Ty.

Isso não significa nada, Ty respondeu. — Ela ainda pode encontrar o caminho — ele acrescentou em voz alta enquanto seus lábios roçavam minha cabeça úmida.

— Sim. — A frase saiu em um exalar de ar enquanto ele continuava seu tormento sensual, passando a mão por dentro da minha calça para segurar minhas bolas.

Inclinei a cabeça para trás, mas Camillia havia acabado de chegar a outra encruzilhada, e suas feições cansadas capturaram minha atenção mais uma vez. Ela parecia exausta, mas determinada, seus olhos acinzentados me lembravam metal cintilante. A tocha a acompanhou, servindo como um farol para os Minotauros que estavam acompanhando seus movimentos.

— Ela acabou de alcançar o ponto em que pode corrigir seu erro — eu disse a Ty, com um tom ainda mais profundo e necessidade sensual. — A travessia do quadrante.

Uma necessidade que ele satisfez ao passar os dentes pela base do meu pau.

Ty sabia exatamente a que ponto eu me referia, o trajeto de quatro vias que levava a direções diferentes. Ela não precisou usar nenhuma magia para encontrar a rota certa, usou apenas seus sentidos e sua inteligência.

Cami se ajoelhou e passou os dedos sobre os seixos no chão. As paredes tremeram novamente quando os Minotauros rugiram, mas ela ignorou e se concentrou na tarefa que tinha em mãos.

Contei os detalhes para Ty e acrescentei: *Boa garota*, em minha mente. *Boa garota. Puta merda...*

Ty estava aumentando seus movimentos agora que ela estava se aproximando do fim.

Ele queria que eu gozasse com a vitória de Cami, que eu me sentisse como se estivesse ao lado dela, comemorando com ela. Ao mesmo tempo, ele me lembrava com sua boca a quem eu pertencia.

Cami cheirou o ar, fazendo com que meus músculos se contraíssem ainda mais, a expectativa de seu sucesso se misturando com a boca experiente de Ty.

Sim, é isso mesmo, pensei, falando com Ty, mas também com Cami. *Continue.*

Cami se inclinou em um dos túneis e fechou os olhos enquanto suas narinas se dilatavam.

O Minotauro teria deixado comida como presente, pois eles gostavam de cozinhar quando estavam em forma humana. Entretanto, quando uma fêmea visitava um Minotauro, era comum que ela estivesse no cardápio.

Cami teria que encontrar a comida para provar que era digna da refeição.

Como um rato em um labirinto, Ty pensou em minha mente. *Em busca do queijo*.

Engoli em seco. Minha pele estava úmida com uma combinação de nervosismo e gratificação adiada.

Vai me proporcionar uma refeição, pequeno príncipe? Ty perguntou baixinho. *Vai me dar algo que eu possa engolir?*

— Puta merda — ofeguei, observando Cami seguir o caminho correto. Meu coração acelerou em uma combinação de triunfo e necessidade, me deixando sem ar.

Apertei uma das mãos contra a mesa de pedra vulcânica, segurando Ty com a outra mão como se ele tivesse o sentido da vida.

Ele me abraçou mais uma vez enquanto vários gritos enchiam a boate à medida em que as candidatas perdiam as vidas para os famintos Minotauros. O objetivo era desviar minha atenção da possível morte que ameaçava Cami enquanto ela avançava pelo túnel. Ainda havia mais uma pausa no caminho, que serviria como seu teste final.

— Há quanto tempo ela está nos túneis? — perguntei a Ty, observando o cansaço extremo que a deixava mais lenta. Eu sabia que a magia dele podia mover o tempo de forma diferente, fazendo com que aquela parte inicial dela vagando pelo labirinto escuro fosse muito mais longa do que me pareceu.

Pelo menos três horas, ele sussurrou em minha mente.

— Isso é cruel — eu disse.

Ele cravou os dentes em minha base, me fazendo pular. *Eu sou cruel, pequeno príncipe. Sabe disso.*

Sádico, sibilei, quase curvando as costas na almofada de couro atrás de mim.

Masoquista, ele respondeu.

Engoli em seco. Ele não estava errado. Mas eu não me importava em desempenhar os dois papéis, algo de que o lembrei ao cravar as unhas em seu pescoço.

O rosto de Camillia se iluminou na tela mais uma vez, seu olhar ainda tinha aquele brilho de aço enquanto ela avaliava os túneis mais extensos... túneis que eram grandes o suficiente para permitir a passagem dos Minotauros.

Ela poderia tentar usar um encantamento para manipular o vento e lançar luz nas três direções para encontrar a saída, mas ela não demonstrou interesse em usar nada do que dei.

Portanto, o segredo para isso exigiria fé.

Esse era o objetivo do primeiro teste. Avaliar a capacidade de resistência e a inteligência emocional de cada candidata.

Quando Camillia começou a seguir a direção errada, meu coração desabou.

Merda.

MELEK

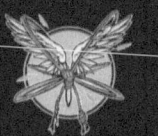

Ty ficou quieto. *O que está acontecendo?*

Ela está indo na direção errada. Se continuasse assim, decepcionaria o Minotauro que a estava caçando.

E um Minotauro desapontado tende a usar seus dentes.

— *Camillia* — eu disse, com a mandíbula apertada.

Ela fez uma pausa como se pudesse me ouvir e, como estávamos vinculados, talvez em algum nível ela pudesse.

Ty usou os dentes novamente, me avisando para não interferir muito. Mas então ele passou a língua na pele macia, aliviando a dor no minuto seguinte.

Agora, quem está brincando? perguntei a ele enquanto meus braços se arrepiavam.

A intensidade da observação de Camillia, a necessidade de que ela tivesse sucesso, juntamente com a boca experiente de Ty, estava me levando rapidamente à beira da loucura.

Eu não sabia se queria gritar de frustração, gozar ou fazer as duas coisas ao mesmo tempo.

Exceto...

— Ela está... — Semicerrei o olhar, notando quando

ela mordiscou o lábio. — Puta merda, ela só precisa usar aquela porcaria de feitiço. — Por que não se acalmava? Mas ela parecia estar lutando contra sua decisão.

Todos os caminhos que ela escolheu até então foram baseados na lógica. Esse ela escolheu às cegas. Poderia parecer uma chance de cinquenta porcento, mas esses túneis finais estavam enfeitiçados.

Se ela não soubesse como superar o feitiço, ficaria perdida e acabaria sendo jantada por um Minotauro.

Ela se arrastou lentamente de volta para a passagem, com o olhar fixo de um lado para o outro. O vestido esfarrapado escorregou novamente, revelando os seios e provocando um gemido de minha parte.

— Os seios dela são perfeitos, Ty — eu disse a ele, me perdendo nas sensações mais uma vez. — E ela está... ela está farejando o ar de novo.

Procurando o queijo, ele murmurou. *Uma ratinha muito boa.*

Sim, concordei. *Sim.*

Puta merda, ele estava me matando. Seu ritmo acelerou mais uma vez, combinando com o ritmo do meu coração, e exigindo que eu parasse de adiar o inevitável.

Como se Camillia pudesse sentir minha impaciência, minha necessidade de que esse tormento acabasse, ela largou a tocha e a deixou apagar.

Sim, eu repeti. *Ela está descobrindo, Ty. Ela está... ela está... quase... lá...*

Restava apenas um fino lampejo, que era exatamente a quantidade de luz de que Camillia precisava para poder ver os túneis reais ao seu redor.

— Outra miragem — ela sussurrou, sua voz atravessando a tela.

Ty se acalmou, seus olhos cor da meia-noite se voltaram para os meus.

Então ela começou a seguir o caminho correto, com passos seguros.

— Ela descobriu. Ela...

A essência ardente de Ty cintilou em sua língua enquanto ele me engolia até o fundo, e a queimação sutil roubou o fôlego de meus pulmões. *Me alimente, pequeno príncipe. Me dê tudo.*

Puta merda... ele estava me provocando, permitindo que eu chegasse a esse momento, que eu me concentrasse em Camillia enquanto ela navegava pelos túneis para encontrar sua liberdade.

No entanto, ele não estava brincando agora.

Ele estava *exigindo*.

E eu não tinha escolha a não ser obedecer.

Camillia ainda estava correndo, seu corpo desapareceu na escuridão mais uma vez, mas sua silhueta mostrava cada curva, cada linha longa e magra, cada balanço tentador.

Eu podia imaginá-la nua.

Ver aqueles belos seios com seus pequenos mamilos rosados.

Imaginar minha língua traçando cada centímetro até a sobremesa que me aguardava entre suas coxas.

Ty me veria provando-a. Ele provavelmente me diria o que fazer. Me diria para provocá-la, para levá-la ao limite, apenas para recuar e forçá-la a vê-lo me comer e deixando-a sem prazer.

Só para depois tomá-la entre nós e deixá-la louca.

Seria glorioso.

Perfeito.

Necessário.

O poder de Ty floresceria por meio dela, por meio de nós, completando um acasalamento que ele nem sabia que desejava.

Me perdi na fantasia, na sensação de sua boca ao meu redor, na vitória de Cami chegando ao fim.

E explodi na garganta de Ty em um rugido que todos no clube puderam ouvir.

Eu não me importava.

Meu rei fez isso comigo.

Meu rei extraiu o prazer como uma avalanche de sensações, fazendo meus membros vibrarem de maneira tão intensa que fiquei etéreo por um breve momento. Penas. Sem penas. Com penas novamente.

E então morri um pouco.

Uma agonia feliz.

Uma conclusão maravilhosa.

Um orgasmo que ondulou, pulsou e deu nova vida à minha alma.

Tão intenso.

Tão perfeito.

Tão gloriosamente majestoso.

Ty subiu pelo meu corpo, seu olhar era faminto e predatório enquanto capturava minha boca em um beijo destinado a destruir.

Mas o som da voz doce de Cami se espalhou ao nosso redor enquanto ela dizia *olá* para o Minotauro que a esperava no fim do túnel.

Prendi a respiração com o teste final aparecendo na tela. Ty aproximou sua boca do meu pescoço, permitindo que eu observasse por cima de seu ombro largo.

O Minotauro estava em forma humana, mas não disse nada ao oferecer sua mão.

Camillia a segurou sem hesitar.

Em seguida, ele se inclinou para passar a língua sobre os nós dos dedos dela enquanto ela observava, com o olhar curioso. Ela não recuou, apenas observou.

Ele soltou um som baixo, que a fez inclinar a cabeça.

Então, muito lentamente, ele a soltou e se endireitou mais uma vez. Sua expressão de tédio fez com que meus ombros relaxassem de alívio.

— Ele não gosta do gosto dela.

Ty colocou a palma da mão no meu pau ainda duro, acariciando-o.

— Aposto que ela vai gostar do seu gosto — ele disse, roçando os dentes em minha orelha. — Talvez você deva alimentá-la mais tarde.

— Tecnicamente, está dentro das regras — respondi, com a respiração presa quando ele fez uma carícia firme em mim. Não importava que eu tivesse acabado de gozar em sua garganta... eu sempre estaria pronto para mais com Ty.

Quase o puxei para um beijo, mas o grito de Camillia fez meu olhar voar para a tela bem a tempo de vê-la desaparecer por outro portal.

— Ela passou — Ty sussurrou, mantendo o foco em mim, não na tela.

— Sim — respondi.

— Como você se sente com isso? — ele perguntou.

— Feliz — admiti. — E irritado. — Porque ela fez isso sem minha ajuda. O que provavelmente foi o melhor, mas eu gostaria de tê-la ouvido sussurrar mais dos meus feitiços compartilhados.

Ty riu, levou as mãos para os meus quadris e começou a puxar minha calça para baixo.

— Irritado por que ela negou seus presentes? — A tela desapareceu enquanto ele falava, mas a cortina de magia permaneceu.

— Sim.

Ele usou seu corpo para empurrar a mesa para trás, claramente desejando mais espaço para o que quer que pretendesse fazer comigo em seguida... uma ação que ele demonstrou no instante seguinte, quando nos girou para me inclinar sobre a mesa.

— É melhor assim, pequeno príncipe — ele me informou baixinho ao terminar de tirar minha calça. — Você não poderá ajudá-la no próximo teste.

Franzi a testa.

— Com as Sereias?

Ele passou as mãos sobre minha bunda e o sussurro da roupa se seguiu enquanto ele abria a calça. Ele não as tiraria. Não aqui. Não na boate.

Não, ele me comeria assim, apenas liberando seu pau.

E, pelo modo como estava agindo, ele pretendia me comer a seco.

Para me fazer *sangrar*, exatamente como ameaçou na noite passada.

Minha pulsação acelerou com a excitação. Eu adorava um pouco de dor com prazer, algo que meu rei sabia muito bem.

Outros veriam isso como tortura, talvez até ofegassem com o castigo.

Mas eu, não. *Nós,* não.

Era assim que transávamos.

E eu adorava cada minuto.

No entanto, seu comentário me confundiu.

— Por que não posso ajudar com as Sereias?

— Porque as Sereias não fazem mais parte do próximo teste. — Ele segurou minha bunda novamente, me abrindo enquanto a cabeça de seu pau grosso tocava minha entrada.

Havia um pouco de lubrificação em sua pele, apenas o suficiente para garantir que ele não me machucasse de verdade. Ele usaria seus poderes para manter essa fluidez, para me deixar à vontade em sua aspereza e me fazer gozar novamente sobre essa pedra vulcânica.

Vou enviá-las para o Reino dos Mortos, ele sussurrou em minha mente.

O calor que corria em minhas veias se transformou em gelo.

O quê?

Sua candidata terá que se provar lá, pequeno príncipe, ele continuou. *Porque é o único lugar para onde você não pode ir. O único lugar onde seus truques não funcionarão.* Ele se inclinou, empurrando a cabeça de seu pau dentro de mim enquanto se movia. *Você não é o único que sabe como jogar esses jogos.*

Ele me penetrou, me arrancando um rosnado.

Seu movimento, pequeno príncipe, ele acrescentou quando comecei a ofegar. É melhor que seja bom.

Puta merda...

É isso que estou fazendo, sim. Ele beijou a veia que pulsava em meu pescoço, sua diversão sombria era palpável enquanto ele estocava em minha bunda com um abandono que eu sentia até minha alma.

Ele podia aceitar que eu tomasse uma companheira.

No entanto, faria com que nós dois trabalhássemos para isso. Para provar o valor do acasalamento e convencê-lo de que esse caminho era o certo.

Foi um movimento que fez meus lábios se curvarem. Porque eu sabia exatamente que peão colocar no lugar a seguir.

Ty podia ser um mestre estrategista. Mas eu era igual a ele por um motivo.

E esse era um jogo que eu pretendia ganhar.

Para nós dois.

CAMI

— Está de brincadeira comigo? — Respirei fundo, com a garganta seca.

Que truque mais barato! Me levar de volta à cela logo que encontrei o banquete que me esperava no fim do túnel.

Grunhi, furiosa e faminta, com o cheiro de carne assada ainda em minhas narinas.

Eu até deixei aquele Fae do Submundo lamber meus dedos... uma reação muito estranha ao aperto de mão, mas que se danasse. Eu estava com fome. Ele tinha comida. Eu teria me deitado no chão e feito qualquer coisa que ele pedisse para provar aquela bela refeição.

Mas, não.

O chão se abriu e me engoliu inteira.

Me mandando de volta para esse lugar de merda, com tapete sujo e móveis enfeitiçados.

Tanto para que auras brancas signifiquem Cães do Inferno bons, pensei, caindo no tapete. Aquele Fae do Submundo tinha uma aura imaculada, que eu achei que o tornava seguro.

Mas um aceno de sua mão me mandou de volta para cá.

Para minha cela.

Meu estômago roncou de fome, minha visão embaçou quando as lágrimas ameaçaram tomar conta de mim.

Vá se danar, pensei, enxugando as gotinhas traiçoeiras. *Não vou chorar. Hoje, não.*

Levando a mão ao centro do meu corpo, gemi e me enrolei no tapete sujo no centro da cela, odiando minha vida.

Bem, pelo menos estou viva.

Embora tenha me custado quase todas as minhas reservas para continuar respirando. Lutar contra um bando de Centauros, sem mencionar as vadias da *Elite*, já foi ruim o suficiente antes de eu quase sufocar nos túneis.

Foi o calor que me esgotou. A paisagem inóspita não foi feita para ser suportada por períodos prolongados, ou mesmo curtos, sem magia.

Eu deveria ter cedido.

Deveria ter usado os feitiços de Melek.

Mas não consegui fazer isso.

Porque não queria correr o risco de irritar o Rei dos Faes do Submundo.

Tremendo, fechei os olhos e inspirei com força. A necessidade de ar tomou conta e apertou meus pulmões. Mas a atmosfera da masmorra não era muito melhor e aqui dentro ainda tinha cheiro de celeiro.

Argh.

O que eu não daria por uma ducha fria neste momento.

Um pouco de comida.

Uma soneca.

Bem, em vez de desejar coisas, queria estar no meu apartamento em casa, dormindo, de ressaca, e não presa nesse jogo de sobrevivência fodido.

Mas eu não estava em meu apartamento reclamando

com minhas amigas sobre a falta de espécimes masculinos desejáveis na cidade.

Porque meu pai trocou minha alma com o diabo, literalmente.

Merda.

Eu me enrolei mais em uma bola, meu corpo protestando contra cada movimento e fazendo com que meu interior se revoltasse com a fome. Minha cabeça latejava. Minha garganta mal funcionava. Meus pulmões ardiam.

Tudo girava também. Provavelmente por causa dos portais. Esse último durou... por... ah, eu não sabia quanto tempo. Perdi a conta por volta de mil. Mas fiquei girando pelo que parecia ser uma eternidade, o tempo todo salivando por aquele banquete, apenas para acabar nesta masmorra vários segundos, minutos, *horas* depois.

Assim como o portal que me levou dos Centauros até o labirinto.

Foi uma tortura.

Especialmente essa última rodada no portal giratório, porque eu não sabia onde iria parar em seguida. Parte de mim temia que eu fosse jogada em um tanque de Sereias ou algo pior.

Eu era forte e podia suportar muita coisa, mas meus músculos estavam no limite. Parecia que eu tinha corrido dez maratonas. Talvez tivesse. E eu não tinha a menor ideia de quanto tempo levei. Nem me importava, não com meu corpo tremendo violentamente e suando ao mesmo tempo.

— Já vai cochilar? — uma voz baixa perguntou, fazendo com que meu estômago se revirasse de uma maneira totalmente nova.

Forçando meus olhos a se abrirem, encontrei o olhar

multicolorido de um espécime masculino que era muito *desejável*.

As feições angelicais de Melek o tornavam quase perfeito demais, além da tatuagem que aparecia em seus pulsos. Fiquei imaginando quais se escondiam por baixo de suas roupas, pois eu só vi indícios sutis delas.

Sua bela perfeição quase parecia um sonho.

Talvez fosse isso.

Talvez eu tenha morrido.

Isso explicaria todos os botões abertos de sua camisa, revelando parte de seu peito.

E o cabelo parecido com o de quem estava na cama, com aquelas ondas grossas desarrumadas ao redor das orelhas, quase como se ele tivesse acabado de transar.

Humm.

Meu olhar desceu por seu pescoço até a sugestão de um desenho escuro em seu peito, a tatuagem contrastando com sua pele imaculada e clara.

Parecia estranhamente apropriado, já que sua perfeição era uma fachada e tudo mais. Sua alma era tão sombria quanto a dos Cães do Inferno que encontrei.

Bem, não exatamente. Na verdade, eu não conseguia ler sua aura. *Interessante.*

Seus lábios se curvaram em um sorriso enquanto ele abotoava a camisa, escondendo suas tatuagens de mim e fazendo com que eu semicerrasse os olhos. Era óbvio que ele fez isso de propósito, para que eu visse sua marca. No entanto, eu não tinha ideia do motivo. Mas parecia bastante claro que Melek gostava de seus jogos.

— Não estou com vontade de jogar agora — falei de forma honesta, com a voz rouca. — Então, se não se importa... — Fechei os olhos novamente, me preparando para cochilar. Ou talvez simplesmente exclui-lo.

Calar *todos* eles.

Tudo.

Apenas... apenas descansar.

Encontrar uma maneira de parar de tremer. Acalmar meus músculos. *Relaxar.*

Mas isso não parecia ser possível. Então, fechei os dedos em punho e cravei as unhas nas palmas das mãos. A dor ajudou a me fixar no presente, me dando a capacidade de respirar fundo e quente. Meu interior se rebelou contra o fedor pútrido, mas meus pulmões aceitaram o alívio temporário.

No entanto, meu estômago roncou como um leão descontente.

Alto.

Melek riu, e sua diversão me fez querer me enroscar ainda mais em mim mesma. Eu o odiava. Odiava *todos* eles.

Ele estava se divertindo com minha exaustão e fome.

Que característica encantadora.

— Vá se foder — murmurei para ele, agradecida por meus olhos fechados. Sua atração me deixava tonta e estúpida. De olhos fechados, eu podia *vê-lo* como ele realmente era: um monstro.

O que tornava muito mais fácil não cair em seu charme mortal.

— Bem — ele disse baixinho. — Se você não vai usar meus feitiços para fazer sua própria refeição, que tal pegar essa aqui?

O som de metal deslizando sobre o concreto rangeu em meus ouvidos, seguido pelo som de barras fazendo barulho.

Ele está em minha cela.

Meu nariz se contraiu quando ele colocou algo ao meu lado.

Carne bovina. Não era do tipo assado do teste, mas... funguei. *Bife.*

Abri um olho para olhar a bandeja de comida que ele colocou ao meu lado. *Purê de batatas. Bife. Uma pilha de legumes. E uma enorme jarra de água.*

Melek se ajoelhou para ficar na altura dos meus olhos e percebi que ele também trouxe o livro do meu dormitório... aquele que eu peguei na biblioteca.

Ele me considerou por um momento.

— Você só usou um dos meus feitiços hoje. Por quê?

Semicerrei os olhos. Deveria ser óbvio para ele, já que, depois que ele me deu aquele colar, tudo deu errado.

Seus presentes causaram problemas, e eu *não* ia cair nessa de novo.

Mas sua pergunta provocou outro pensamento que me irritou ainda mais: *ele assistiu aos testes.*

Meu olhar se intensificou. *Todos* os Faes do Submundo provavelmente assistiram, desfrutando dos eventos doentios e perversos que destruíram algumas das meninas. Eles se divertiram vendo inocentes morrerem.

— Cami? — ele perguntou, demonstrando preocupação verdadeira na voz enquanto colocava o livro no tapete ao lado da bandeja. — Por que você não usou meus presentes hoje?

— Você está mesmo me perguntando isso? — Queria que minha voz contivesse um toque de raiva, mas ela saiu apenas como um som rouco. Como ele ousava me insultar, perguntando, como se já não soubesse, por que recusei seus presentes?

A raiva percorreu minhas veias, me forçando a sair da bola e a engatinhar, o que logo me levou a ficar de pé. Era um processo, um que eu odiava por ser tão lento, mas de jeito nenhum eu ia me deitar ao lado da tentadora bandeja de comida e deixar que ele me alimentasse como se eu fosse um animal.

Mas eu oscilei e quase caí, o que anulou o propósito de

ficar de pé, pois me levou a me apoiar em Melek, que me segurou com habilidade.

Ele me guiou até o sofá e me vi rezando para que o feitiço não tivesse retornado.

Mas nada aconteceu quando ele me sentou ali.

Nada além de ele se juntar a mim.

— Acredito que os humanos têm um termo para isso — ele comentou, movendo a mão pelo ar para chamar magicamente a bandeja para seu colo. — Chama-se *fome*.

— Não estou com fome — rosnei enquanto meu estômago roncava em clara discordância.

Melek suspirou e sua expressão perdeu o humor.

— Por favor, coma, Camillia.

Eu o encarei, mas percebi seu pedido educado.

Duvidava que muitos tivessem ouvido Melek dizer *por favor*.

— Você precisa de força — ele continuou. — Especialmente porque não tem uma fonte adequada para extrair energia. — Seu olhar cintilou de curiosidade. — É por isso que você recusou meus presentes? Por causa do impacto que eles causam em seu espírito?

Pisquei. Eu estava começando a me perguntar se ele era realmente tão estúpido ou se ainda estava brincando comigo.

Mas o interesse genuíno em suas feições me fez inclinar para a primeira opção.

— A última vez que usei algo seu — comecei — acabei aqui. — Apontei para a cela ao meu redor. — O que, segundo você, foi culpa minha por usar o talismã. Então, por que eu usaria um de seus feitiços?

Agora foi a vez de ele piscar.

— Ah. — Ele relaxou contra o sofá. — Entendo.

Fiquei olhando para ele.

Depois, olhei para a comida em seu colo.

Ela realmente parecia muito apetitosa.

Mas eu estava hesitante em aceitar qualquer coisa dele.

— Lúcifer já me odeia. — Como evidenciado pela forma como seu olhar noturno me percorreu antes. — Já é difícil o suficiente sem essa dificuldade adicional. — Porque não havia como eu negociar minha liberdade se o Rei dos Faes do Submundo me desprezasse.

— Ele não a odeia, Cami — Melek murmurou, e sua expressão mudou para algo semelhante à compreensão. — Você o intriga. Há uma diferença.

— Eu não quero *intrigá-lo.*

Melek me considerou por um longo momento, depois empurrou a bandeja de seu colo para o meu.

— Todos os Faes do Submundo podem dar três presentes à sua candidata preferida. Não tenho permissão para te dar nada tangível. Já estou recebendo uma punição pelo talismã. A única coisa permitida é comida. O que significa que você tem permissão para comer esta refeição.

Franzi a testa.

— Uma punição pelo talismã?

Ele sorriu e revelou aquelas belas covinhas.

— Você não é a única que foi punida por esse presente, Cami. — Ele inclinou a cabeça. — No entanto, acho que você recebeu a sentença mais severa. Vou ver o que posso fazer para resolver isso.

A gratidão quase escapou de minha boca, mas eu sabia que não deveria aceitar palavras tão facilmente.

Regra número oito dos Faes do Submundo: Se parece bom demais para ser verdade, provavelmente não é.

— Em troca de quê? — perguntei a ele, com a voz ainda rouca. Minha garganta dolorida estava praticamente implorando para que eu calasse a boca e simplesmente aceitasse a água. Mas eu não podia. Não até entender suas condições.

Seu olhar praticamente cintilou, provando que eu estava certa em perguntar.

— Aceite meu presente de comida e água, e farei algo para resolver a questão de suas acomodações. Especificamente, garantirei ar-condicionado e uma cama adequada. Mas só se você comer toda a comida dessa bandeja e beber toda a água dessa jarra.

Franzi a testa.

— É só isso?

— Só — ele garantiu.

Olhei para ele com os olhos arregalados e me veio à mente outro possível estratagema.

— A bandeja é obrigada a continuar produzindo comida e água? — Porque eu não imaginaria que ele pudesse me pregar uma peça maligna como essa, me fazendo comer até ficar doente, só para dizer que falhei e que ele não mudaria minhas acomodações.

— Não tenho certeza se estou entusiasmado com seu questionamento especializado ou insultado por sua falta de confiança — ele ponderou, e suas íris brilharam com aprovação em vez de irritação. — Coma toda a comida que está no prato... que você pode ver neste exato momento. Beba toda a água que está na jarra... que você também pode ver neste exato momento. E eu te arranjarei uma cama confortável para dormir e ar adequado para respirar, pelo menos, pelas próximas três noites.

— Por que três noites?

— Porque seu próximo teste começará no quarto dia, e não posso garantir o que acontecerá então. — A cautela tomou conta de suas feições. — Também é um teste em que minha versão de feitiços não irá te ajudar. — Um garfo apareceu em sua mão, e ele o estendeu para mim. — Por favor, aceite minha barganha e coma, Cami.

Suspirei.

— Realmente, não há escolha.

— Pelo contrário, todo esse jogo gira em torno de escolha e compreensão. — Melek estalou os dedos, chamando o livro para seu colo. — Ser capaz de ver os outros como são e escolher aceitá-los é o coração da espécie Fae do Submundo.

Ponderei sobre essa afirmação enquanto pegava a água, tomando vários goles e gemendo com o impacto frio em minha garganta.

— Posso encher de novo, mas só se você quiser — Melek disse quando finalmente terminei de beber. Mais da metade do conteúdo já tinha acabado, e eu nem toquei na comida.

— Sim, por favor — sussurrei, ciente de que isso poderia ser uma ruptura em nosso acordo, ou potencialmente me forçar a beber mais, mas eu duvidava que teria problemas para terminar outra jarra cheia.

Ele sussurrou algumas palavras em voz alta o suficiente para que eu as memorizasse, e o recipiente zumbiu com magia. Tomei mais um gole da garrafa, agora cheia, e a coloquei no chão para começar a comer o bife.

Melek lia em silêncio ao meu lado enquanto eu comia, as páginas do livro retratavam os vários Faes Pesadelos e seus rituais de acasalamento.

Eu acompanhava a leitura, meus olhos traduziam automaticamente as palavras na página enquanto minha boca salivava com a deliciosa refeição.

Os Minotauros cortejam suas parceiras por meio de banquetes, li e baixei as sobrancelhas. *Eles atraem suas pretendentes para labirintos, tentando-as com carnes frescas e queijos saborosos, e depois as presenteiam com os alimentos. Mas apenas se a candidata tiver o gosto certo.*

Arregalei os olhos enquanto me forçava a engolir o purê de batatas.

— Foi por isso que aquele cara lambeu minha mão? Para ver se eu era sua companheira?

— Não necessariamente sua companheira. Mas compatível com os Minotauros. — Ele virou a página, dessa vez revelando os rituais de acasalamento dos Centauros.

As companheiras compatíveis podem ver através do exterior esfumaçado as belas feições. Quando isso acontece, os machos duelam, e o vencedor ganha o direito de lamber a candidata escolhida.

— É por isso que havia duas delas — sussurrei, pensando na garota risonha no campo. — Ela estava sendo despedaçada, mas não de verdade.

— Uma miragem. — Melek olhou para mim. — Você pode ver através delas.

— Não o tempo todo.

— Mas às vezes, sim — ele esclareceu. — Essa é uma característica muito rara, Cami. Uma que vai te servir muito bem nesses testes.

Eu bufei.

— Esses testes de morte, você quer dizer. — *Mas...* quando olhei para o livro para ler mais sobre os Centauros, percebi que isso não era inteiramente verdade. — Testes de *companheiras*.

— De fato, são. — Seu foco voltou para o livro. — Mas alguns morrem, infelizmente. Os que não são dignos, pelo menos.

— No entanto, candidatas como Beatrix e a Rainha Vadia sobrevivem — murmurei.

— Quem? — ele perguntou, com aqueles lindos olhos brilhando para mim.

Balancei a cabeça.

— Apenas algumas *amigas* que fiz nos testes.

Ele pareceu interessado por um instante, depois voltou

ao livro para revelar a página seguinte sobre os Nagas e suas companheiras escolhidas.

— Parece que o livro só quer falar sobre Faes Pesadelo hoje. Talvez seja um sinal de que você deva estudá-los para entender melhor o coração da espécie Fae do Submundo, não é?

Ele fechou a capa e o colocou de lado, depois se virou para mim no sofá para observar enquanto eu terminava de comer. Ele parecia bastante fascinado pela exibição, o que me fez pensar se ele tinha algum tipo de fetiche por comida.

A bandeja desapareceu com minha última garfada, me deixando apenas com a jarra de água.

— Agora ela vai se encher automaticamente para você — ele explicou baixinho. — Isso deve mantê-la hidratada enquanto eu trabalho em suas acomodações melhoradas.

Ele relaxou contra o sofá, e seu olhar capturou e manteve o meu.

— Sei que você acha que tudo isso é injusto e pode não concordar com o propósito, mas um dia acho que você vai entender. — Ele se aproximou para roçar os nós de seus dedos em minha bochecha. — A Fonte Fae do Submundo é seletiva, porque o núcleo dentro dela foi gravemente ferido. Será necessário um Fae especial para curar essa ferida.

Fiquei olhando para ele.

— Lúcifer sequestrou seiscentas e sessenta e seis mulheres, que estão sendo forçadas a lutar até a morte em algum tipo de ritual de acasalamento bizarro para monstros. Não sei se algum dia entenderei isso.

— Nem todas as mulheres foram sequestradas, Cami. Na verdade, muitas querem estar aqui. — Ele cruzou as pernas e apoiou o braço esticado no sofá atrás de mim. — Lúcifer deixou a cargo dos pais a preparação das filhas.

Assim como deixou os termos dos acordos por conta deles também. Ele está apenas cobrando o que lhe é devido, não para si mesmo, mas para seu povo.

— Então você está me dizendo para culpar meus pais, não Lúcifer. — Algo que eu já havia deduzido. Mas ainda considerava o Rei dos Faes Submundo, responsável pelos testes e pela forma insensível com que ele encarava nossas vidas.

Embora, aparentemente, a maior parte do que vi hoje tenha sido algum tipo de ritual de acasalamento fodido, não uma morte de fato.

Mas eu não tinha certeza se isso tornava as coisas melhores.

— Estou dizendo para manter os olhos abertos, Cami. Talvez você se surpreenda com o que verá. Pois nada é o que parece aqui. Nem mesmo eu.

— Então você está escondendo um lado monstruoso? — perguntei, arqueando uma sobrancelha. — Você se transforma em um Manticore, Centauro ou outra coisa letal?

— Outra coisa letal — ele confirmou, sorrindo de forma atrevida. — Mas alguns me chamam de angelical, não de monstruoso. Talvez até mesmo virtuoso. — Ele deu uma piscada e se afastou do sofá para ficar de pé. — Talvez você queira me esperar no chão, caso esse feitiço retorne. Não tenho controle sobre ele e, embora ainda não tenha voltado, suspeito que voltará em algum momento. Como eu disse, nada é o que parece neste lugar.

Ele pegou o livro e o colocou sobre o tapete.

— Vou deixar isso para você, caso queira fazer uma leitura leve. — Ele se endireitou novamente, passando a mão pela camisa de cor clara para alisar as rugas. — Você se saiu bem hoje, Cami. — Seus lábios se curvaram quando ele começou a se dirigir à cela, e a porta pareceu se abrir automaticamente para ele. — Voltarei em breve.

Com isso, Melek me deixou, imaginando se ele estava falando sério mesmo.

Tudo e qualquer coisa.

O tempo dirá.

Até lá, segui seu conselho e me levantei do sofá para me juntar ao livro no tapete.

Eu estava exausta demais para ler, então usei o couro como travesseiro. E optei por tirar um cochilo no chão.

AjAx

Eu precisava do Az.

Porque nenhum desses Faes Pesadelos estava me dando a luta que eu realmente desejava.

Uma que *acabaria* com minha miséria.

O que eu supunha significar que eu desejava a morte. Talvez eu quisesse. Talvez eu fosse apenas um masoquista que ansiava pela dor. Eu não sabia.

Tudo o que eu sabia era que esses idiotas não estavam me dando o que eu precisava... a porcaria de uma luta.

Rosnando, voltei para as masmorras, depois de perseguir o Fae Pesadelo pela LethaForest. Eram todos idiotas. Suas almas sombrias se alimentavam de minha raiva.

No entanto, nenhum deles parecia capaz de me fazer sangrar de verdade.

Droga, o thwomp ardente fez um trabalho melhor para queimar minha bunda do que os dois Centauros que tentaram me espetar com seus chifres.

Talvez eu libertasse Clarence, só para lhe dar mais uma rodada na LethaForest.

Sim, decidi. *É exatamente isso que vou fazer.*

Aquele filho da mãe adoraria ter a chance de tentar me dar uma surra. Eu deveria ter pensado nisso antes de correr para cá, mas fiquei tão perturbado depois que a tela de Cami ficou preta que não pensei muito além de precisar de ar fresco.

O que me levou a reunir os arruaceiros do lado de fora.

E exigir que lutassem comigo.

Alguns se recusaram.

Outros estavam ansiosos para enfrentar o Diretor.

Mas nenhum deles era bom o suficiente.

Nenhum deles era *Az*.

Pensei em mandar uma mensagem para perguntar quando ele voltaria. Mas isso me pareceu uma fraqueza. E eu não queria explicar por que o queria aqui. Ele logo descobriria quando percebesse que Camillia estava morta.

Meu sangue gelou, minha mandíbula doeu de tanto apertar.

Não tinha conseguido terminar de assistir aos jogos. Desliguei a tela e saí.

Lúcifer ficaria furioso, especialmente se precisasse de mim para alguma coisa.

Mas não podia simplesmente ficar ali sentado e continuar assistindo. Não sabendo que uma garota morreu por minha causa.

Porque eu a levei a esse destino.

Pessoalmente.

Depois que ela provou ser mais capaz do que qualquer outra candidata.

E agora, ela está morta.

Eu estava errado. A noite passada não foi suficiente para me absolver de minha culpa. Eu a ajudei, sim. Mas foi uma tentativa sem convicção.

Você pode me subestimar o quanto quiser, mas eu sobreviverei a isso. E não vou me tornar uma noiva. Eu escolho meu destino, e ninguém jamais vai tirar isso de mim.

Bem, ela estava certa em uma coisa: ela não se tornaria uma noiva.

Atravessei o portal da LethaForest e entrei em meus aposentos na masmorra, furioso e frustrado mais uma vez.

Vou procurar Clarence, pensei e segui pela sala de estar em direção à porta da frente.

Mas ouvi um assobio vindo do meu quarto.

Franzi a testa. *Que merda é essa?*

Segui o som irritante e encontrei Melek em pé sobre a minha cama com as mãos nos quadris.

— Se eu te der roupa de cama limpa, será um presente tangível apenas para você, certo?

— O que você está fazendo aqui? — perguntei.

Seus olhos multicoloridos pareciam mais azuis hoje.

— Estou começando a questionar sua capacidade de me ouvir, querido Diretor. Você tem passado muito tempo com as Sereias?

Olhei boquiaberto para ele.

— Saia da porra do meu quarto.

Sua expressão mudou de uma preocupação educada para severa, um olhar que eu nunca vi nele.

— Estou te dando um presente. — Ele apontou para o edredom preto e os lençóis de seda. — São da mais alta qualidade que se possa imaginar. E acrescentei alguns travesseiros. *De nada.*

Ele saiu do meu quarto e foi para a sala de estar, depois voltou para o banheiro.

Eu o segui, atônito com sua presença.

— O que está fazendo?

— Dando a *você* alguns produtos de higiene. Se quiser compartilhá-los, será uma prerrogativa sua, tornando-os um presente seu para a outra pessoa. Portanto, não estou quebrando nenhuma regra.

Franzi as sobrancelhas em confusão enquanto ele sussurrava feitiços e adicionava vários frascos de shampoo, condicionador, sabonete líquido e outros itens ao meu banheiro. Ele até conjurou algumas escovas de dente.

Depois, passou por mim na porta e foi para a área da cozinha, perto da sala de estar.

E abasteceu a geladeira.

— Perfeito — ele murmurou. — Muito confortável, não é?

— Claro. — Cruzei os braços. — Eu deveria estar esperando companhia? — Porque eu não conseguia pensar em nenhuma outra razão para seu comportamento bizarro.

— Sim. — Ele juntou as mãos à sua frente. — O que me lembra que tenho vários favores a pedir.

— Ah, é mesmo? — fingi interesse. — Pena que eu não me importo. — Provavelmente foi a coisa mais grosseira que já disse a ele, mas eu não estava no clima. — Tenho um Centauro para irritar. Com licença.

Comecei a me dirigir à porta.

— Posso não ser o Rei, mas sou seu Príncipe. Não seria sensato me dispensar dessa maneira, *Sangue da Morte*. Especialmente porque você é nosso convidado, não é?

Fechei os dedos em punho quando me virei para ele.

— Em um paradigma Fae da Meia-Noite. Mas é claro. Me mande embora.

— Eu poderia — ele ameaçou, com o poder emanando apenas dessas duas palavras. — Mas preciso de você. — Ele se acalmou no instante seguinte, e sua expressão suavizou mais uma vez.

Foi então que percebi que ele estava demonstrando um

poder imenso. Um lembrete sutil de sua posição e da *outra* energia que envolvia sua aura perigosa.

O fato de ele poder ligá-la e desligá-la tão rapidamente era apenas mais um indicador de seu poder não natural.

Eu não tinha ideia de que tipo de abominação Melek realmente era, mas ele possuía alguns talentos letais.

Talentos que eu não queria testar agora.

Porque, no meu estado atual, eu poderia deixar que ele me machucasse de verdade.

O que provavelmente é o que eu mereço, pensei de maneira sombria.

Melek franziu a testa como se tivesse ouvido tudo aquilo. Ou talvez tenha visto o destino sombrio que se escondia em minhas feições.

— O que você quer, Melek? — perguntei, e até eu podia ouvir a exaustão em meu tom.

— Não é bem o que eu quero — ele disse em voz baixa. — É o que Camillia precisa.

Franzi a testa.

— Camillia?

Ele assentiu.

— As acomodações de sua cela são inadequadas depois do dia que ela passou. Eu gostaria que ela ficasse aqui. Onde você pode mantê-la segura.

Meus lábios se moveram, mas as palavras me faltaram.

— Camillia? — repeti, parecendo um idiota.

— Sim — Melek respondeu. — Mas ela precisa de mais do que apenas acomodações melhores. Ela precisa de treinamento para o próximo teste. Treinamento que eu não posso oferecer.

— Treinamento — repeti, lutando para processar suas palavras. *Será que caí em uma estranha realidade alternativa? Será que um Fae Paradoxo está brincando com as linhas do tempo?*

Melek assentiu.

— Ty me disse que o próximo teste será no Reino dos Mortos. É o único lugar para onde não posso ir. E estou preocupado que Cami não sobreviva a ele.

Mas ela não sobreviveu ao primeiro teste, certo?

— Camillia está morta.

Melek fez uma careta.

— Bem, esse não é o espírito que estou procurando, Diretor. Quero que você a ensine sobre os Faes Cadáveres. Você é um Sangue da Morte. É o ideal para ajudar. E se ela já estiver aqui com você, então... — Ele deu de ombros, como se quisesse completar a frase com qualquer coisa óbvia que achava que existia ali.

— Mas ela está *morta*.

— Não, Diretor. Ela não vai morrer. Porque você vai ajudar treinando-a. — Sua expressão ficou severa novamente. — Achei que você faria isso já que ficaram amigos na noite passada. Mas se não for motivo suficiente, então diga seu preço e faremos um acordo.

— Você não está entendendo. Ela já está morta. Eu vi na tela. Ela *morreu*.

As sobrancelhas de Melek se ergueram.

— Na tela? Que tela?

Apontei para a que estava na sala de estar.

— Essa aqui. Ela morreu durante o teste dos Centauros. Ficou preta. — Um ofego não tão sutil engoliu a última palavra, tornando-a quase inaudível. Mas eu já havia dito o suficiente, pois a compreensão tomou conta da expressão dele.

— Ah, o período do portal — ele disse, afastando o assunto. — Sim, Ty as fez girar por um tempo. É parte do motivo pelo qual Cami está tão exausta. E sua jornada pelo labirinto do Minotauro.

— Labirinto do Minotauro?

— Sim. A segunda parte do teste de hoje. — Ele me deu um olhar curioso. — Você não viu?

— Eu... eu não assisti a tudo... — Eu me arrastei, suas palavras começaram a formar uma nova realidade em minha mente. — A Cami está aqui?

— Não. Ela está na cela. Mas eu gostaria que ela ficasse aqui. — Ele me lançou mais um daqueles olhares preocupados. — Sério, Ajax. Você já passou muito tempo com as Sereias? Elas têm uma queda por jogos mentais. Criaturas terríveis. Gloriosas, também.

É claro que Melek as insultaria e as elogiaria ao mesmo tempo.

Mas isso não importava.

Apenas seus comentários sobre Camillia.

— Ela está viva e você quer que ela durma aqui.

— Sim — ele respondeu. — Já mencionei isso pelo menos duas vezes.

— E quer que eu a treine para o próximo teste.

— Como um presente, por favor, sim. A menos que você ache que o treinamento seja um presente tangível, então... então eu preferiria que *você* desse a ela esse conhecimento. Assim como pode compartilhar os itens que adquiriu recentemente. — Ele sorriu. — Não dei a ela nada além de comida, o que é permitido dentro dos parâmetros do acordo.

Eu não tinha ideia a que *acordo* ele estava se referindo, nem me importava.

Porque ele acabou de confirmar que Camillia estava viva.

E me deu um motivo para uma segunda chance.

Uma chance de ajudá-la de verdade. Uma chance de consertar as coisas.

Era uma realidade perigosa. Uma reviravolta do destino potencialmente letal. Mas eu não podia negar as batidas em meu coração ou a necessidade de levar isso até o fim.

— Vou ajudá-la. — A declaração não era apenas para Melek, mas para mim também.

Seria arriscado me apegar a ela.

Mas aceitaria esse risco em vez de perdê-la novamente.

Essa era a segunda chance que eu nunca tive com Emelyn. Algo que eu não negaria a mim agora. Não quando eu tinha a oportunidade de finalmente fazer algo certo.

— Ela está na cela?

— Está — Melek confirmou. — Quer que eu a traga aqui? — Ele estendeu a mão. — É um feitiço simples, e eu o faria para você, não para ela. O que, novamente, não quebra o acordo.

Sua obsessão com esse acordo devia ser importante, mas meu foco permaneceu em Camillia.

— Traga-a. — Não porque eu não queria ir até ela, mas porque era um método mais rápido que provaria que tudo isso era verdade ou se transformaria rapidamente em um pesadelo realista para me lembrar de sua morte.

Melek sorriu.

— Vou acomodá-la na sua cama.

Ele começou a se dirigir ao quarto, murmurando palavras. Sua magia era diferente da minha, seus feitiços eram em uma linguagem que soava semelhante à que os Faes da Meia-Noite usavam. E, ao mesmo tempo, era muito diferente. Ainda lírica, quase como uma canção. Mas as frases eu não conseguia entender.

O que quer que ele tenha dito, funcionou.

Porque Camillia estava dormindo na minha cama quando cheguei à porta do quarto.

— Sugiro encantar as videiras-serpentes para manter a guarda e garantir que ela não saia sem permissão. Dessa forma, ela ainda está tecnicamente encarcerada — Melek murmurou enquanto se aproximava para colocar uma mecha de cabelo úmido atrás da orelha de Camillia.

Ela suspirou. E sua respiração era o som mais bonito que eu já ouvi.

Porque isso provava que ela estava viva.

Arranhada e machucada, pelo menos nos braços, que eu podia ver fora dos cobertores, mas maravilhosamente viva.

— Voltarei para ver como você está — Melek sussurrou, e suas palavras pareciam ser para Camillia quando se inclinou para beijar sua testa. — Bons sonhos, anjinho.

Ele se levantou, e seu olhar majestoso encontrou o meu.

— Cuide dela, por favor. E ensine-a a controlar os mortos. Conhecendo Ty, ela vai precisar de toda a ajuda possível. — Ele desapareceu com as palavras, me deixando sozinho com a beldade na cama.

Fiquei parado e a observei por um longo momento, contente em ouvi-la respirar. Meus sentidos vampíricos se concentraram em seu pulso, o ritmo saudável era música para meus ouvidos.

Camillia está viva.

Ela sobreviveu.

E está na minha cama.

Eu deveria jogá-la de volta em sua cela e erguer uma parede espessa e impenetrável entre nós. Algo que protegeria minhas emoções e guardaria minha alma.

Mas ela já penetrou em meu espírito. O dia de hoje foi a prova disso. Então, ou eu aceitava e a ajudava. Ou a afastava e sofria as consequências.

Depois do dia que tive, não consegui suportar a ideia de escolher a segunda opção.

O que me levou a aceitar essa situação.

Uma escolha irracional. No entanto, parecia ser a certa.

Então, vesti uma calça de moletom cinza.

E me juntei a ela na cama.

Ela provavelmente acordaria confusa. Mas eu estaria lá para explicar essa mudança quando ela despertasse.

Depois, conversaríamos sobre o próximo teste e seguiríamos em frente.

CAMI

TÃO MACIO, pensei, suspirando de contentamento.

O cheiro de menta e variedades de pinho se infiltraram em meu nariz e a mistura de aromas proporcionou uma camada de segurança que permitiu que todos os meus músculos doloridos relaxassem na nuvem abaixo de mim.

Me estiquei com um gemido. Meus ossos pareciam estar estalando por algum exercício que fiz ontem. Claramente, eu havia me esforçado demais.

O quanto eu corri...? Meu pensamento se arrastou, fazendo com que eu franzisse a testa. Espere...

Abri os olhos quando os eventos de ontem se chocaram em minha mente.

Me levantei em um instante, depois gemi quando minha cabeça girou com a ação e caí de novo no chão.

Em um travesseiro.

Há um travesseiro embaixo de mim.

O que...?

Eu adormeci sobre o livro. No tapete. Na cela.

Engoli em seco e apalpei o que estava embaixo de mim. Havia um colchão macio e lençóis sedosos. Melek me prometeu novas acomodações. E parecia que ele havia cumprido a promessa.

Exceto...

Apertei os olhos na escuridão. A chama tremeluzente na parede era minha única fonte de luz.

Não estou sozinha. Arregalei os olhos. *Esse é...?* Entreabri os lábios. *Ajax.*

Seus olhos estavam fechados, escondendo de vista aquelas lindas íris azul-escuras. Mas muito mais dele estava à mostra.

Porque ele estava sem camisa.

E usava calça de moletom cinza.

Tudo isso eu podia ver refletido na iluminação fraca, porque ele estava dormindo em cima das cobertas, não embaixo delas.

Será que estou sonhando?

Passei o olhar pelo peito impecável de Ajax até o abdômen e pela pequena trilha de pelos que descia do umbigo. *Parece um sonho*, pensei, roçando os dentes em meu lábio inferior.

O que me fez estremecer com a dor na boca.

Sim, definitivamente não é um sonho.

Porque, se fosse, meus lábios estariam cheios, úmidos e prontos para explorar todos aqueles músculos firmes com a língua. Mas eu estava com sede, minha garganta implorando por mais água.

Pensei em me mexer.

Talvez até *correr*.

No entanto, sair da cama poderia acordar Ajax.

E então, o que aconteceria?

Apertei os dedos nos lençóis e tentei descobrir como vim parar aqui. Melek prometeu melhorar minhas condições de sono e, embora isso certamente fosse um upgrade em relação à minha cela, ele não disse nada sobre Ajax estar nas novas acomodações comigo.

Mas eu não estipulei que deveria ficar *sozinha* em uma cama. Apenas concordei com algo macio e quente, com um toque de ar fresco.

O que ele cumpriu.

Apenas com o bônus de um Ajax sem camisa.

Algo que eu não teria me importado em uma vida anterior. Ele era um homem impressionante que eu não tinha dúvidas de que poderia me tentar a pecar entre esses lençóis em um dia comum.

Mas aqui? Neste lugar?

Não.

Não depois do teste de ontem e de tudo que esses homens me forçaram a suportar.

É claro que Ajax tentou me ajudar. E sua ajuda não me causou nenhum problema. Mas ele foi um pouco idiota.

No começo, pelo menos.

Ontem, ele estava quase... *humano*. Sua aparência estoica retornou quando ele me deixou naquele campo para abraçar meu destino, mas entre me dar comida e uma lição de Faes Pesadelo, foi bem legal.

O que provavelmente me tornou idiota por ter perdoado o seu sequestro.

Mas eu também entendia que o mundo Fae não seguia as regras dos mortais. Ele estava apenas fazendo seu trabalho.

Um que o torna um seguidor cego, lembrei a mim mesma enquanto tentava me esticar novamente.

Mais estalos soaram, meu corpo protestava por eu ter exagerado ontem.

Definitivamente não é um sonho, murmurei, irritada.

Argh. Levaria um tempo para me recuperar disso.

Ainda assim, Melek insinuou que eu teria outro teste em alguns dias. *Merda.*

Estremeci, meu instinto de me enrolar em uma bola só foi dissipado por um par de olhos azul-escuros brilhantes.

Ajax.

Meus movimentos deviam tê-lo acordado, porque agora ele estava me olhando com uma ponta de admiração no olhar.

Engoli em seco. *Esse é o tipo de olhar que leva a problemas.*

Problemas que eu não queria.

Não. Isso era mentira.

Uma parte pecaminosa de mim queria esse tipo de problema.

Uma parte que eu estava tentando arduamente ignorar.

Uma que aqueceu minhas veias quando Ajax se aproximou para passar o polegar em meu lábio inferior. Seu toque foi estranhamente reconfortante contra a bolha que estava cicatrizando ali.

— Estou feliz por você estar viva.

Estremeci e suas palavras pareceram tocar minha alma.

— Sinto muito por ter feito isso com você — ele continuou, seguindo com seu toque pela minha bochecha e depois para empurrar uma mecha de cabelo atrás da minha orelha. — Eu te diria que não tive escolha, mas temo que isso seria mentira. Porque eu escolhi esta vida. Ela me proporcionou a distância que eu tanto desejava. Uma distância que senti ontem de uma forma que nunca imaginei.

Franzi a sobrancelha.

— Distância?

— Dos entes queridos. De antigos amigos. Dos novos. — Ele afastou a mão, e seu olhar se intensificou. — Você me disse que escolheria seu destino. Bem, o meu foi escolhido por mim. Então, reagi, alterando o caminho tanto quanto o destino permitiu. Pelo menos, foi o que pensei. No entanto, o dia de ontem me ensinou que eu não me importava muito com a vida alternativa que decidi seguir.

— Ah. — Eu não entendia muito bem o que ele estava dizendo ou por que ele sentia a necessidade de me dizer isso, mas parecia significar algo para ele. E, por qualquer motivo, isso o levou a se desculpar comigo.

Não sabia muito bem o que fazer com esse pedido.

Porque ele foi o motivo da minha captura, no sentido de que ele foi atrás de mim pessoalmente.

Mas meu pai era o verdadeiro culpado.

— Você estava apenas fazendo o seu trabalho.

— Um trabalho que eu escolhi — ele respondeu, desviando o olhar para minha boca enquanto levantava a mão para me tocar de novo, aquela sensação de admiração escapando de suas feições mais uma vez.

Era quase como se ele precisasse se certificar de que eu estava ao seu lado... um instinto que eu entendia, porque quase quis fazer o mesmo com ele, para ver se ele realmente estava sem camisa nessa cama. Mas mantive minhas mãos para mim, porque não confiava que meu lado pecaminoso não assumiria o controle.

— Mas escolhi esse trabalho como uma fuga. E quando pensei que você tinha morrido, percebi que não havia escapatória. A dor pode ser ignorada, mas não pode ser esquecida.

— Você...? — comecei, engolindo em seco novamente. — Você pensou que eu tinha *morrido*?

— No teste. — Sua mão deslizou para minha nuca, em um toque íntimo enquanto seu olhar capturava o meu. — Sei de alguns detalhes sobre o que esperar por causa do que ouvi ou me disseram, mas não sou um Fae do Submundo. Eu não estava a par de todos os detalhes e de que tudo seria televisionado. Caramba, nem sei se eu deveria estar assistindo. Mas a tela foi ligada no meu quarto... e a sua ficou escura.

A menção dos testes televisionados não me irritou como na noite passada.

Talvez por causa do tom de Ajax ou das palavras que ele escolheu usar. Elas implicavam que ele não tinha a intenção de assistir. Que ele não deveria nem mesmo fazer isso.

E, quando o fez, não gostou.

Foi isso que seu tom de voz sugeriu quando ele comentou sobre a tela ficar escura.

— Pensei que isso significava que você tinha morrido — ele acrescentou em voz baixa. — Não... não esperava os sentimentos que isso evocou. Então, saí de meu quarto. Não tinha ideia de que era apenas o portal até que voltei. — Seu foco mudou para o polegar enquanto ele acariciava o ponto de pulsação do meu pescoço. — Eu não deveria me importar. Eu não deveria nem ter você aqui. — Seu aperto ficou um pouco tenso com a palavra. — Mas parece uma segunda chance.

— Uma segunda chance para quê? — perguntei, minha voz era quase um sussurro. Tudo parecia tão intenso. Tão *irreal*. Eu não tinha certeza de como me sentir em relação a isso. Como começar a *processar*. Esse novo Ajax não era nada parecido com o arrogante que me capturou, ou com o idiota que me provocou nas celas.

Essa versão dele...

Me *aterrorizava*.

Porque ele era quase pessoal. Quase simpático. Quase sedutor demais.

Ele balançou a cabeça.

— Eu nem sei, Cami. É algo que estou me recusando a ignorar. Você está viva e eu quero que continue assim. — Seu olhar encontrou o meu. — Não posso te libertar. Não posso nem mesmo te ajudar. Mas posso tentar treiná-la.

Sua atenção se voltou para os retalhos do meu vestido. Eles não deixavam nada para a imaginação, especialmente porque eu estava deitada de lado e meus seios estavam praticamente escapando.

Mas eu não ousava me mexer para consertar.

Principalmente porque eu ainda não confiava que meu lado pecaminoso não faria algo estúpido como remover o tecido de propósito.

— Posso te oferecer um banho — ele disse, com a voz grossa enquanto seu olhar permanecia em meu peito. Era quase como se ele pudesse ouvir a tentadora dentro de mim ronronando sugestões em meu ouvido. — Roupas também — ele acrescentou. — E comida.

— E a sua cama? — perguntei, olhando ao nosso redor. — É por isso que estou aqui?

Seus cabelos escuros caíam sobre os olhos, tornando-o ainda mais atraente enquanto seus lábios se curvavam para um lado.

— Você preferiria estar no chão da cela?

— Eu preferiria que você me dissesse o que está acontecendo aqui e por que estou no seu quarto e não na cela ou no dormitório — admiti com honestidade.

Ele me considerou por um longo momento.

— Lúcifer não me deu permissão para te liberar da masmorra, mas ele não disse que você teria que ficar em uma cela. Por isso, optamos pelo meu quarto.

Nós?

— Você e Melek? — perguntei.

Ele afastou a mão da minha nuca, apoiando-a no abdômen enquanto colocava o braço debaixo da cabeça.

— Ele parece gostar de você.

Imitei sua posição e me assustei ao encontrar o livro embaixo do travesseiro. Quando olhei para ele, Ajax franziu a testa.

— O que é isso?

A princípio, achei que ele estava me perguntando sobre o livro, mas quando levantei o travesseiro para revelá-lo, ele não estava em lugar nenhum.

Estranho.

Eu jurava tê-lo sentido ali.

— N-nada — gaguejei, com as sobrancelhas franzidas enquanto tentava me acalmar novamente.

Apenas para sentir o livro mais uma vez.

Espiei embaixo do travesseiro para ver a lombada de couro, mas quando levantei o tecido, o livro desapareceu.

Hum?

— Cami? — Ajax me chamou, com um toque de preocupação na voz.

Balancei a cabeça, afastando esses pensamentos.

— Eu... posso voltar para minha cela — ofereci, sem saber o que mais dizer. — Melek gosta de jogos. E eu não quero jogar. — Mesmo que a cama fosse superconfortável.

A explicação de Ajax também sugeria que isso não foi aprovado ou sancionado por Lúcifer.

O que significava que eu acabaria em mais problemas quando ele descobrisse.

— É melhor eu ir embora... — Comecei a rolar da cama, mas minhas pernas cederam quando tentei me apoiar nelas, e Ajax envolveu o braço robusto na minha cintura. Ele me arrastou de volta para o colchão. Sua temperatura era como um cobertor de calor masculino que incendiou meu sangue.

— Que tal você ficar aqui? — ele sugeriu no meu

ouvido. — Posso preparar um banho. Enquanto você se cuida, eu preparo o café da manhã.

Eu me arrepiei com o calor de sua voz e com a sensação dele pressionado contra mim.

— C-certo — concordei, não me sentindo como eu mesma.

Talvez isso seja um sonho, pensei. *Talvez uma fantasia acalorada alimentada pelo clima quente, talvez.*

Seria muito fácil me mover em seus braços e beijá-lo, levar a fantasia para o próximo nível.

Mas o calor dele deixou minhas costas no instante seguinte, quando ele me manobrou de volta para a cama, apoiando minha cabeça no travesseiro e meus ombros contra o colchão.

Ele ficou me olhando por um momento, com as mãos sobre a cama, me prendendo debaixo dele.

Vários segundos se passaram enquanto seu olhar ia dos meus olhos para os meus lábios, e a intensidade parecia espiralar em uma vibração perigosa de desejos proibidos.

Contraí a garganta, o que me fez estremecer novamente com a lembrança de meu tempo nos testes.

Ajax observou o movimento e contraiu a própria garganta. Então, ele se esticou sobre mim e pegou uma garrafa de água na mesa de cabeceira.

Quase levantei a mão para pegá-la dele.

Mas ele já estava desatarraxando a tampa e levando-a aos meus lábios.

Os tons azuis de sua íris escureceram para combinar com o centro preto enquanto ele me observava engolir, e as maçãs do rosto esculpidas pareciam muito mais nítidas com a mudança.

Bonito parecia uma palavra muito branda para descrever Ajax. Ele era muito mais.

E não apenas por causa de suas feições, mas pelo

indício de sua alma olhando para mim através de seu olhar sombrio.

Era como se eu pudesse ver o verdadeiro Ajax.

O homem torturado sob o verniz arrogante.

O coração que tentava inutilmente não bater, mas que parecia não conseguir parar de prosperar.

Muita coisa pareceu acontecer entre nós, um tipo estranho de entendimento que se encaixou.

Esse era o verdadeiro Ajax. Aquele que sofreu uma perda terrível, aquele que desistiu do destino e das escolhas, e optou por seguir seu próprio caminho obscuro para superar a dor.

Ele me deixou ver tudo.

— Ajax...

Ele observou minha boca como se esperasse que eu dissesse algo mais. E quando eu não disse, ele deixou a garrafa de lado e saiu da cama.

— Eu te aviso quando seu banho estiver pronto.

Com essas palavras, ele saiu do quarto.

Fiquei olhando ao redor por um momento, ainda atônita com o fato de que aquilo não era um sonho.

Achei essa mudança no comportamento de Ajax imensamente perturbadora. Principalmente pelo que ela evocava dentro de mim. *Curiosidade. Desejo. Anseio.*

Todas as coisas que eu não podia me dar ao luxo de sentir.

Não quando eu ainda queria fugir.

Nada disso está certo, lembrei a mim mesma. *Mesmo que minha libido diga o contrário.*

CAMI

O BANHEIRO me impressionou com o nível de comodidades totalmente abastecido, como se Ajax estivesse me esperando.

No entanto, ele disse *nós*, então tudo isso deve ter sido obra de Melek.

Mesmo assim, aceitei os *presentes* porque, tecnicamente, vinham de Ajax. E até agora, ele foi sincero comigo.

Ele também me preparou um banho de banheira, algo que não só lhe rendeu pontos de bônus, mas também me ajudou a me sentir um pouco mais viva.

Tanto que até consegui tomar uma ducha depois.

Mantive a temperatura fria para tentar dissipar o calor que se espalhava pela minha pele, mas não adiantou. Principalmente, porque a gentileza de Ajax atiçou uma chama que já estava acesa e que se recusava a ser apagada, mesmo com os grânulos de gelo do chuveiro.

Apoiei as palmas das mãos na parede, debatendo meu próximo passo.

Havia certas maneiras de lidar com o calor crescente dentro de mim, mas eu queria ser mais forte que os impulsos, ignorar aquela queimação pecaminosa e me lembrar da minha situação.

No entanto, uma parte estranha de mim continuava a sussurrar: *as regras humanas não se aplicam aqui. Estes são Faes do Submundo. Eles pegam o que querem. E você faz parte desse grupo, então por que não se entregar a esse desejo?*

Quase rosnei, mas preferi me concentrar em meus músculos ainda doloridos e na dor que o dia de ontem me causou. Isso me ajudou a me firmar um pouco, me forçando a esquecer a bondade de Ajax.

Pelo menos, até que os produtos na pia me lembrassem dos *presentes* que me aguardavam. Usei alguns deles, inclusive o pente e o secador de cabelo. Em seguida, envolvi uma toalha em meu corpo e abri a porta para dar uma olhada em Ajax.

Ele estava de pé em um pequeno recanto da cozinha, ao lado da sala de estar, ainda com aquela calça de moletom cinza. Como se tivesse percebido meu olhar, ou talvez ouvido a porta se abrir, ele olhou de volta para mim e me observou com interesse indisfarçável.

Parecia apropriado que ele não se desse ao trabalho de esconder sua curiosidade. Ele foi franco em tudo o mais, então, por que não nisso?

Infelizmente, essa franqueza só me deixou mais quente, não mais fria.

Dividir o espaço com ele dessa forma levaria a um teste totalmente diferente.

Ele pigarreou.

— Deixei algumas roupas para você no quarto.

— Obrigada — sussurrei, me sentindo estranhamente tímida ao correr em direção ao quarto dele.

Um uniforme me esperava na cama, a mesma camiseta branca e calça preta. Sem roupas íntimas.

Porque, é claro, eu seria forçada a continuar sem roupa íntima, pensei, suspirando.

Fechei a porta atrás de mim, tirei a toalha e me vesti. Era melhor do que ficar praticamente nua na sala de estar.

Passei os dedos pelo cabelo e olhei minha aparência no espelho atrás da porta.

Ele fez alguma coisa na iluminação para torná-la mais clara aqui, as chamas se expandiram pelas partes superiores da parede. Isso me fez lembrar de um castelo medieval modernizado, o que era um pouco contraditório, mas de alguma forma funcionava.

A magia percorreu minha coluna enquanto eu estudava meu reflexo, o que me fez revirar os olhos. Me virei para ver meu nome em minhas costas novamente.

No entanto, o encantamento continuava a se deslocar sobre a minha pele, a vibração fazia com que os pelos de meus braços se arrepiassem enquanto as estrelas começavam a aparecer embaixo de *Camillia De la Croix*.

Franzi a testa. *Seis estrelas?*

Então me lembrei do que Lúcifer disse sobre as estrelas antes do teste e entreabri os lábios.

Poder. Ou, pelo menos, essa foi a minha interpretação de suas palavras. Ele disse que poderíamos guardá-las para nós mesmas ou compartilhá-las com nossos companheiros pretendidos. Não havia dúvidas sobre minha escolha.

Mas como eu comecei com três estrelas? Será que outras também começaram com essa quantidade? Eu não prestei atenção naquele primeiro dia, a caminho da biblioteca, pois estava mais preocupada com os nomes.

Curvei os lábios para o lado. *Talvez o livro tenha algo a dizer sobre as estrelas*, pensei e voltei para a cama para tirar o item de debaixo dos travesseiros.

— Sabe, seria muito mais fácil ler o livro com um índice — eu disse ao livro ao abri-lo na primeira página.

Ela mostrava a mesma da noite passada sobre os Faes Pesadelos.

O que era estranho, pois Melek estava lendo do meio do livro, não do começo.

Tentei abri-lo do outro lado, só para ver o que aconteceria.

Mais Faes Pesadelo.

Folheei mais algumas ilustrações dos vários Faes Pesadelo, depois passei por outra seção sobre paradigmas.

— Não quero ver isso — informei ao livro enquanto me acomodava na cama e cruzava as pernas. — Estou curiosa sobre as estrelas. — Talvez, se eu reunisse um número suficiente delas, poderia usar o poder para negociar minha liberdade com Lúcifer.

Eu me recusava a aceitar meu destino aqui, mesmo que isso incluísse um Fae da Meia-Noite sexy e sem camisa preparando o café da manhã em outro cômodo.

— Preciso de algo útil — murmurei, falando com o livro como se ele fosse uma entidade real. O que talvez fosse. Ele certamente tinha vontade própria, algo que ele começou a provar à medida que as páginas se transformavam em algo novo.

Arregalei os olhos quando uma ilustração apareceu sem palavras, mostrando uma paisagem mística repleta de pedras.

Espere, não são pedras.

Túmulos.

O que esse livro está tentando me mostrar?

Um brasão no topo sugeria que poderia ser algum tipo de reino ou um cemitério real. Essa última hipótese me causou um calafrio.

Me inclinei de volta nos travesseiros e pressionei as mãos contra os olhos.

— Por que tudo é tão enigmático?

— O que é enigmático? — Ajax perguntou da porta, com o olhar em meus seios.

Claro. Camiseta branca.

Sem sutiã.

Suspiro. Homens.

— O livro que estou lendo — respondi, lutando contra a vontade de cobrir o peito com os braços, especialmente porque a atenção dele estava fazendo meus mamilos se eriçarem.

— Livro? — ele perguntou, finalmente encontrando meu olhar. — Que livro?

Apontei para o lugar em meu colo.

— Sim, o... — Parei quando percebi que o livro desapareceu de novo.

Estranho.

— Não importa — falei com um suspiro, depois passei as pernas pela beirada da cama para ficar de pé. O que, é claro, atraiu seu olhar para baixo novamente. — E quanto ao café da manhã? — perguntei, precisando me afastar da cama e daquele olhar ardente dele.

Ele pigarreou como se sentisse a mesma coisa e inclinou a cabeça para a sala de estar.

— Por aqui.

———

— Você é cheio de surpresas — falei com a boca cheia de batatas fritas e ovos com queijo derretido.

— Por que eu sei cozinhar comida humana? — ele perguntou enquanto tomava uma caneca de café que eu suspeitava ter sangue. — A maioria dos Faes da Meia-Noite conhece as preferências humanas.

Ao olhar para cima, eu o vi observar a pulsação em meu pescoço enquanto eu engolia.

Sim, eu também conhecia as preferências dos Faes da Meia-Noite. E tinha certeza de que eu seria muito mais saborosa do que seu café com sangue.

— Eu ia dizer que é surpreendente que você tenha a manhã livre — menti. Não era nada disso que eu queria dizer, mas parecia um caminho mais seguro do que admitir o quanto ele me surpreendeu desde que acordei. — Você não é o Diretor? — provoquei, esperando que um tom mais leve dissipasse um pouco da intensidade residual que aquecia o ar entre nós.

Ele me deu um olhar incisivo.

— Sim, e estou fazendo meu trabalho agora mesmo, me certificando de que minha incumbência esteja protegida.

— Protegida? — questionei. Era uma palavra estranha para se usar para uma prisioneira.

— Sim, o Príncipe Melek me deu ordens para te treinar para o próximo teste, e é exatamente isso que vou fazer.

Franzi a testa, pois saber que Melek era a causa do comportamento de Ajax não me pareceu certo.

O príncipe gostava de jogos que tinham consequências fatais se fossem perdidos.

No entanto, Ajax era um pouco mais direto e, se ele quisesse me preparar para o próximo teste, eu o ouviria. Seu conselho sobre a travessia da fronteira foi preciso, assim como tudo o que ele me disse sobre os Faes Pesadelo. Ele também continuou sendo honesto comigo, algo que eu suspeitava ser uma raridade por aqui.

— Que tipo de treinamento? — perguntei.

— Você verá — ele respondeu. A resposta me fez lembrar de Melek e eu franzi a testa.

Ajax geralmente era o mais sincero, que não se preocupava em se conter.

— Que enigmático da sua parte. Está recebendo dicas do *Príncipe Melek*?

O Fae da Meia-Noite soltou uma risada sem humor.

— Não exatamente, pequena rebelde.

Seus olhos azul-escuros me examinaram, e sua expressão ficou sóbria enquanto ele observava os arranhões cicatrizando e hematomas amarelados. Ser meio-fae tinha o benefício de melhorar a cura. Infelizmente, era provável que existissem muitas candidatas de sangue puro que podiam se curar ainda mais rápido.

— Não vou entrar em detalhes, porque acho que você precisa tirar o dia de hoje para descansar.

— Minha mente está bem — garanti a ele.

Tirando a fantasia de calor associada ao seu corpo sem camisa, pensei, sentindo as bochechas esquentarem.

— Quero saber mais sobre o treinamento que Melek solicitou. — *Pronto*. Minha voz soou educadamente severa, não ofegante ou sensual.

— Se você vai se tornar uma Fae do Submundo, precisa viver melhor no presente. Concentre-se no que precisa agora e pare de se preocupar com coisas que não pode controlar. — Ele esfregou o queixo, depois se recostou na cadeira, fazendo com que seus músculos ondulassem de forma sedutora. Em seguida, ergueu a sobrancelha e olhou de soslaio para o meu prato.

Semicerrei o olhar, peguei outra garfada e a coloquei na boca.

Seu sorriso de resposta parecia dizer: *boa garota*.

Muito bem. Eu comeria.

Não apenas para satisfazê-lo, mas também porque estava gostoso.

O Fae sabia mesmo cozinhar. Ele também comia rápido, seu prato se esvaziou muito antes de eu comentar sobre sua propensão a me surpreender.

Mas ele tomou seu café com calma, com as pupilas dilatadas cada vez que tomava um gole.

Com certeza, tem sangue ali.

Felizmente, ele não me trouxe uma xícara. Porque, eca.

Coloquei a última garfada na boca e fiz questão de mastigar e engolir.

— Satisfeito? — perguntei.

Seu olhar passou por mim novamente, encontrando meus seios sem sutiã.

— Dificilmente.

Revirei os olhos, ignorando a insinuação.

— Você pode me contar sobre o teste agora?

Ele ainda tinha aquele olhar divertido, que prometia coisas pecaminosas e perversas.

— Isso depende. Há alguma outra necessidade sua que ainda não tenha sido atendida?

Meu coração quase parou.

Ele não poderia estar se referindo a isso da forma como soou. Ele só queria dizer comida e sono. *Certo?*

Pigarrei.

— Bem, ainda estou cansada. Mas não consigo dormir se estiver me estressando com o desconhecido.

Ele considerou minhas palavras por um momento e deu de ombros.

— Talvez você possa tentar confiar em mim e em meus motivos, e tirar o dia de hoje de folga. Não fique ansiosa. Relaxe. Faça o que quiser dentro dos limites de meus aposentos. Então, amanhã, discutiremos o próximo teste.

Isso provocou um lampejo de fogo em minhas veias.

— Que motivo você me deu para confiar em você?

— Nenhum. — Ele inclinou a cabeça. — Mas a confiança tem que começar em algum lugar.

Ele se levantou e começou a limpar a mesa, deixando aquelas palavras ecoarem em minha mente.

— Não estou te escondendo nada de importante — ele falou baixinho. — O próximo teste é apenas mais batalhas com os Faes Pesadelo. Mas acontece que a próxima é uma especialidade minha. Por isso, Melek solicitou minha ajuda. E, como gosto de seu espírito, concordei.

Ele se aproximou de mim e passou os dedos pelos meus para tirar o garfo da minha mão. Mas ele não pegou o utensílio imediatamente, em vez disso, preferiu se segurar em mim enquanto se inclinava.

— Preciso que você esteja cem porcento para que eu possa treiná-la adequadamente. Portanto, hoje é dia de relaxar. — Ele pegou o garfo. — Não começaremos até que todas as suas necessidades sejam atendidas. Entendeu?

Contraí as coxas, pois suas palavras pareciam significar muito mais do que apenas uma tarde de descanso.

Porque, agora, eu tinha quase certeza de que ele estava insinuando algo totalmente diferente.

E eu não sabia se queria dizer não.

Mas, antes que eu pudesse responder, ele colocou os pratos na pia e os lavou.

— Vou tomar um banho. Sugiro que fique à vontade. — Ele olhou para a porta da casa. — E não tentaria sair se fosse você. Minhas videiras-serpentes são encantadas para te manter aqui, onde posso ficar de olho em você.

— Fabuloso — resmunguei. No entanto, eu não tinha vontade de sair desta sala. Pelo menos, não até me recuperar de ontem.

O que tornou a sugestão dele do *dia de descanso* uma boa ideia.

Ele deu uma piscada como se pudesse perceber minha aquiescência. Ou talvez tenha sido sua resposta ao meu comentário sarcástico.

Não importava. Não com a visão de todos aqueles músculos flexionando enquanto ele caminhava. Ele tinha até aquelas duas covinhas na parte inferior das costas, o que fazia de todo o seu torso uma obra de arte.

Se ao menos ele tirasse aquela calça de moletom, eu teria uma prévia completa.

Ajax enganchou os polegares nas laterais da calça, como se pudesse ouvir meu interesse. Ou talvez apenas sentisse meus olhos sobre ele. De qualquer forma, ele era um provocador, porque desapareceu no banheiro antes de puxar a calça de moletom cinza para baixo.

O chuveiro foi aberto no instante seguinte, fazendo com que eu fechasse as mãos.

Eu precisava *mesmo* de uma distração. Algo para fazer. Algo que me impedisse de tentar me juntar ao sexy Fae da Meia-Noite.

Eu *não* deveria me sentir atraída.

E, no entanto, meu interior estava em chamas por ele.

Não. Vai. Acontecer.

Me forcei a ir até o sofá e me concentrei em tentar ligar a tela. Certamente, os Faes do Submundo tinham filmes interessantes.

A menos que fossem todos relacionados a noivas lutando entre si até a morte.

Há reprises dos eventos de ontem em algum lugar? me perguntei, apertando teclas aleatórias no controle remoto. *Talvez...* Um jorro de magia brilhou no ar quando um homem alto, de cabelos escuros e ombros largos, apareceu do nada perto da entrada.

Az.

Seus olhos violeta se voltaram para o som do chuveiro, e ele curvou a boca em um sorriso sexy.

Entreabri os lábios quando ele tirou a camisa, revelando um peito e um abdômen definidos, comparáveis ao físico de Ajax, e seguiu em direção ao corredor, levando a mão ao cinto quando a camisa caiu no chão.

Observei suas costas, tão hipnotizada quanto fiquei com Ajax.

Até que ele paralisou.

Engoli em seco, e aquela sensação de queimação dentro de mim se transformou em um inferno.

Ele se virou para mim, seu olhar de falcão se fixou em meu corpo superaquecido.

Puta merda. Eu não tinha ideia do que estava acontecendo.

Mas sim, por favor. *Posso assistir?* Quase perguntei. Eu não sabia *o que* queria assistir, apenas queria o que estivesse por vir.

Suas narinas se dilataram e sua trajetória mudou enquanto ele se aproximava de mim no sofá.

— O que você está fazendo aqui?

Az

Meu sangue ardia de necessidade e minha fera interior me dominava com força.

Não consegui encontrar o pai de Camíllia De la Croix, um fracasso que irritou minha Fênix. O rastreamento era um dos principais pontos fortes da minha fera. O fato de essa força ser menosprezada por uma busca malsucedida despertou um surto de agressividade em mim que precisava ser expelido.

Daí a razão de eu ter vindo atrás de Ajax. Ele era o único que parecia ser capaz de lidar com minha energia furiosa durante o sexo. Não importava o quanto eu lhe desse, ele absorvia a vivacidade e a aceitava em sua alma, quase como se estivesse destinado a ser meu.

Mas minha Fênix não o reconheceu como seu companheiro pretendido.

Porque minha Fênix não reconhecia *ninguém* como digno de ser companheiro.

E não foi por falta de tentativas... procurei alguém que satisfizesse meu espírito animalesco por quase dois milênios. Minha falta de sucesso poderia ser resultado da minha herança mista. Ou talvez esse ser simplesmente ainda não existisse.

Typhos se tornou meu canal necessário, seu vínculo espiritual me fornecia a saída de que eu precisava para expelir minha abundância de poder. Mas ele não saciava minha fera interior. Poucos conseguiam.

O que tornava Ajax único.

E muito especial para mim.

Ah, ele ergueu um muro em torno de si, bloqueando as emoções e isolando seus sentimentos atrás de um escudo impenetrável. Entretanto, um dia eu romperia essa barreira. Eu já sabia como. Só não queria pressioná-lo. Pelo menos, não com muita força. Eu gostava de encontrar maneiras inteligentes de destruir essa armadura solidificada, forçando-o a me aceitar em pequenas explosões.

Minha Phoenix também gostava do jogo.

Isso acrescentava uma camada de satisfação à mistura que só intensificava nossa gratificação mútua.

Uma de que eu precisava agora, devido à fúria que estava se formando em meu interior.

Uma fúria que se intensificou ao encontrar a *fonte* de minha energia violenta sentada no sofá de Ajax. Era por causa dos pais dela que eu me sentia assim.

Eu queria colocar a mão em volta de seu lindo pescoço e exigir que ela me dissesse *como* eles escaparam da minha Fênix. Ninguém escapou dela. Havia pouquíssimos reinos onde uma alma poderia se esconder livremente, e eu duvidava muito que o pai dela estivesse em um deles.

O que sugeria que ele lançou um feitiço muito poderoso.

Um que ele não deveria ter os meios para lançar.

Os olhos cinzentos e tempestuosos de Camillia De la

Croix se arregalaram quando me aproximei, minha pergunta pairando com raiva entre nós.

— *O que você está fazendo aqui?*

Ela engoliu em seco, e o movimento atraiu meus olhos para aquele pescoço que eu ansiava por estrangular. Tão delicado e bonito. Feminino. *Perfeito para morder.*

Talvez eu pudesse estrangulá-la enquanto a comia.

O delicioso pensamento pintou uma imagem sombria em minha mente que fez com que minha Fênix a observasse em uma avaliação astuta. *Ela pode nos suportar?* ale parecia estar perguntando, enquanto minha fonte de energia avaliava a dela.

Minha fera estava faminta.

Andando de um lado para o outro.

Necessitada.

E o que quer que ele tenha visto em Camillia De la Croix fez com que meus joelhos se dobrassem para me juntar a ela no sofá, movendo a mão para seu cabelo sem pensar.

Ela não falou.

Nem mesmo se moveu.

Talvez ciente de que um verdadeiro predador a caçava agora.

Eu me inclinei para frente para sentir seu cheiro. *Humm,* minha fera interior murmurou em aprovação. *Rosas da noite. Pétalas caindo na noite, agitadas por um vento pecaminosamente decadente.* Inspirei profundamente, adorando a forma como sua excitação se entrelaçava ao seu perfume sutil, lhe dando aquela camada sensual.

Ela me lembrava de Melek e Typhos. Mas mais suave. Mais sensual. *Feminina.*

Eu a mordisquei no pescoço, provocando arrepios que eu desejava perseguir com a língua em sua pele.

— *Azazel.* — A voz de Ajax ecoou em minha mente,

atraindo meu predador em sua direção enquanto eu apoiava a palma da mão contra a barriga lisa de Cami.

Ela estava respirando rapidamente agora, enviando mais daquela deliciosa excitação para o ar.

Desejo. Calor. Anseio.

Isso me deu vontade de lamber seu pulso e morder.

Ao ver Ajax a poucos metros de distância, molhado do banho apressado e com apenas uma toalha na cintura, fiquei excitado.

— Você me deu um presente — minha Fênix ronronou, satisfeita com a oferta. Ajax e eu não tínhamos atendido às nossas necessidades no outro dia depois da luta, porque outras responsabilidades interferiram em nosso tempo de brincadeira. Isso deixou meu animal insatisfeito e faminto, uma sensação que só piorou com o fracasso em localizar o pai dessa garota.

O que fazia de Camillia um presente muito apropriado para minha Fênix.

Um presente atraente.

Meu olhar foi para seus seios empinados, orgulhosamente exibidos através do tecido branco fino, seus mamilos sinalizando para minha boca.

— Ela não é um presente, Az — Ajax falou baixo, mas com um toque de aço em sua voz. — Ela é uma candidata a noiva.

Minha Fênix roncou um pouco, gostando do som disso. Fazia muito tempo que uma fêmea não atraía a minha fera, pois a fragilidade delas costumava ser um desestímulo. Mas meu animal reconheceu a guerreira que se escondia sob a pele dela, sua energia ardente que ele queria explorar com a sua própria.

— Por que ela está em seu quarto? — perguntei, me inclinando para cheirá-la novamente. Fechei os olhos, e a fragrância dela aumentou minha fome. Parte de mim queria comê-la. A outra parte queria *conhecê-la*.

Agora, eu me concentrava na última parte, deslizando a palma da mão para cima para acariciar seu seio e passar o polegar em seu pico rígido. Ela inclinou a cabeça para trás em um gemido, e seu corpo se enroscou no meu.

— Az. — Ajax empurrou a mesa de centro para fora do caminho e segurou meu pulso. — Solte-a.

— Acho que ela não quer que eu a solte — murmurei, meus lábios tocando seu pulso.

— Fênix filha da mãe — ele disse. — Pare de provocar a candidata.

Camillia soltou um pequeno som ofegante que me fez rir contra seu pescoço.

— Quer que eu pare de te *provocar*, pequena guerreira? — perguntei, desenhando um leve círculo ao redor de seu mamilo intumescido.

Sua garganta se contraiu contra minha boca enquanto ela tentava engolir em seco.

— N-não — ela gaguejou, sua própria mão cobrindo a de Ajax em meu pulso. Ela não tentou ajudá-lo a me afastar, em vez disso, aplicou pressão, deliciando minha fera interior.

— Você a está hipnotizando — Ajax acusou com um rosnado baixo. — Se quer transar, pode transar comigo. Deixe-a ir.

— Não estou — sussurrei, aproximando os lábios de sua orelha para mordiscar um pouco. — Estou apenas desembrulhando meu presente.

— Ela não é a porra de um presente!

— Então por que ela está aqui? — repeti a pergunta. Eu não me importava com o motivo. Ela tinha um cheiro divino, e eu pretendia prová-la independentemente do motivo de ela estar aqui.

Lugar certo, hora certa e tudo mais.

— Quer ser meu presente, pequena guerreira? — sussurrei contra seu ouvido, descendo a mão de volta para seu abdômen e para a bainha de sua camisa. — Porque acho que desembrulhar você seria muito divertido.

Passei o polegar por baixo do tecido para traçar a pele macia de seu estômago. Ajax tentou puxar minha mão mais uma vez, fazendo com que a pequena guerreira cravasse as unhas em sua pele.

Ele agarrou meu cabelo com a mão oposta e afastou minha cabeça do pescoço dela.

Eu rosnei. Minha fera estava furiosa por ter sua recompensa tirada dela.

— Az. — Ajax parecia incrivelmente calmo novamente. — Você não pode ficar com ela nesse estado de espírito.

Pelo contrário, com certeza, eu poderia ficar com ela nesse estado de espírito. E o modo como ela gemia me dizia que ela adoraria cada minuto disso.

Minha Fênix ronronou enquanto eu tentava voltar o rosto para seu pescoço, mas o aperto de Ajax em meu cabelo me segurou.

Encontrei seu olhar ardente, com as bordas flamejantes que me lembravam o fogo azul.

— Solte-a.

— Não. — Em vez disso, ele apertou sua mão. — Use a mim. Não a ela.

Minha Phoenix avaliou a opção, observando as gotas que escorriam em seu torso e a toalha em sua cintura. Ele era muito tentador. E lindo também.

Mas seu cheiro não era tão doce quanto o da mulher ao meu lado.

— Ela é parte humana, Az. — O tom de Ajax

permaneceu baixo, quase persuasivo. — Você vai matá-la com esse humor.

Inclinei a cabeça, sentindo uma ardência em meu cabelo. Mas ignorei-a, enquanto minha Fênix considerava sua declaração. Um fio de energia saiu de minha alma para tocar a fêmea com gentileza, curiosa.

— Não. — A palavra saiu de minha boca com uma convicção que senti em meu íntimo. — Ela é mais forte do que parece. — Eu podia sentir o gosto de seu poder, aquela vitalidade subjacente que a marcava como muito mais do que humana.

Eu me afastei do controle de Ajax e levei os dedos ao queixo dela para trazer seu olhar para o meu.

— O que você é, pequena guerreira? — perguntei. — Você não parece humana.

Ela umedeceu o lábio inferior, suas pupilas estavam grandes e escuras, e sua expressão era de luxúria.

— Meu pai é um Fae do Submundo.

Semicerrei os olhos.

— Sim. Estou muito ciente disso. — *Com o poder de escapar da minha Fênix.* Meu controle sobre ela se tornou brutal. — Qual é a herança dele? Que mistura?

Ela recuou do meu aperto e sua mão encontrou meu pulso novamente. Dessa vez, seus dedos tocaram minha pele, e não a de Ajax. Ele me soltou, mas permaneceu bem diante de nós, e sua energia protetora excitou minha Fênix.

Porque isso me dizia que ele gostava dela.

Ele a *queria.*

E eu podia ver por quê.

Ela era poderosa. Linda. *Uma lutadora.*

Algo que ela evidenciava agora, ao cravar as unhas em minha pele de uma maneira semelhante à de Ajax momentos atrás.

— Você está me machucando.

— Sim. — Meu foco caiu para sua boca enquanto ela umedecia os lábios novamente. — Você gosta. — Eu podia sentir isso em seu cheiro, seu interesse era como uma flor desabrochando na sala que drogava meus sentidos.

Ela cravou mais as unhas.

— Eu não gosto de machucados.

— Do que você gosta, então? — perguntei, decidindo que isso era mais importante do que qualquer outra coisa. Principalmente porque minha Phoenix queria saber como agradá-la. Um desejo estranho, já que eu raramente queria agradar alguém além de mim mesmo. Mas havia algo nessa fêmea que deixava meu animal intrigado, e eu nunca negaria seus impulsos.

Suavizei meu aperto para demonstrar que sabia ouvir, fazendo com que suas narinas se dilatassem em resposta.

Ela gosta do meu reconhecimento, pensei. *Que bom.*

Ajax suspirou.

— Az. Ela é uma candidata. Ela não está aqui para isso.

Franzi a testa.

— Então por que ela está aqui?

Ninguém havia esclarecido esse detalhe para mim.

Não que eu me importasse.

Sua excitação falava muito. Eu senti o cheiro quando a vi, aquele perfume sedutor me atraiu para ela como uma Fênix para uma chama.

— As candidatas devem ficar com seus benfeitores durante o período de descanso — acrescentei, traçando meu polegar em seu lábio inferior carnudo. — Isso significa que você é o dela? — Porque isso implicaria que era permitido jogar e eu queria muito jogar.

— Melek solicitou um *upgrade* em suas acomodações e algum treinamento — Ajax explicou por entre os dentes. — Pare de usar sua energia da Fênix com ela, Az.

Curvei os lábios.

— Não. — Minha Fênix gostava bastante dessa pequena guerreira, seu poder era um atrativo que eu me recusava a ignorar.

— O que você é? — Fiquei maravilhado novamente, examinando seus olhos. — Seu pai é uma mistura de quê? — *Como ele conseguiu se esquivar de mim?* Minha irritação retornou ao me lembrar de minha missão fracassada.

Mesmo agora, eu não conseguia senti-lo. E eu tinha um alvo em sua essência, minha Fênix ainda estava caçando, apesar de Typhos ter me dito para voltar.

Assim que sua aura surgisse, eu iria atrás dele.

Mas a aura de Camillia era diferente da dele.

Ela tinha um sabor mais doce. Quase inocente por natureza. No entanto, aquela boca era pecaminosa. Eu queria beijá-la. Devorá-la. *Transar com* ela.

Sim, minha Phoenix parecia sussurrar. *Pegue-a.*

— Az. — A voz profunda de Ajax interrompeu meu foco, e seu chicote de poder envolveu meu pescoço como um laço. — Solte-a. Não vou pedir de novo.

Minha Fênix sibilou em resposta, e minha energia se espalhou em protesto, indo direto para a alma dele.

Ele rosnou, meu nome saindo de seus lábios como um xingamento, enquanto apertava a mão mágica em volta da minha garganta.

— *Agora.*

Soltei o queixo de Camillia e encarei o Fae da Meia-Noite furioso.

— Você não pode me dizer o que fazer.

— Hoje, eu posso.

Arqueei uma sobrancelha.

— Você acha que tem esse direito?

— Ela não é sua.

— Também não é sua — eu disse. *Ela pertence a Melek*

agora. É claro que ele estava apenas usando-a para algum tipo de jogo. Ou talvez pretendesse ficar com ela. De qualquer forma, eu a queria. Portanto, ele teria de compartilhá-la.

Assim como o Ajax.

Eu me levantei do sofá para entrar no espaço pessoal de Ajax e o bombardeei com mais energia. Seu aperto invisível em meu pescoço aumentou, cortando meu fluxo de ar. Em seguida, ela efervesceu ao meu redor em uma onda ardente de névoa semelhante a cinzas enquanto ele dissolvia o feitiço em outra coisa.

Algo quente.

Algo *sedutor*.

Minha Fênix se animou com as brasas, aprovando o calor e o beijo ardente em meu peito nu.

As narinas de Ajax se dilataram, as bordas azuis de seu olhar arderam.

A excitação furiosa zumbia no ar entre nós, seu pulso era um som sedutor para meus ouvidos sensíveis. Foi *para isso* que eu vim aqui... ele. Minha válvula de escape. Meu Ajax. O Fae da Meia-Noite que poderia aceitar minha agressividade e devolvê-la na mesma moeda.

Sim, sim.

Ele estava em dívida comigo desde a outra noite.

Ou talvez eu estivesse em dívida com ele.

Não importava. Ele estava quase nu, com gotas de água escorrendo sobre sua pele. E eu queria muito me satisfazer com um drinque.

Exceto por aquele cheiro doce...

Comecei a me virar de volta para o sofá, mas uma explosão de poder de Ajax me fez agarrá-lo e empurrá-lo contra uma parede próxima.

— Você vai pagar por isso, Sangue da Morte.

— Ótimo. — Ele segurou minha nuca, seus quadris pressionaram os meus. — Me faça sangrar, Fênix.

CAMI

PUTA MERDA.

A agressividade no ar era como uma droga para meus sentidos, me deixando toda quente.

Ou talvez isso fosse um resultado do toque de Az.

Porque, *uau.*

Ele não se incomodou com frases de efeito ou palavras sugestivas. Ele simplesmente pegou o que queria sem a menor preocupação de ser impedido.

Sua abordagem parecia quase primitiva, como se ele estivesse sendo guiado por alguma entidade animalesca dentro de si, em vez de sua própria mente.

Mesmo agora, ele parecia estar agindo por instinto. Seus movimentos eram fluidos e quase selvagens.

Engoli em seco, a visão diante de mim não fez nada para acalmar o fogo que se alastrava em meu interior.

Ajax acendeu o pavio.

Az jogou gasolina sobre ele.

E, juntos, eles provocaram uma explosão de êxtase que me deixou sem fôlego e necessitada no sofá.

Eu não conseguia me mexer, mesmo que quisesse.

Meus olhos estavam grudados em suas formas masculinas a apenas alguns metros de distância. Eles estavam rosnando e pulsando com força, engrossando o ar com desejo e violência. Eu mal conseguia respirar, pois a energia potente deles me afogava em um mar de *necessidade*.

Minhas coxas se apertaram.

Eu não deveria estar me sentindo atraída por eles. Não deveria estar sentada aqui observando. Caramba, eu não deveria estar aqui.

Mas eu *estava*.

Por causa das Provações dos Faes do Submundo. Por causa do acordo entre meu pai e Lúcifer. Porque Ajax me subjugou e me trouxe para este lugar.

Me sentir atraída pelo meu diretor era errado.

Mas eu não conseguia evitar.

Ele usava aquela toalha baixa nos quadris, revelando cada centímetro sedutor do seu torso esculpido.

E Az também estava sem camisa.

Os dois ofegantes. Eles estavam envolvidos em algum tipo de guerra de energia que eu podia sentir contra minha pele. Ela zumbia pela sala, fazendo com que os pelos de meus braços se arrepiassem.

A antecipação florescia entre eles, e seu eventual caminho era evidente na maneira como se abraçavam.

Eles vão transar. Aqui mesmo. Bem nesta sala. Bem na minha frente.

Porque Ajax disse a Az para usá-lo em vez de mim. Ele exigiu que Az me libertasse, dizendo algo sobre a energia da Fênix e ele estar me hipnotizando.

Talvez ele tenha feito isso.

Talvez fosse por isso que eu me sentia tão encantada por ele agora.

Mas parte de mim não se importava. Reconheci algo em seus olhos violeta, algo que eu queria explorar.

— Puta merda. — O xingamento de Ajax fez a pulsação entre minhas coxas vibrar, me fazendo quase gemer em resposta.

Esses homens eram perigosos para meus sentidos, fazendo com que eu me sentisse fora de controle e um pouco bêbada.

Eu não era virgem.

Mas nunca ninguém me fez sentir assim.

Tampouco vi dois homens se abraçarem como esses dois estavam fazendo agora.

Eles não são humanos, pensei, delirando com sua crescente toxicidade. *Eles são Faes. Faes antigos*. Pelo menos Az era. Ajax parecia um pouco mais jovem. Mas ainda mais velho do que eu. Mais experiente. Poderoso. *Sexual*.

Inspirei bruscamente, com os pulmões queimando pela falta de oxigênio.

Eu precisava escapar deste cômodo. Me esconder. Encontrar um lugar para existir em segurança enquanto Ajax e Az resolviam isso.

No entanto, minhas pernas não se moviam.

Na verdade, meus membros ficaram mais pesados à medida que a dinâmica de poder entre os dois mudou, a energia de Az parecendo dominar a aura de Ajax.

Eu não conseguia ver, mas sim sentir, os dois seres lutando com seus dons Fae em vez de com seus punhos.

Era sexy pra caramba.

Nunca fiquei tão excitada, e eles ainda nem estavam se beijando. Isso era apenas o aquecimento mental deles, com Ajax testando os limites de Az. Ele parecia estar perdendo agora, mas algo me dizia que era proposital, que ele queria perder e se submeter a Az.

Talvez essa fosse a dinâmica deles: Ajax se submetendo a Az.

Eu duvidava que qualquer um dos dois homens fosse se submeter a mim.

Mas tudo bem. Eu preferia que meu parceiro fosse forte no quarto.

Espere... eu não deveria estar pensando assim. Eu deveria estar correndo! Usando sua distração para...

Oh.

Caramba.

Caramba.

Eles estão se beijando.

Arregalei os olhos, sentindo meu coração bater muito forte enquanto Az atacava Ajax com a boca.

Eles estavam encostados na parede ao lado do sofá, literalmente à distância de um toque, e se beijavam com uma ferocidade que eu podia sentir marcar minha própria pele.

Az segurou a toalha de Ajax no instante seguinte, puxando-a de seus quadris e agarrando a excitação quente por baixo.

Abri os lábios ao ver o pênis de Ajax na mão de Az. E a barra de metal na ponta.

Do tipo que atravessava a cabeça do pênis de Ajax.

Ele tem um piercing.

Ele tem um piercing lá embaixo.

Ele é enorme.

Ele está pulsando.

Ele é tão lindo.

Todos os pensamentos se embaralharam em minha mente, eliminando cada grama de sentido do meu ser.

Quero lambê-lo. Quero sentir essa barra dentro de mim. Quero me juntar a eles.

Az passou o polegar sobre a fenda de Ajax, depois levou a essência à sua boca para lambê-la.

Ajax ofegou, com os olhos famintos fixos em Az.

— Você quer prová-lo, pequena guerreira? — Az perguntou, seus olhos escuros voltaram a se concentrar em mim.

— Az — Ajax disse, com um pouco daquele poder se acendendo mais uma vez.

— Você me disse para transar com você, e eu vou. Mas e quanto a você? E quanto a *ela*? — Az não afastou o olhar de mim enquanto falava, o que me fez arder muito mais por eles.

Porque suas palavras eram um convite.

Um convite que eu deveria rejeitar. Esses homens eram meus captores. Mas os Faes viviam sob regras diferentes.

E eles não eram o motivo real de minha prisão.

Na verdade, Ajax tentou melhorar minhas acomodações. Ele também foi honesto desde o início.

E Az... eu mal o conhecia. No entanto, sua abordagem direta me deixou sem fôlego. Ele era o tipo de homem que podia abordar uma mulher no bar, dizer que queria transar e deixá-la nua em minutos.

Se eu fosse essa mulher, eu diria sim em um piscar de olhos.

Exatamente como eu queria fazer agora.

— Deixe-a em paz, Az. — Os dedos de Ajax foram até a calça de seu parceiro para abrir o botão com habilidade. — Vá se esconder no meu quarto, Cami.

Az grunhiu.

— Como se isso fosse salvá-la. — Seu olhar de fera permaneceu em mim. — Quer brincar conosco, pequena guerreira? — Ele segurou o pênis de Ajax novamente e lhe deu uma carícia violenta, fazendo com que o outro homem xingasse enquanto puxava o zíper de Az para baixo.

A agressividade animalesca na sala obscureceu quando Az tirou a calça, deixando os dois homens nus, com Az ainda totalmente concentrado em mim.

Ajax o agarrou de maneira semelhante, exigindo sua atenção.

— Corra, Cami.

Eu não conseguia.

Não conseguia respirar, muito menos me mexer.

Eles estavam muito sensuais. Muito imponentes. Me consumindo demais. Toda a minha atenção recaía sobre suas excitações espessas e pulsantes.

Az era mais comprido e mais magro do que Ajax, o que parecia ser verdade, considerando que ele também tinha alguns centímetros de altura a mais.

Mas eles eram lindos juntos. Viris. Inumanos. *Impressionantes.*

Engoli em seco, meu cérebro se derreteu sob o encanto do abraço deles enquanto Ajax se inclinava para frente para mordiscar de maneira ameaçadora a garganta de Az.

Az respondeu apertando a mão e provocou um rosnado ameaçador de Ajax.

A energia vibrou na sala, os dois homens usavam seus poderes e força, e lutavam em um nível sensual que beirava a selvageria. Obviamente, era assim que eles preferiam brincar um com o outro, com todos os tons violentos e aberturas sexuais.

E Az queria que eu participasse.

Ele ainda não tinha parado de me observar, apesar de estar com o pênis de Ajax em suas mãos.

Algo nisso me deixou ainda mais excitada.

Porque ele não se preocupou em esconder o quanto me desejava, com seu olhar penetrante me examinando com claro interesse. Não havia falsas promessas ou chavões persuasivos, apenas um homem expressando seu desejo.

Talvez esse fosse o jeito dos Faes. Ou talvez fosse apenas o Az.

— *Cami* — Ajax murmurou. Ele inclinou a cabeça

para trás e finalmente olhou para mim com seu olhar azulescuro aquecido. — Se você ficar aí... — Ele se interrompeu com outro xingamento quando Az virou a mão para cima e passou o dedo no líquido que escorria da cabeça novamente.

Mas dessa vez ele não levou o polegar aos próprios lábios.

Em vez disso, estendeu a mão em minha direção como uma oferenda.

Um aceno.

Um convite físico, já que eu ainda não respondi ao convite verbal.

Meu estômago se contraiu, minha boca se encheu de água para provar.

Me inclinei como se ele me controlasse por meio de um fio, e meus lábios se abriram automaticamente para aceitar a oferta. Era como se Az estivesse segurando o ar de que eu precisava para respirar, o sustento de que eu precisava para *viver*.

Fechei a boca ao redor de seu polegar, o sabor pecaminoso acariciava minhas papilas gustativas e provocava um gemido profundo.

Ajax. Az. Ambrosia.

A essência salgada foi direto para minha alma, incendiando meu sangue com uma necessidade ardente que eu não podia mais ignorar.

Talvez tenham sido vários dias de adrenalina e experiências de quase morte que levaram a esse momento.

Talvez tenha sido a exaustão por estar vivendo literalmente em um inferno.

Talvez fosse o fato de estar perto de dois homens que não eram humanos, dois *Faes*, que incendiaram minha libido.

Ou talvez fosse apenas o destino.

Independentemente disso, segui a mão de Az quando ele começou a se afastar, meus lábios se recusando a soltá-lo, minha língua precisando de mais.

Ele me ergueu, me levando facilmente para além do sofá e me juntou a eles na parede.

— *Puta merda* — Ajax disse. — Você a enfeitiçou.

Um termo diferente do que ele usou antes - *hipnotizar*. E ele falou como se isso já tivesse sido feito, como se seu feitiço hipnótico tivesse sido aprimorado para feitiçaria.

Az sorriu, com os lábios curvados em um sorriso predatório, sem um pingo de remorso.

— Não. A guerreira interior a está guiando, não eu.

Guerreira interior? repeti, considerando o termo. Não tinha certeza se concordava, porque me sentia bastante enfeitiçada por ele e por seus olhos hipnóticos, agora negros. Eles me lembravam piscinas de tinta de necessidade aveludada, com um brilho intenso e que consumiam tudo.

Eu queria me afogar nele. *Neles.*

Az afastou o polegar de minha boca, me deixando trêmula ao lado dele.

— Ajax acha que você não quer isso — ele murmurou.

— Prove que ele está errado, Cami. Beije-o. Toque-o. *Lamba-o.*

Estremeci, as palavras atraíram meu foco para o Fae da Meia-Noite. Ele quase parecia estar sofrendo, e sua expressão irradiava conflito interior. Ele queria me dizer para fugir. Mas parte dele também parecia querer que eu me ajoelhasse, que o *lambesse* como Az instruiu.

Eu não tinha certeza de como sabia disso.

Talvez por instinto.

Ou o brilho de luxúria em seus olhos.

Mas esse conhecimento me fez sentir forte, *desejada* e capaz de muito mais.

Ajax queria que eu fugisse. Que me escondesse. Que deixasse Az e ele transarem, ficando sozinha em seu quarto sem nenhum tipo de saída para toda a dor, angústia e *necessidade* que se acumulavam dentro de mim.

Não.

Eu me recusava.

Os dois estavam nus. Sedutores pra caramba. A maior fantasia diante de mim em uma exibição da perfeição muscular sedutora.

As pupilas de Ajax se dilataram quando ele encontrou meu olhar, aquele ardor anterior entre nós se reacendeu em um instante e me envolveu em novas chamas.

Eu o desejava.

Sabia que era errado. Que nada disso deveria estar acontecendo. E ainda pretendia encontrar uma maneira de sair desses testes.

Mas brincar com Az e Ajax não me comprometia com eles. Apenas aliviaria uma das minhas dores. Talvez até fizesse toda essa experiência valer a pena.

Bem, isso parecia um exagero.

No entanto, eu não queria mais pensar nisso.

Queria me perder em seu toque, cuidar da dor entre minhas coxas e provar a Ajax que eu desejava isso.

Sim, sim, pensei, dando um pequeno passo em direção a ele. *Provar ao Ajax que eu quero isso. Mostrar a ele que não estou enfeitiçada.*

Foi isso que Az me disse para fazer.

Era isso que eu *queria* fazer.

Beijá-lo. Tocá-lo. Lambê-lo.

As narinas de Ajax se dilataram, sua garganta se contraiu.

— Cami, você não precisa fazer isso.

— Eu sei — sussurrei, aproximando meus dedos por vontade própria para tocá-lo. Apenas o peito, o centro suave do esterno, porque eu não confiava em mim mesma para acariciá-lo em qualquer outro lugar. Não com seu piercing lá. *Eu deveria lambê-lo ali*, pensei. *Deveria me ajoelhar e beijá-lo, depois lambê-los... bem... ali...*

Meus joelhos começaram a se dobrar, quase como se minha mente não fosse mais minha.

Olhei de relance para Az, imaginando se era ele quem estava conduzindo meus movimentos, me tratando como uma espécie de marionete excitada que ele podia controlar mentalmente. Seus olhos escuros prenderam os meus mais uma vez, as profundezas obsidianas fazendo com que meus lábios se entreabrissem e meus mamilos endurecessem até atingir picos dolorosos.

Ah, nossa...

Eu estava completamente extasiada por eles, sua toxicidade luxuriosa me impulsionava e apagava todos os pensamentos da minha mente.

A palma da mão de Az se curvou ao redor da minha nuca, seu polegar acariciava meu pulso enquanto ele se inclinava para beijar meus lábios. Eu me abri para ele automaticamente, querendo mais.

Mas ele guiou minha boca para longe da sua.

E em direção à Ajax.

Me empurrando contra o Fae da Meia-Noite com uma força suave que me fez obedecer por instinto.

Ajax rosnou e a vibração ressoou em meus lábios.

— Beije-a — Az sussurrou. — Ela quer que você o faça.

— Eu vou te matar — Ajax ameaçou, suas palavras provocando um tremor profundo. Porque eu não tinha certeza se ele queria dizer aquela frase para mim ou para Az, ou talvez até para nós dois.

Mas isso não importava.

Porque, no instante seguinte, seus lábios capturaram os meus.

E eu me esqueci de tudo em um piscar de olhos.

Tudo o que importava era Ajax. Sua boca. Sua língua. Seu *sabor*.

Caloroso. Quente. Decadente.

Poder masculino.

Perfeição da meia-noite.

O aperto de Az em meu pescoço se intensificou, me lembrando de sua presença, e senti seus lábios contra minha orelha.

— Beije-o, Cami. Beije-o de *verdade*.

Eu beijei.

Eu *estava* beijando.

Mas queria tornar o beijo melhor, mais intenso, mais habilidoso, só para provar um ponto.

Me entreguei inteiramente a Ajax, envolvendo os braços em seu pescoço enquanto me colocava entre ele e Az. O calor envolveu minha frente e minhas costas, os dois machos permitindo que eu sentisse as excitações através de minhas roupas.

Mas essas roupas começaram a desaparecer.

As mãos de Az percorreram meu corpo e seu aperto deixou meu pescoço para tirar minha calça. Ajax cuidou da minha camiseta, seus dedos roçaram minha pele enquanto ele puxava o tecido para cima, revelando minha barriga e depois meus seios.

Tudo aconteceu muito rapidamente, meus sentidos nem tiveram tempo de perceber sua intenção até que eu estivesse nua entre eles, presa entre os corpos musculosos e ofegante com uma necessidade que incendiou minhas veias.

— Ela é perfeita — Az sussurrou, passando os lábios pelo meu pescoço enquanto ele subia a boca para mordiscar o lóbulo da minha orelha. — Tem certeza de que não podemos transar com ela, Ajax? Porque ela é tão macia e bonita. — Ele me mordeu com força, provocando um suspiro.

Um que Ajax engoliu com um grunhido quando um fio de calor tocou minha pele.

— Ela também sangra docemente — Az disse, traçando com a língua a ferida que ele criou, e deixando uma ardência sutil para trás.

Em seguida, ele se aproximou de mim e segurou o cabelo de Ajax para afastar sua boca da minha e beijá-lo profundamente.

Ajax enrijeceu contra mim, levou as mãos para os meus quadris e me puxou ainda mais para perto. Seu pênis era como uma marca contra a minha barriga enquanto ele sugava meu sangue da língua de Az.

O mundo girava ao meu redor, a cena era tão erótica que quase desmaiei com a visão e a sensação de estar presa entre esses dois homens.

Mas, no instante seguinte, a boca de Ajax voltou a me tocar, me prendendo contra ele enquanto os lábios de Az voltavam ao meu pescoço.

Isso tudo era muito mais do que eu previ.

Muito mais do que eu jamais poderia ter sonhado.

Parte de mim se perguntava se isso era algum tipo de novo teste, uma maneira de ver se uma noiva Fae do Submundo poderia lidar com a virilidade de seus potenciais companheiros. E só de pensar nisso, eu ficava tonta novamente.

Mas Ajax e Az estavam lá, percorrendo meu corpo com as mãos com um interesse aberto. O calor deles marcava minha pele e exigia minha participação.

Eu me perdi nos toques, nas bocas e nas línguas experientes.

Porque eles começaram a *compartilhar*.

Ajax me virou para encarar Az, dizendo para eu beijá-lo em um tom semelhante ao que Az usou antes, e eu obedeci. Porque eu não sabia mais o que fazer. Eu era uma escrava da paixão deles, totalmente consumida pelas reivindicações masculinas e extasiada com o momento.

A língua de Az era tão habilidosa quanto a de Ajax, mas com um toque de comando em seus movimentos. Ele não era o tipo de homem que permitia que eu liderasse. Ele sabia o que queria e como queria, o que passou a demonstrar com a boca.

Enquanto Ajax parecia um pouco mais aberto à exploração, podendo até aceitar a troca de papéis, desde que acabasse ficando por cima no final.

Dois machos muito diferentes.

Mas igualmente poderosos, competentes e duros.

Eu me senti pertencente.

Possuída.

Marcada como deles.

Quase como se não precisássemos de nenhum tipo de reivindicação para sermos acasalados.

Um pensamento aterrorizante que escapou assim que Az segurou meu seio, massageando meu mamilo com o polegar. Os lábios de Ajax encontraram meu pescoço, e sua língua provocou minha pulsação.

Uma mordida, lembrei a mim mesma. *Uma mordida e eu serei dele*.

Era o tipo de pensamento que eu deveria expressar em voz alta, com a palavra *pare* dita em voz alta.

Mas ele moveu os lábios para o meu ombro, deslizou as mãos para o meu estômago e desceu até a parte superior das minhas coxas. Explorando. Memorizando. *Me satisfazendo*.

Az passou os dedos pelo meu cabelo, e meu rabo de

cavalo desapareceu em segundos. E então ele o puxou, com força suficiente para trazer lágrimas aos meus olhos. Lágrimas que ele observou quando se afastou para examinar minhas feições. Seus olhos totalmente negros eram ferozes, consumidos por qualquer fera que estivesse em seu espírito.

Uma Fênix, pensei. *Ele é um Fae Fênix.*

Mas não era um Fae Metamorfo comum, não.

Ele era algo *mais*. Algo cheio de energia, graça e poder absoluto. Ele poderia me destruir em um sopro. Poderia até fazer isso agora.

Eu parecia estar sob algum tipo de avaliação, seu animal decidindo se deveria ou não prosseguir.

Um zumbido sutil de poder percorreu minha pele, beijando meus sentidos enquanto ele continuava a me encarar. Seguiu-se uma explosão de calor que me fez ofegar com a forma como ele percorreu minhas veias, parecendo ir direto para a área sensível entre minhas coxas.

Apertei as pernas, com a umidade se acumulando ali.

E outro jato de energia se seguiu, indo direto para o meu clitóris.

Puta merda...

Ele sequer estava me tocando. Não de verdade. Apenas seu polegar estava contra meu mamilo e seus lábios a milímetros de distância dos meus.

Mas ele estava me acariciando por *dentro* com seu poder.

Gemi quando ele fez isso pela terceira vez, e meu núcleo pulsou com uma necessidade intensa que me fez recostar em Ajax para me apoiar. As mãos dele deslizaram para dentro ao longo das minhas coxas, roçando as pontas dos dedos em minha umidade, enquanto soltava um ruído de aprovação.

— Ela gosta de seu poder.

— Assim como você — Az respondeu, fazendo o pênis de Ajax saltar contra a parte inferior das minhas costas.

Engoli em seco e minha boca ficou subitamente seca quando outra onda de choque passou por nós dois, fazendo meu interior arder e Ajax pulsar atrás de mim. Sua boca foi para meu pescoço novamente, e sua respiração ofegante de necessidade rivalizou com a minha.

O que quer que Az estivesse fazendo conosco estava alimentando nossa necessidade e nos deixando muito mais próximos do limite.

Sem realmente nos tocar, pensei novamente. *Que magia é essa?*

Eu me sentia delirante. Girando em uma piscina de necessidade. Me afogando em seu olhar sombrio. Me sentindo pulsar de poder.

Az encostou seus lábios nos meus, com um sorrisinho em sua boca.

— Quero ficar com ela.

— Ela não é nossa — Ajax disse.

— Acho que vou ficar com ela de qualquer forma — Az disse, roçando seu nariz no meu. — Minha Fênix está muito apaixonada por ela. Talvez até mais do que por você.

Ajax grunhiu.

— Eu preciso de um tempo.

— Você precisa? — Os olhos escuros de Az deixaram os meus e se voltaram para o homem atrás de mim. — Quer correr para o seu quarto e nos deixar brincando?

— Eu preciso de um tempo de *você* — ele esclareceu. — Não vou deixá-la.

— Ah, então você a quer.

— Acho que isso é bastante óbvio, não é? — Ajax pressionou minhas costas como se estivesse me perfurando para chegar a Az, me fazendo ofegar. Porque sua ação me levou muito mais perto de Az, que pressionava a própria ereção em minha barriga.

Não sei como fui parar entre eles. Mas acho que vou ficar aqui para sempre, pensei sonhadora. *Sou um bom sanduíche de Cami. Mas eles são a carne, não o pão.*

Quase suspirei de contentamento.

Mas outra onda daquela energia viciante aqueceu minhas veias, provocando um gemido meu.

— Ela está muito molhada? — Az perguntou.

Ajax passou os dedos pelo meu sexo, e o gemido resultante me deixou tonta. Em vez de responder verbalmente, ele levou a mão até a boca de Az, da mesma forma que o outro fez quando me ofereceu seu polegar.

Os olhos escuros capturaram os meus enquanto ele se inclinava para lamber minha essência dos dedos de Ajax. O ardor em seus olhos me fez tremer e minhas pernas ficaram tensas.

Ajax tocou meu sexo. com os dedos ainda úmidos da boca de Az enquanto me mantinha ereta entre eles.

— Ela é deliciosa — Az disse, com os olhos de obsidiana voltados para Ajax. — Quero ver você comê-la com a língua enquanto eu te tomo por trás.

AJAX

A IMAGEM que as palavras de Az pintaram fez meu pau pulsar.

Tão grosseiras.

Tão direto ao ponto.

Tão *erradas*.

Eu deveria parar com isso. Deveria exigir que Cami fugisse. Mas o cheiro de seu interesse, a sensação de seu *calor*, me tornaram inútil nesse ataque sensual.

A Fênix de Az venceu.

Tudo o que eu podia fazer agora era controlar as consequências.

Naquele momento, eu odiava Az. Eu o adorava. Queria socá-lo. Precisava venerá-lo. Era um conflito de interesses tão grande, tudo tão inapropriado que quase consegui rejeitá-los mais uma vez.

Mas Cami se virou, exibindo aqueles seios lindos, a barriga lisa e o monte bem aparado.

E eu estava acabado.

Fazia muito tempo que eu não tocava em uma mulher

de verdade. Ela tinha um cheiro tão doce e fresco, e sua excitação era um farol que minha língua desejava explorar.

Eu a queria. Eu a desejei desde o momento em que a vi no Reino Humano, depois de vê-la chutar o traseiro de Payan. Ela era feroz, forte e muito sexy.

Seus olhos brilhavam para mim agora, seu olhar me lembrava o de uma Sereia. Tão tentador e ilustre. Um homem morreria só por esse olhar.

Um sacrifício que eu poderia fazer apenas ao tocá-la.

Porque ela não era minha.

Ela era uma candidata sob meus cuidados.

Parecia que eu estava tirando vantagem de sua situação, tomando-a sem o verdadeiro consentimento. Mas sua boca contra a minha *parecia* consensual. Especialmente quando ela segurou minha nuca e entreabriu meus lábios com a língua.

Agarrei seus quadris mais uma vez, levando uma das mãos para a parte inferior de suas costas para aproximá-la de mim e retribuí seu beijo.

De alguma forma, ela sabia que eu precisava disso.

Ou talvez fosse tudo Az.

Sua Fênix podia compelir, mas ele continuava dizendo que não era ele, que ela não estava hipnotizada pelo seu desejo. Az não mentia. Se ele estivesse manipulando a situação, ele reconheceria isso.

O que significava que ela queria estar aqui.

Ainda assim, senti uma ponta de energia hipnótica em seu olhar, mas não de uma forma tangível ou óbvia. Era mais como se ela tivesse se perdido no mar da luxúria, sua mente capitulando à nossa enquanto nos dava acesso total ao seu corpo.

A atração era mútua.

Eu já senti o interesse dela antes, meus sentidos de

vampiro captaram seu pulso acelerado e as pupilas dilatadas.

Mas a atração nem sempre era suficiente.

Especialmente em uma situação como essa.

Era por isso que eu deveria me afastar e exigir novamente que Az me levasse para outro quarto.

Mas a língua de Cami me prendeu contra ela.

Ela passou os braços em volta dos meus ombros, me abraçando e pressionando aqueles seios perfeitos contra o meu peito. Gemi, sentindo sua forma atlética se encaixar tão bem na minha. Ela era pequena. Delicada. Mas incrivelmente forte. Tão linda e parecida com uma Fae.

Eu queria ficar com ela.

Queria torná-la minha.

E o fato de ter o sangue dela em meu organismo só tornou esse desejo mais resoluto.

Eu sabia que não deveria mordê-la. Eu *não* a morderia.

Mas a satisfaria.

Eu a provaria.

E a sentiria gozar em minha língua.

Az a abraçou por trás, seu toque foi para o meu cabelo antes de percorrer os braços dela e descer pelas laterais. Depois, estendeu a mão entre nós para encontrar meu pau que pulsava. Ele não o agarrou, apenas o acariciou com um dedo, me provocando enquanto eu beijava Cami.

Ela pressionou a mão de Az, prendendo seu toque no meu pau e provocando uma risada suave dele.

— Nossa guerreira quer mais — ele disse, beijando o pescoço dela e envolvendo a palma da mão com mais firmeza ao redor de mim. — Assim como eu.

Sim, eu sabia o que ele queria.

Ele já delineou suas intenções.

E Cami parecia estar confirmando com a boca que queria o que Az sugeriu.

Eu me inclinei para ela, pedindo a Az que desse um passo para trás enquanto Cami reagia aos meus movimentos. Sua língua continuou a duelar com a minha enquanto eu me movia para a frente novamente, sentindo seus braços me apertarem, sugerindo que ela não queria me soltar.

Minha mão permaneceu na parte inferior de suas costas, adorando a sensação de sua pele e o suave roçar da excitação de Az contra os nós dos meus dedos. Usei a mão oposta para agarrar seu quadril, empurrando apenas o suficiente para dizer a ele o que eu queria – uma posição melhor para atender às suas exigências sexuais.

Az segurou a cintura de Cami, puxando-a com ele enquanto se movia, seguindo minha dica e nos conduzindo pela sala de estar até o meu quarto.

Que foi onde eu disse para ela se esconder.

Então, supus que isso significava que Az estava certo quando disse que isso não a salvaria.

Caramba, nada a salvaria de nós agora.

Era perigoso, intoxicante e inegavelmente errado.

No entanto, eu não conseguia mais lutar contra a atração. Não a soltei. Em vez disso, beijei-a com mais força. E a segui até a cama com minha boca na dela, rastejando sobre seu corpo enquanto Az a guiava até o colchão.

Foi perfeito.

Lindo.

Um movimento sensual do destino.

Eu não conseguia parar de tocá-la. Não conseguia parar de beijá-la. Não conseguia parar de *desejá-la*.

Ela parecia perfeita demais embaixo de mim, sua forma flexível se fundia à minha enquanto eu me deitava sobre ela.

Quente. Desejosa. Cheia de luxúria.

Ela abriu as pernas para os meus quadris. Sua umidade era como um beijo molhado em meu pau, que me fazia pulsar por ela. Mas eu queria saboreá-la primeiro. Queria criar a imagem que Az pintou em minha mente.

Então, comecei a descer, beijando cada centímetro dela a caminho de seus seios. Az se inclinou para tomar a boca de Cami com a sua, me fazendo gemer contra seu mamilo. Era uma visão extremamente erótica vê-lo dominá-la com a língua.

Nunca compartilhamos uma mulher. Principalmente porque a Fênix de Az era seletiva, e eu tendia a evitar envolvimentos sexuais.

Mas Cami superou toda a lógica.

Havia algo nela que eu precisava conhecer. Explorar. *Provar.*

A lembrança da minha busca fez meu pau pulsar de necessidade. Senti minha boca salivar por ela. Mas terminei minha tarefa de memorizar seus seios primeiro, levando seu mamilo à boca, e suguei profundamente. Lambendo-o. Mordiscando. Com cuidado para não morder.

Ah, mas eu queria cravar meus dentes naquela carne macia.

Fazê-la sangrar.

Beber dela.

Era um desejo que me deixava sem fôlego.

Az a soltou. Seus olhos negros encontraram os meus, sua Fênix claramente sentindo meu desejo. Porque ele me conhecia. Podia ler minha energia. Podia ler cada coisa sobre mim.

Uma lâmina apareceu na palma da mão de Az, uma das muitas que ele podia conjurar à vontade.

Ele pressionou a ponta afiada contra o peito de Cami e arrancou um suspiro da garganta dela.

— Não se mova, doce guerreira — ele falou, com a mão oposta na garganta dela. — Estou dando ao Ajax o que ele precisa.

Estava na ponta da minha língua dizer a ele que parasse, que estava indo longe demais, mas ele cortou a pele dela no instante seguinte, provocando um sibilo de seus lábios.

O sangue se acumulou ao longo do caminho que ele criou, e o corte superficial foi suficiente para atrair a essência dela para a superfície.

A lâmina desapareceu com um comando sussurrado de Az, e então ele estava beijando Cami novamente, acalmando sua dor com a boca. Ela se enrijeceu embaixo de mim e contraiu suas coxas junto com as minhas.

Fiquei pensando em como proceder, mas sua essência me chamou, implorando para que eu a lambesse.

E não apenas ao longo de seus seios, mas também entre suas pernas.

Comecei pela ferida que Az criou, confortando-a com minha língua e gemendo com seu sabor. Tão leve. Doce. *Viciante*.

Meus instintos rugiram em minha pele, exigindo que eu a mordesse mais uma vez, mas domei meus impulsos e, em vez disso, lambi com cuidado antes de voltar ao seu pico rígido. Ela gemeu enquanto eu adorava seus seios, qualquer que fosse a ardência que o ferimento tivesse causado, ela fugiu em favor do prazer que Az e eu lhe proporcionamos.

Depois, continuei descendo até a prova de seu desejo.

Tão úmida. Tão quente. Tão *necessitada*.

Seu clitóris estava inchado, implorando pelo meu toque, e sua umidade brilhava com um interesse quente.

Passei a língua, gemendo com seu gosto sedutor. Era

diferente de seu sangue, mas igualmente doce, quase cítrico.

Viciante também.

Assim como o resto dela.

— Você estava certo, Az — sussurrei contra sua pele. — Ela tem um gosto incrível.

— Hum — ele murmurou, ainda beijando-a.

Agarrei suas coxas para abrir ainda mais suas pernas e a penetrei com a língua.

Ela deu um pulo, agarrou o edredom de cada lado de seus quadris e o apertou.

Az acariciou seu seio, segurando-a contra o colchão enquanto continuava a dominar sua boca, e eu me familiarizava com sua doce boceta.

Ela começou a tremer, e os vestígios de um orgasmo já estavam claramente próximos. Passei a língua para cima, circundando o clitóris antes de sugar o ponto sensível, forçando-a a ultrapassar o limite inicial.

Há muito tempo não fazia algo assim, mas eu sabia como levar uma mulher à loucura.

E a prova dessa habilidade começou a se manifestar quando ela gritou contra a boca de Az.

Um som lindo. Algo que eu pretendia repetir. O que eu disse a ela sem palavras enquanto continuava meu ataque contra sua boceta molhada.

Ela tremia, tentava fechar as pernas, mas eu não permitia. Ela podia aguentar mais. E eu planejava dar mais também.

Az a silenciou quando ela tentou protestar.

— Deixe o homem fazer o trabalho dele, Cami.

Ela ofegou.

— Eu...

— Você pode lidar com isso — ele interveio. — E eu quero ver você gozar de novo. — Ele se inclinou para mordiscar o lábio dela enquanto eu observava por entre suas coxas. — De novo. — Ele passou a mão em seu lábio inferior. — *E de novo.*

— Oh, deuses...

— Faes — ele corrigiu em voz baixa. — Não deuses.

Eu dei uma risada, e ela estremeceu.

— Você gosta dessa vibração, Camillia?

Ela gemeu, revirando os olhos.

— Acho que isso é um sim. — Az se inclinou para capturar o mamilo dela, mordendo-o de uma forma que eu gostaria de poder. Mas não confiava em mim mesmo para não romper a pele.

Cami estremeceu novamente, com os nós dos dedos ficando brancos de tanto agarrar o edredom. Então, ela gemeu quando ele passou a língua no mamilo sensível.

Parecia que Az estava certo sobre o fato de ela desejar um pouco de dor com o prazer. *Anotado.*

Não que isso vá acontecer novamente.

Talvez.

Afastei os pensamentos, me concentrando no presente e no modo feroz como Az se movia na cama. Eu sabia o que ele pretendia fazer, mas, em vez disso, ele montou no tronco de Cami, posicionando a virilha perto de sua boca.

— Me chupe — ele disse. — Isso vai me ajudar a comer o Ajax.

Engoli em seco, ciente do quanto ele ia fazer doer.

Ele queria me fazer sangrar.

Sua Fênix ansiava por isso.

E, em vez de machucar Cami, ele planejava descontar essa agressividade em mim. Eu não sabia ao certo onde ele esteve ou o que o provocou, mas *senti* sua energia agressiva enquanto estava no banho. Imediatamente, fechei a água, peguei uma toalha e saí correndo para proteger Cami de sua intensidade.

Mas não consegui protegê-la totalmente de sua Fênix, daí a nossa situação atual. Mas pelo menos, eu poderia salvá-la da eventual dor da libertação de Az.

Ele não era necessariamente sádico, mas sua Fênix precisava de uma saída. Uma que pudesse lidar com a energia que Az precisava expelir.

Muitas vezes, eu servia como esse escape, assim como hoje.

Mas com o benefício adicional de ter Cami no quarto.

E sua doçura em minha boca.

Cami soltou os cobertores para segurar Az, arranhando as unhas nos quadris dele enquanto ele avançava. Eu não conseguia ver, pois meu ângulo entre as pernas dela me impedia de testemunhar sua reação ao ter Az em sua boca. No entanto, a tensão de seus músculos me disse que ele gostou, e o modo como sua cabeça se inclinou para trás em um gemido sugeriu que ela o agradou mais do que ele previu.

Porque Az estava sempre no controle.

Sempre o dominador por trás.

No entanto, o que quer que a língua dela estivesse fazendo agora, ele estava visivelmente tremendo de paixão.

— Puta merda, Ajax — Az gemeu. — Ela é uma feiticeira. Talvez eu precise rever minhas intenções.

Ele avançou, fazendo com que ela fizesse um som de protesto. Mas a nova onda de umidade entre suas coxas me disse que ela gostava do domínio dele. Eu entendia, porque eu também gostava.

Circulei o clitóris com a língua novamente, adorando-a com minha boca e agradecendo por ela estar cuidando de Az.

Ele parecia pronto para gozar, com as costas, as coxas e a bunda tensas enquanto a penetrava. Mas ele se afastou quando uma onda de energia invadiu o quarto.

Cami gemeu e seus quadris se elevaram da cama. Eu a empurrei de volta para baixo com a palma da mão em sua barriga.

Az se afastou com os membros trêmulos, sua Fênix parecia tomar conta de suas feições quando ele olhou para mim. Acenei, sabendo o que ele precisava. Não haveria tempo para me preparar. Ele me pegaria de modo bruto, como sempre ameaçava fazer, e eu não ia gostar. Mas aceitaria se isso significasse proteger Cami de sua explosão iminente.

O peito de Cami subia e descia, sua excitação e esforço eram palpáveis. Ele a fez gozar com um toque da energia que precisava liberar, deixando-a sem fôlego e rosada. Ou talvez essa fosse sua excitação. De qualquer forma, acariciei-a com minha boca, levando-a a outro clímax e observei como ela revirava os olhos de prazer.

— Faça com que ela goze uma terceira vez — Az exigiu ao se posicionar atrás de mim. — Quero assistir.

Cami tentou se opor enquanto estava no meio de seu orgasmo, mas o som morreu por trás do gemido de Az enquanto ele me penetrava. Praguejei no centro úmido dela, sentindo meu interior *arder* com o ataque de Az. A umidade da boca de Cami não ajudou, mas pelo menos não me penetrou a seco.

— *Que foda*.

— Essa é a minha intenção, sim — Az disse, entrando e saindo de mim sem se preocupar em facilitar o movimento.

Foi brutal. Cruel. E muito *Az*.

Ele não se desculparia depois. Não era de sua natureza. Mas ele cuidaria de mim à sua maneira.

Cami piscou para nós e suas bochechas ficaram vermelhas.

— Lamba-a — Az ordenou, com a voz áspera.

Murmurei outro xingamento enquanto lutava para soltar meus músculos, sabendo que isso me ajudaria a aceitar sua selvageria. Mas era difícil quando ele continuava a me estocar com abandono, a queimação aumentando em ferocidade a cada investida carnal.

Os dedos de Cami se entrelaçaram em meu cabelo e seus olhos encontraram os meus. A preocupação irradiava dela. Preocupação que eu queria substituir por prazer.

Dei-lhe uma lambida longa e sensual enquanto ela observava, me concentrando mais nela do que na fera que me atacava por trás. Ela engoliu em seco, e suas narinas se dilataram quando a agitação da paixão começou a aparecer em sua expressão mais uma vez.

Acrescentei os dedos, penetrando dois em seu centro escorregadio e curvando-os para atingir aquele ponto profundo que fazia todas as mulheres gemerem.

Cami não decepcionou, e seu gemido foi direto para minhas bolas.

Meu pau pulsava, Az estocava, e Cami começou a levantar os quadris contra a minha boca.

Era uma bela dança de erotismo e curiosidade animalesca, levando os dois a alturas prazerosas.

Fiquei observando, com o coração batendo acelerado enquanto o êxtase percorria as feições de Cami, fazendo-a parecer ainda mais angelical, mais bonita, mais *ela*. Ela brilhava, com uma expressão que eu jamais esqueceria, enquanto Az rosnava em meu ouvido.

Sua Fênix estava totalmente no comando agora, conduzindo cada movimento seu, estocando cada vez mais forte até que cada som que ele fazia era mais de fera do que de homem.

Cami observava, sua excitação era um sabor arrebatador contra minha língua enquanto suas paredes internas se apertavam em torno dos meus dedos.

— *Agora* — Az exigiu. A palavra pareceu ser para Cami, enquanto ela se desfazia em um grito de dor induzida pelo prazer. Seus olhos estavam voltados para mim enquanto ela gozava, me proporcionando a visão impressionante de seu clímax completo, o calor dele queimando meu interior enquanto Az se juntava a ela em um ápice que marcava minhas veias.

O poder inundou o quarto, e a energia intensa se espalhou por mim antes de chegar a Cami.

Ela estremeceu, sentindo alguns dos efeitos secundários. Mas a maior parte de sua intensidade foi para o meu espírito, e eu a absorvi como sempre fazia, o poder alimentando o meu próprio.

Az saiu de dentro de mim, me virando de costas enquanto levava meu pau à boca, chupando e agradecendo com a língua. Gemi quando alcancei o fundo de sua garganta, seu poder ainda se derramando em mim enquanto ele engolia em volta da cabeça, exigindo que eu me juntasse a ele nesse estado de existência feliz. Passei os dedos por seus cabelos, aceitando seu cuidado e atenção, mas meus olhos se voltaram para Cami, suas lindas bochechas rosadas e lábios inchados, uma visão que me deixou vibrando com um desejo feroz. Eu queria estar dentro dela, transando com ela, sentindo seu orgasmo em volta do meu pau como ela fez com meus dedos.

Só a imagem já me deixava muito mais próximo.

E então Az lambeu o piercing na cabeça do meu pau, girando-o com a língua de um jeito que ele sabia que eu não conseguiria resistir.

Ele me enviou para as estrelas, me forçando a me juntar a elas na terra do êxtase e da graça.

Um tipo estranho de combinação de nomes deixou meus lábios enquanto eu gozava, um que soava muito parecido com *CamAz*. Eu não sabia dizer, pois minha mente se apagou por um longo momento enquanto uma batida agradável dominava cada centímetro do meu ser, me matando por um breve momento.

Escuridão.

Lágrimas.

Felicidade.

Silêncio.

Sublinhado por tremores veementes e golpes enérgicos de vivacidade enquanto a boca de Az redefinia o significado da vida.

Ele tomou cada gota. *Chupando. Reivindicando. Engolindo.*

Flutuei naquele estado, adorando a sensação, e acordei sentindo um pano úmido em meu traseiro e as deliciosas curvas de Cami na minha virilha. *De conchinha. Descansando. Sendo cuidado por Az.*

Essa era a versão dele de um pedido de desculpas.

Sua versão de proteger aqueles com quem se importava.

Eu nunca falava durante esses momentos.

Nunca reconheci o que isso significava.

Mas algo me dizia que um dia, em breve, eu seria forçado a reconhecer o que Az significava para mim.

O que Cami *poderia* significar para mim.

Mas não hoje.

Hoje... hoje nós descansaríamos.

E talvez jogássemos novamente.

Az beijou meu ombro. Foi um toque tão carinhoso que fechei os olhos. Porque eu ainda não estava pronto para aceitar o que aquilo significava.

— Durma — ele sussurrou. — Estarei aqui.

Assenti, o único reconhecimento que eu fazia nesses momentos.

Quando eu acordasse, ele já teria ido embora.

Mas ficaria lá enquanto eu dormia, como prometido.

Mas, dessa vez, não era só eu. Era a Cami também.

O que ela faria quando acordássemos? Como ela reagiria?

Eu me preocuparia com isso depois.

Por enquanto, eu a abraçaria. Eu a apreciaria.

Enquanto Az nos protegia.

E caí em sono profundo.

MELEK

Curvei os lábios com a sensação que aquecia minhas veias. Seria muito fácil ativar minha forma etérea e voar até o calabouço de Ajax. Mas eu não queria me intrometer.

Em vez disso, eu me deleitava com a sensação de prazer de Cami enquanto descansava na cama, esperando por Ty. Ele sentiria minha necessidade no outro cômodo e viria até mim assim que terminasse sua conversa com o Rei Fae Corpse.

Ou *tenente*, como meu amor preferia chamá-los.

Sua liga de Faes Pesadelo Reais que administravam seus próprios reinos. Eu preferia Reis, pois esse era o verdadeiro propósito deles e os títulos formais que usavam em seus reinos.

Mas eu supunha que Ty era o único líder verdadeiro como o Rei Fae do Submundo. Foi sua energia e conexão com a Fonte dos Fae do Submundo que permitiu que os reinos dos Faes Pesadelo prosperassem.

Isso também lhe dava a energia e a capacidade de criar

suas formas de pesadelo para punir aqueles que desafiavam seus acordos.

Me recostei nos travesseiros, sem me preocupar em esconder meu humor sensual. Cami parecia estar se divertindo sob os cuidados de Ajax. Parte de mim queria se aventurar até lá só para ver o que ele estava fazendo com ela.

Não. Não apenas ele, pensei, sentindo uma explosão da energia familiar de Az através de minha conexão com Cami. *Eles.*

Uau, que reviravolta, pensei, curvando meus lábios ainda mais. *Az se juntou a eles?*

Supus que isso significava que meu plano estava funcionando ainda melhor do que o previsto.

A Fênix de Az era notoriamente seletiva. O fato de Cami ser atraente para ele só confirmava ainda mais o acerto de toda essa situação.

Ela pertence a este lugar.

Ela pertence a nós.

Ty se dirigiu ao nosso quarto com uma taça de vinho tinto em uma mão e o tablet na outra, arqueando a sobrancelha ao me encontrar nu na cama, em cima dos lençóis.

— Você parece satisfeito — ele murmurou, se encostando no batente da porta e parando para admirar a vista.

— Não o suficiente, meu rei — eu lhe disse, abaixando a mão para me acariciar de leve. — Quer se juntar a mim?

Ele me considerou enquanto tomava um longo gole de vinho.

— Só se você me disser o que estamos comemorando.

Sempre tão esperto, meu Ty, pensei, sorrindo para ele.

— Camillia finalmente aceitou um de meus presentes.

— Ah? — Ele se afastou da porta e veio em minha

direção, com suas longas pernas graciosas. — E qual feitiço ela usou?

— Não foi um feitiço. — Peguei sua taça de vinho quando ele parou ao lado da cama e tomei um gole. — Foi outra coisa.

— Vai me dizer o que é essa outra coisa?

— Não é tangível — garanti a ele.

Ty abriu a gaveta da mesa de cabeceira para colocar o tablet lá dentro.

— Acredito que concordamos que isso seria para a primeira rodada antes do teste inicial. Agora você tem direito a três presentes tangíveis. — Ele olhou para mim. — Dentro do razoável, Melek.

— Tenho? — fingi inocência. — Talvez não tenha sido eu quem escolheu os presentes dela para esta rodada.

Isso o fez pausar.

— Alguém mais escolheu sua candidata?

Eu sorri.

— Acho que duas pessoas.

Ele se endireitou, instantaneamente alerta.

— Quem?

Permiti que meu olhar percorresse seu corpo em forma.

— Tire suas roupas e eu te direi.

— Um acordo?

— Um pedido — respondi. — Por favor.

Ele olhou pelo meu corpo até a virilha, seu olhar de safira escura cintilando de interesse.

— Só porque você pediu de maneira gentil. — Ele tirou a camisa primeiro, revelando todas aquelas linhas bem esculpidas e ondulações musculares. Sua calça foi a próxima, deixando-o vestido com uma cueca preta que ele não tocou enquanto se juntava a mim na cama. Algo me dizia que eu a removeria com os dentes em breve.

Isso era bom.

Eu gostava de expô-lo do meu jeito.

Ele se sentou contra a cabeceira da cama, com as pernas longas cruzando os tornozelos como as minhas.

Então, ele apoiou a mão em minha coxa, um toque com a intenção de provocar.

— Quem? — ele repetiu.

Essa única pergunta foi sublinhada com imenso poder, além de ter um significado subjacente. Se eu lhe pedisse para remover a concorrência, ele o faria. Assim como traria Cami para mim agora mesmo se eu pedisse.

Mas não era assim que eu queria jogar esse jogo.

Não se tratava de forçar Cami a nos escolher.

Tratava-se de provar a ela qual era o seu lugar, juntando todas as peças do quebra-cabeça.

Ajax era uma aquisição poderosa que eu estava buscando há algum tempo. Não me surpreendeu nem um pouco o fato de Camillia De la Croix ter sido a pessoa que o seduziu para o círculo interno.

Bem, talvez não totalmente dentro do círculo. Ele ainda permanecia na borda. Mas Cami seria a pessoa que o empurraria para o centro e o forçaria a assumir seu lugar dentro dessa esfera de poder.

Era apenas uma questão de tempo.

Encontrei o olhar ardente de Ty quando o contornei para colocar a taça de vinho, agora vazia, na mesa de cabeceira.

— Nosso Diretor optou por melhorar suas acomodações na masmorra.

As sobrancelhas de Ty se ergueram.

— Ele *o quê?*

— Não é contra as regras — eu o informei baixinho, apoiando a mão sobre a dele para levar seu toque até onde eu mais o desejava.

— Ele não é um Fae do Submundo.

— Não, mas a masmorra é o território dele. E se ele quiser convidar uma prisioneira para seus aposentos, é uma prerrogativa dele. — Não havia regras lá embaixo com relação à intimidade com o Diretor, principalmente porque isso nunca foi exigido antes. Somente um Fae suicida pensaria em entreter uma das criações violentas de Ty no quarto.

Mas Cami era uma entidade completamente diferente.

— Você disse que havia dois — Ty comentou, semicerrando os olhos. — Quem mais?

A maneira como ele perguntou me disse que já sabia. Provavelmente porque ele seria capaz de sentir o prazer de Az ainda mais intensamente do que eu podia sentir o de Cami. E como o relacionamento de Az com Ajax não era segredo para ninguém, seria bastante óbvio quem era a segunda pessoa nessa equação.

Mas eu cedi, respondendo mesmo assim.

— Parece que Az decidiu jogar. E ele é um Fae do Submundo.

Seu queixo tremeu.

— Entendo.

Eu sorri.

— Entende? — Porque algo me dizia que ele ainda não tinha visto o quadro geral. O que não fazia mal. Eu lhe mostraria com o tempo.

— Seu presente para Cami foi Ajax.

Contemplei essa frase por um momento.

— De certa forma, sim. — Mas eu me referia ao presente de conforto e prazer que ela experimentava agora como resultado do envolvimento de Ajax. No entanto, estava perto o suficiente da verdade para contar.

Essa dádiva continuaria quando ele começasse a treiná-la para o Reino dos Mortos.

Eu suspeitava que ele reservaria o dia de amanhã para isso, já que o de hoje teve o objetivo de rejuvenescer a alma e encontrar prazer na companhia um do outro.

Uma maneira perfeita de passar uma existência compartilhada.

O que me fez enrolar a mão de Ty em volta do meu pau que pulsava. Porque eu queria muito fazer isso com ele agora.

— É o prazer dela que o excita? — Ty perguntou em voz baixa, roçando o polegar na cabeça do meu pau. — Ou é o seu sucesso no jogo que estamos jogando?

— Os dois — admiti com honestidade. — Estou muito satisfeito com a forma como as peças estão se movendo no tabuleiro. E estou sentindo o brilho do prazer dela, como tenho certeza de que você está sentindo o do Az.

Ty assentiu.

— O poder dele está zumbindo em mim.

— Foi uma grande explosão?

— Sim.

Eu sorri.

— Ótimo.

Seus lábios não se curvaram, mas seu polegar me provocou com outro toque suave.

— Isso significa que tenho algum poder para expelir.

— Ah? — Olhei de maneira inocente para ele. — Gostaria de minha ajuda com isso, meu soberano?

— Sempre.

Eu me inclinei para beijá-lo, mas seu aperto no meu pau se intensificou em advertência. — Você ainda me deve vários dias de nosso último acordo, Melek.

— Devo? — Inclinei a cabeça para o lado. — Bem, como gostaria de me ver, milorde?

— De joelhos.

— Ajoelhado ou de quatro? — Esclarecer os desejos de Ty era sempre intimamente importante.

Seus lábios finalmente se contraíram, deixando transparecer um pouco de sua diversão.

— De quatro.

— Como eu suspeitava —comentei. — Vai me punir?

— Ainda não decidi.

— Eu o desagradei de alguma forma? — perguntei, genuinamente curioso.

— Você raramente me desagrada, pequeno príncipe.

— Isso não é uma resposta, Ty. — Segurei sua mandíbula, traçando a barba escura com o polegar ao longo de seu queixo. — Está descontente comigo?

— Não — ele respondeu, se inclinando para o meu toque. — Só estou curioso para saber que jogo estamos realmente jogando.

— Se eu te dissesse, não seria mais um jogo.

— Não, não seria — ele concordou, beijando a palma da minha mão. — Mas nem tudo na vida precisa ser um jogo, Melek.

— Talvez, não. Mas isso precisa — assegurei a ele. — Fazer qualquer outra coisa seria menosprezar o prêmio no final. — E, de fato, seria um prêmio muito grande. Um prêmio que mudaria a vida de todos nós. — Você confia em mim?

— Confio. — Ele se inclinou para encostar seus lábios nos meus. — Com minha vida.

Isso era bom. Porque tudo isso era pela vida dele. Por sua existência. Para salvá-lo de si mesmo. Ele só não percebia isso ainda porque estava muito ocupado carregando todo o fardo sozinho. Mas eu via através dele. Sabia do que ele precisava melhor do que ele mesmo. E eu lhe daria isso.

Na forma de Camillia De la Croix.

Ela era a chave para tudo.

Eu só precisava que ela sobrevivesse e escolhesse.

— Eu amo você, Ty — sussurrei, sustentando seu olhar deslumbrante. — Com todo o meu ser.

— Eu também amo você, pequeno príncipe — ele respondeu com a mesma suavidade. — Agora fique de joelhos e me deixe mostrar o quanto.

Sorri mais uma vez e meu coração acelerou.

— Você diz as coisas mais doces para mim, meu rei.

Ele rosnou, afundando os dentes em meu lábio inferior.

— Agora, Melek.

— Como quiser, milorde.

CAMI

CALOROSO.

Quente.

Masculino.

Meus sentidos se reavivaram em um instante, meus olhos se abriram para me encontrar no escuro. *O quarto de Ajax*, me lembrei, reconhecendo o ambiente, e me recordei de tudo o que aconteceu antes de cair no sono.

As mãos de Az.

A boca de Ajax.

O toque deles.

A intensidade deles.

A *necessidade*.

Minhas coxas se apertaram e meu interior formigou com lembranças deliciosas.

Lembranças que pareciam ganhar vida diante de meus olhos quando Az apareceu ao lado da cama vestindo apenas uma calça preta. Ele me observou por um momento, depois se agachou para ficar no meu nível e colocou uma garrafa de água em meus lábios.

Me sentei apenas o suficiente para beber e depois me deitei novamente.

Isso fez com que o braço masculino em volta da minha cintura se apertasse, uma ação que Az acompanhou com o olhar.

— O Ajax vai acordar logo — ele me disse baixinho. — E ele não vai gostar do que aconteceu.

Franzi a testa.

— Não?

Az balançou a cabeça, fazendo com que seus cabelos escuros tocassem a testa.

— Isso vai fazer com que ele sinta. Como resultado, ele fará o possível para te afastar.

— Oh. — Franzi a testa. — Então ele vai se arrepender?

Eu não tinha certeza de como me sentir em relação a isso. Se alguém deveria se arrepender do que aconteceu, esse alguém era eu.

Afinal, esses eram meus proverbiais captores.

No entanto, eu não podia negar o quanto tudo foi certo. Tampouco poderia dizer que não queria que acontecesse novamente.

Na verdade, passei o olhar pelo torso esculpido de Az, *eu queria muito que acontecesse de novo.*

— Ele vai achar que se arrependeu — Az murmurou ao colocar a garrafa de lado e estender a mão para acariciar minha bochecha. — Mas será mentira.

— Tudo bem — sussurrei.

Ele passou o polegar em meu lábio, e seus olhos acompanharam o movimento.

Minha língua reagiu por vontade própria, umedecendo o caminho que ele acabou de traçar, absorvendo o sabor sutil da magia deixada para trás.

O poder parecia emanar de Az. Sua besta interior

expeliu quantidades enormes destinadas à absorção por outros seres Faes.

Se eu usasse todas as minhas reservas recitando os feitiços que Melek me ensinou, Az seria capaz de restaurar meus níveis de energia? eu me perguntei.

Era um pensamento perigoso, mas útil. Um pensamento que eu poderia usar a meu favor.

Para sobreviver.

Supondo que eu não conseguisse negociar minha saída desses testes de noiva.

Ou encontrar uma maneira de escapar.

Será que ainda quero escapar?

Outro pensamento perigoso.

Por enquanto, deixei isso de lado, pois me concentrei em Az e na intensidade que irradiava de sua expressão acalorada.

— Não deixe que nada do que ele diga diminua o que aconteceu aqui hoje, Cami. E não deixe que a negatividade dele te engane. Porque isso vai acontecer de novo, doce guerreira. — Ele se inclinou para frente para roçar os lábios nos meus. — Eu prometo.

Estremeci ao sentir sua respiração se misturar com a minha quando ele capturou minha boca, selando o juramento com um beijo ardente.

Pareceu me marcar de dentro para fora, com sua língua sussurrando promessas contra a minha que eu não entendia por completo. Mas eu o abracei mesmo assim, adorando a maneira como o poder dele parecia se infiltrar em minha essência, dominando meu interior e revivendo meu mundo.

Quando ele se afastou, seus olhos estavam totalmente pretos novamente.

— Minha Fênix gosta de você. — Sua voz era baixa e cheia de cautela. — Seja boa para o Ajax. Faça o que ele diz. E não o force demais. Ele ainda não está pronto para nós.

— Nós? — repeti.

Az apenas sorriu e me beijou de novo, dessa vez com um toque de despedida em sua língua. Eu não tinha certeza de como sabia disso... talvez eu apenas tenha sentido isso pela maneira doce como ele tomou minha boca. Mas ele provou que meus instintos estavam certos quando se afastou para ficar de pé mais uma vez. Ele passou o polegar em meu lábio inferior.

— Mas não precisa se comportar com o Melek. Sinta-se à vontade para lhe dar bastante trabalho.

Ele deu uma piscada e desapareceu em uma nuvem de cinzas que se dissolveu antes de atingir o piso de mármore.

Entreabri os lábios e voei para tocar o espaço que ele acabou de ocupar, confusa com sua magia. Mas não havia nenhum rastro dela. Nenhuma assinatura de energia. Nenhuma presença tangível. Quase como se a cinza não tivesse sido realmente corpórea, apenas uma explosão de poder que eu vi de alguma forma.

Uau, fiquei maravilhada, e meus mamilos se contraíram com a graciosa exibição. Az se assemelhava a puro poder, dando-lhe um sabor pecaminoso que eu desejava provar mais.

Quase fiquei desapontada quando ele tirou o pênis da minha boca, embora eu estivesse lutando para acompanhar seus movimentos brutais.

No entanto, *queria* ser boa o suficiente para ele. Ser capaz de domar a fera dentro dele. Ser a única a fazê-lo se ajoelhar.

Foi um desejo pecaminoso, que abracei enquanto ele estocava minha boca.

E me vi muito ansiosa por nossa próxima experiência.

O que era errado, é claro. Porque eu precisava me

concentrar em escapar ou encontrar uma maneira de sair desses testes.

A menos que eu queira me entregar a esses presentes, pensei, considerando minhas opções.

Os feitiços de Melek.

A intrigante habilidade de Az de expelir energia.

As informações úteis de Ajax... que ele disse que forneceria mais para o próximo teste. Entretanto, eu ainda não sabia o que isso significava ou o que o próximo teste implicaria. Porque ele queria descansar primeiro.

Embora o que tínhamos acabado de fazer não fosse parecido muito com descansar, eu certamente me sentia mais viva agora. Revigorada. Nem mesmo dolorida.

Como se eu tivesse dormido por horas.

Espere... franzi a testa, procurando um relógio. *Será que aqueles orgasmos me deixavam inconsciente por horas?*

Porque eu me sentia como uma Cami novinha em folha, não a acabada do último teste.

Me concentrei no quarto, mas não consegui encontrar nenhuma indicação de hora.

Estava na ponta da língua para perguntar ao Ajax, mas não queria acordá-lo. No entanto, quando olhei para baixo, encontrei-o olhando para mim com uma expressão ilegível.

— O que você está procurando? — ele me perguntou, parecendo cansado e desconfiado.

— Hum, um relógio — admiti. — Estava me perguntando há quanto tempo estamos dormindo.

Ele me olhou por mais um longo momento, depois acenou a mão com um feitiço murmurado para mostrar um relógio de sol de algum tipo. Não, não era um relógio de sol, era um relógio de lua.

— Está quase na hora do toque de recolher — ele

disse. — Não que você tenha permissão para ir a qualquer lugar.

Olhei para ele.

— Por que ainda estou na prisão? Ou, por que você não quer que eu vá a lugar algum?

— Lúcifer não te deu permissão para sair — ele disse, não exatamente respondendo à minha pergunta. Ou, pelo menos, não deu a resposta que eu queria ouvir.

Porque parte de mim esperava que fosse ele quem não quisesse que eu fosse embora.

O que, até certo ponto, era errado, pois eu não deveria desejar que ele me quisesse aqui. Porque esse não era meu lugar.

Talvez não seja apenas o Ajax que esteja em negação sobre o que acabou de acontecer, pensei. Mas eu não estava em negação. Eu tinha gostado. E queria repetir.

Essa era a parte errada da equação.

No entanto, aprendi há muito tempo que se preocupar com o negativo nunca resultava em nada positivo.

Portanto, aceitei o que aconteceu. Aceitei que não me importaria com uma repetição. E aceitei que ainda queria ir embora.

Talvez esses itens não se correlacionassem adequadamente.

Mas esse era um assunto para pensar em outro dia, pois eu precisava me concentrar no próximo teste agora.

— Isso significa que nosso dia de descanso acabou? — perguntei, incapaz de manter o tom de esperança em minha voz.

Ele folheou o mostrador lunar por um momento antes de assentir.

— Podemos usar o horário de folga para treinar. Será mais fácil enfrentar a morte... — Ele se afastou, com a testa franzida. — *Shade filho da mãe.* — Ele se sentou, e os músculos de seu abdômen se flexionaram de uma forma sedutora que quase me distraiu de seu comentário.

— Morte? Shade?

Ele balançou a cabeça.

— Um velho amigo. Ele me trouxe uma pedra da morte, e agora sei por quê. Sempre se intrometendo. — Ele passou os dedos pelo cabelo espesso e escuro, os fios caindo de uma maneira que parecia apropriada para o quarto.

Ao perceber meu olhar, ele semicerrou os olhos.

— Veja, Cami. Isso...

— Foi divertido — terminei por ele, não querendo fazer isso agora. — Mas quero saber mais sobre essa *pedra da morte*, como para que serve e por que precisamos dela.

Ele me observou por um momento, depois pigarreou.

— Ainda preciso de um banho. Depois conversaremos.

Quase me ofereci para acompanhá-lo para economizar água e aprender mais, mas ele já estava rolando para fora da cama.

— Isso não vai acontecer de novo — ele disse da porta, sem olhar para mim. — Você não é minha candidata.

Arqueei uma sobrancelha.

— Quem disse algo sobre ser *sua* candidata? Eu nem quero ser *candidata*!

Ele ergueu seus olhos para os meus.

— Você é uma Noiva Fae do Submundo, Cami. Isso não vai mudar.

— Vamos ver.

— Só porque transamos...

— Na verdade, não transamos — interrompi. — E não foi isso que eu quis dizer. Eu te disse, Ajax. Sobreviverei a isso. Encontrarei uma saída.

Ele suspirou.

— Você não vai encontrar.

— Vou — eu o corrigi. — E, nesse meio tempo, vou me divertir um pouco. — Olhei de relance para sua cama e depois para ele. — Agora, vá tomar seu banho. Quero saber mais sobre essa *pedra da morte*.

Ele cerrou a mandíbula, mas deve ter percebido que argumentar era inútil, pois foi embora.

O que foi bom.

Porque quase sugeri que nos *divertíssemos* e depois fôssemos brincar com a pedra da morte.

Um plano irracional. No entanto, isso não o tornou menos atraente.

Curvei os lábios para o lado. *Certo*. Eu precisava ignorar a dor entre minhas coxas, que parecia ter ganhado vida quando acordei e encontrei Az no quarto, e me concentrar no teste.

Em sobreviver.

Em encontrar uma maneira de sair dessa confusão terrível do destino.

Voltei a me deitar e estremeci quando minha cabeça caiu sobre o livro. Olhei para os lados e vi a borda da encadernação de couro.

— Para onde você vai? — perguntei ao texto enquanto rolava para o travesseiro ao lado dele, o que Ajax acabou de usar. Ele tinha cheiro de menta e pinho, o que me fez suspirar de contentamento.

Em seguida, o livro se abriu para revelar a imagem de uma estante de livros.

Pisquei os olhos para ela.

— É para lá que você vai? — Eu me assustei. — Espere... você consegue me entender?

Várias páginas se agitaram, revelando um idioma antigo que parecia se transformar em palavras que entendi no instante seguinte.

Comecei a ler e um pedaço da história se desenrolou diante de meus olhos.

Algo sobre os Faes Virtuosos e o desmantelamento de uma enorme fonte de poder. Apareceu uma imagem de Lúcifer, ou de alguém que se parecia muito com ele, mas com asas.

Asas que queimavam na página seguinte, provocando notas de fumaça no ar que eu podia sentir o cheiro.

E isso o levou a cair das nuvens, com seu corpo quebrado sem as penas.

Levei os dedos à boca, engolindo o suspiro. A visão de Lúcifer caindo foi horrível, sua expressão estava tão incrivelmente abalada que partiu meu coração.

Alguém o traiu.

Alguém que ele amava.

Melek, percebi na página seguinte, com os cabelos castanho-claros mais longos do que ele usava agora, os olhos mais frios do que eu jamais havia visto. Um sorrisinho malicioso distorcia sua boca e suas feições angelicais irradiavam intenções malignas enquanto ele observava Lúcifer cair.

— O que está me mostrando? — sussurrei, engolindo em seco quando a página seguinte apareceu com um flash de luz que cegou momentaneamente minha visão. Quase parecia que eu estava lá, sendo levada para a situação, revivendo qualquer história que esse livro pretendesse transmitir.

Em seguida, apareceram estrelas, faróis intensos que se espalharam pelo céu.

Os Reinos dos Faes, dizia o livro, me mostrando os vários tipos de Faes que se originaram dessa explosão da Fonte.

— Mas como? — perguntei, sem entender o que tudo aquilo significava. — Que história é essa? — Será que era real?

Lúcifer apareceu novamente, com sua forma machucada ajoelhada no chão, as costas ensanguentadas e os olhos irradiando uma tristeza que senti no fundo da alma.

Mas essa tristeza se transformou em uma fúria incrível que fez meu coração disparar. Eu podia sentir a raiva que emanava de seu olhar azul-escuro, perfurando minhas veias em ondas de lava derretida, me queimando até a alma.

Sua boca se abriu em um grito que sacudiu a terra, me obrigando a tapar os ouvidos.

Seguiu-se um poder imenso, um novo ponto luminoso se revolvendo bem diante de nós, girando, se transformando, se agitando para existir.

Tão quente.

Tão vivaz.

Tão *lindo*.

Fiquei olhando para ele com admiração, desejando tocar as brasas ardentes em seu interior.

Tão perto, pensei, alcançando a gavinha de energia que se desprendia da esfera. Meu espírito suspirou quando ela me tocou, envolvendo meu pulso e subindo pelo braço, acalmando alguma parte ferida de mim.

Mais, minha alma exigiu. *Pegue. Mais.*

Sim, concordei, pegando outro fio, mas um lampejo chamou minha atenção, voltando meu foco para o fio original.

Ela não era mais branca.

Era cinza.

E estava ficando preta.

Franzi a testa. *O que...?*

A esfera ofuscante diante de mim estremeceu como se estivesse se afastando da gavinha que eu acabei de absorver, uma parte da fonte de energia parecendo chorar com a perda.

Baixei os braços, confusa com a rejeição.

Minha alma me incentivou a prosseguir, a ignorar o poder que sangrava. Mas havia algo errado nisso. Como se eu não devesse ter acariciado o brilho.

Ele não é meu, pensei, dando um passo para trás.

O que me fez franzir a testa por um motivo totalmente diferente.

Porque eu não tinha certeza de como tinha ficado de pé.

Eu estava na cama, lendo.

E agora...

Eu me virei, piscando rapidamente para a escuridão que se estendia em todas as direções. Exceto pela fonte de fogo. A bola. A que Lúcifer criou em sua Queda.

O que está acontecendo? Onde estou? O que aconteceu com o livro?

Abri a boca para chamá-lo, mas percebi que não conseguia respirar.

O ar não existia aqui.

E a Fonte, de repente, pareceu enfurecida com minha presença.

Ela *queimava*, zumbindo e crescendo, me forçando a dar vários passos para trás. Tentei me desculpar, mas o som não existia aqui.

O que está acontecendo comigo? Eu me torci e virei, procurando uma saída.

Mas a esfera continuava crescendo.

Mais rápido agora.

Me forçando a correr.

Lágrimas escorriam pelo meu rosto, a injustiça daquilo dentro de mim se retorcia em meu interior. *Eu não pertenço a este lugar. Sou uma intrusa. Uma impostora. Preciso fugir. Fugir. Fugir!*

Em pânico, sem voz, sem ar, sem conseguir pensar.

Eu não entendia mais a razão.

Exceto por aquele incômodo em minha mente que me perguntava se isso era algum tipo de teste. Uma nova onda de testes. Talvez Ajax tivesse mentido para mim sobre tomar banho. Talvez ele tivesse me empurrado para a próxima fase.

Será que dormi durante todo o período de descanso? Estou ficando louca? Será que tudo isso é outra miragem?

Fiz uma pausa, tentando respirar, mas não conseguia.

Como ainda estou viva? Estava correndo há minutos sem conseguir respirar. *Algo não está certo.*

Girei de volta para a luz, sentindo o beijo ardente de sua fúria enquanto ela me envolvia da cabeça aos pés, passando brasas quentes pela minha pele e *derretendo* meu interior.

Minha alma chorou.

Meu coração quase parou.

E meus olhos... meus olhos deixaram de existir.

Brilhantes demais. Quentes demais. *Intensos* demais.

O mundo ganhou vida em um instante, o calor do poder queimou a minha pele e incendiou o meu espírito.

Eu gritei. Mas nenhum som saiu de meus lábios.

Estou morrendo, percebi. *Isso não é miragem. É real!*

E eu tinha pisado direto nas chamas brancas.

Minhas pernas cederam, fazendo com que eu caísse no chão em uma postura semelhante à que vi Lúcifer momentos atrás. Em uma página de um livro que não deveria ser real.

Talvez eu tivesse adormecido.

Talvez tudo isso fosse apenas um pesadelo.

Tudo o que eu podia fazer agora era suplicar, esperar e orar por misericórdia.

Pedi desculpas, mas nenhuma delas foi ouvida. As senti no fundo de minha alma.

Tentei devolver o fio, expulsá-lo, remover o poder estranho.

Ele se esvaiu lentamente de minhas veias, junto com a minha vida, me deixando fria, sozinha e caída.

No meio de uma cama.

Espere... meus cílios se agitaram, meu olhar de repente se focou para revelar o ambiente familiar do meu dormitório da faculdade.

A cama de solteiro de Allison apareceu, com a colcha azul fofa, desfeita e caindo da borda.

Os atores em seus pôsteres pareciam me encarar, julgando minha forma suada e nua.

Porque eu estava sem roupa.

E agarrada a um edredom que não reconheci.

Olhei para a escrivaninha e encontrei objetos estranhos lá também. O guarda-roupa parcialmente aberto revelou saias e blusas que eu nunca usaria.

E a cômoda aos pés da minha cama tinha um kit de maquiagem em cima.

— Mas o que...? — Eu me sentei, com a cabeça girando por causa de uma mistura tóxica de confusão e exaustão.

Ouvi risadas no corredor, um som de natureza tão estranha que franzi a testa. *Será que tudo não passou de um sonho ruim? Os testes dos Faes do Submundo? A Fonte? Este quarto?*

Minha mente não conseguia computar a sequência de eventos ou a estranha sensação de erro neste cômodo.

Outra miragem?

Outro teste?

Outro sonho?

Eu tremia, sentindo gelo escorrer em minhas veias. Nada disso parecia certo. Na verdade, uma sensação de pressentimento desceu por minha espinha.

Deslizei da cama, minhas pernas estavam mais fracas que o normal. Da minha corrida? Isso foi real? Será que expulsei toda a minha energia? Até mesmo meus próprios poderes?

Passei os braços em volta de mim mesma, me sentindo mais vulnerável do que me senti há muito tempo.

Eu precisava de roupas. Não, eu precisava de comida. E de água.

Oh, Deus, água. Fui me arrastando até o banheiro, com os joelhos ameaçando ceder a cada passo. Parecia que eu não me mexia há anos. O que era estranho. Fazia minutos que eu adormeci lendo, ou o que quer que fosse.

Mas como estou aqui? me perguntei quando finalmente cheguei ao banheiro.

Meus dedos tremeram quando girei a torneira, depois me curvei com cuidado para beber diretamente dela. A ação me deixou tonta e fora de controle.

No entanto, a água enviou um jato de tranquilidade calmante em meu interior.

Tão purificadora.

Quase murmurei em aprovação.

Mas a sensação de pavor aumentou, o gelo escorregou pela minha espinha quando um brilho de magia tocou meus sentidos. Eu me endireitei, olhando ao redor do pequeno banheiro, procurando a fonte.

Mas ela não estava no cômodo comigo.

Não.

A fonte estava na porta.

Na forma de dois Faes muito irritados.

Ajax observou minha nudez e seus lábios se curvaram diante da visão.

E Az girava uma lâmina, seus olhos eram piscinas de fúria obsidiana.

Os dois homens pareciam prestes a me comer.

Ou talvez até me matar.

Engoli em seco. Minha garganta doía, apesar da água que eu acabei de beber.

Ajax agarrou meu braço e me puxou para fora do banheiro antes de me empurrar contra uma parede próxima. Ele colocou as mãos nas laterais da minha cabeça, me prendendo em uma nuvem de seu perfume de menta.

Seus olhos pareciam fogo azul quando ele os semicerrou para mim, e seus lábios estavam quase perto o suficiente para tocar os meus.

— Você está em apuros agora, Camillia. — Ele parecia frio. Furioso. Muito diferente do Ajax de horas antes.

— Sim — Az concordou, com a voz igualmente lívida. Você escapou da minha Fênix por trinta dias e vai me dizer como fez isso. Agora mesmo.

A história de Cami continua em *Rainha do Submundo – livro 02*

"Por que estou nua e amarrada a uma cadeira?"
Porque você está no inferno, pequena rebelde. Meu inferno.

Camillia De la Croix não é humana.
Ela é uma Halfling Fae do Submundo, com um espírito ardente e uma força de vontade inquebrável.

A bela rebelde escapou da minha masmorra.
Fugiu do Submundo.
Depois, foi para só Fae sabe onde.

Agora estou pagando o preço de seu pequeno passeio pelos reinos Faes.
Porque suas travessuras fizeram com que nós dois recebêssemos a ira do Rei dos Faes do Submundo.
Ele me culpa por deixá-la escapar.

Se eu não descobrir como ela conseguiu fazer essa viagem

de campo, provavelmente serei enviado para o Reino dos Mortos, para brincar com os Faes Cadáveres.

Felizmente, Az, o Comandante dos Fae do Submundo, quer a resposta para esse enigma tanto quanto eu.
O príncipe Melek também.
Nós três quebraremos a determinação de Camillia.
Depois, a jogaremos de volta às Provações dos Fae do Submundo, onde ela pertence.

Você se aproveitou de minha hospitalidade uma vez, querida.
Isso não voltará a acontecer.
Agora, comece a falar, ou vou aumentar a pressão.
E, desta vez, você não poderá gozar.

Lexi C. Foss é uma escritora perdida no mundo do TI. Ela mora em Holly Springs, na North Carolina, com o marido e seus filhos de pelos. Quando não está escrevendo, está ocupada riscando itens da sua lista de viagem. Muitos dos lugares que visitou podem ser vistos em seus textos, incluindo o mundo mítico de Hydria, que é baseado em Hydra nas ilhas gregas. Ela é peculiar, consome café demais e adora nadar.

https://www.lexicfoss.com/Inicio

Romance Paranormal de Harém Reverso – Nunca
Escolha.

J.R. Thorn é autora de romance paranormal de harém
reverso que adora café, tempestades e discussões
acaloradas com sua musa interior. Muitas vezes, ela pode
ser encontrada escrevendo suas histórias picantes no
cantinho de escrita, longe dos olhares curiosos do filho
pequeno, do marido e dos dois gatos que miam muito.

www.AuthorJRThorn.com